ANNELIES SCHULZ

Katzenmilchjahre

LUSATIA
VERLAG
BAUTZEN

ANNELIES SCHULZ

Katzenmilchjahre

Lebenslauf mit großen Füßen

Roman

Einband
Jutta Mirtschin

VORWORT

Vorworte sind dazu da, daß man sie übergeht. Nur selten habe ich ein Vorwort gelesen. Ein Nachwort schon eher. Nachworte können manchmal hilfreich sein beim Verstehen dessen, was man da gelesen hat. Vorworte hingegen sind meist nur Hinweise für das, was man im Buch zu erwarten hat, oder Entschuldigungen für das, was man lieber nicht erwartet hätte.

Fallada beispielsweise entschuldigt sich im Vorwort zu seinem Familienroman «Damals bei uns daheim» bei seiner Verwandtschaft mit den Worten: «... wenn der Schluß meines Berichtes von Großmutter nicht der familienkundigen Wahrheit entspricht – wie werde ich da vor Euch bestehen? Werdet Ihr mich nicht mehr auf der Straße grüßen? Ich denke doch nicht! Denn wenn ich im Kleinen sündige, so bin ich doch im Großen getreu gewesen.»

Und Max Frisch empfiehlt dem Leser zu seinem Tagebuch: «Der Leser täte diesem Buch einen großen Gefallen, wenn er, nicht nach Laune hin und her blätternd, der zusammensetzenden Folge achtete.»

Christa Wolf hingegen hält es für notwendig, ihrem Roman «Kindheitsmuster» beteuernd voranzustellen, daß «alle Figuren in diesem Buch nur Erfindungen der Erzählerin sind und nicht identisch mit einer lebenden oder toten Person».

Das alles mögen gute Gründe sein, ein Vorwort zu schreiben. Was aber bewegt mich dazu, die ich Vorworte nicht mag und sie bisher für überflüssig gehalten habe?

Damals, als dieses Buch beim Eulenspiegel Verlag erschien, vor nunmehr dreißig Jahren, wäre es mir nicht in den Sinn gekommen, ihm einige Worte vorauszuschicken. Heute aber, da der Lusatia Verlag sich entschlossen hat, das Buch noch einmal herauszubringen, glaube ich, dem Leser die Erklärung schuldig zu sein, daß die Ich-Erzählerin in diesem Buch nicht identisch ist mit mir.

Nachdem vor kurzem erst mein Roman «Das Kindheitshaus» erschienen ist, werden alle, die diesen autobiographischen Kindheitsroman gelesen haben, geneigt sein zu glauben, daß auch die Ich-Erzählerin in den «Katzenmilchjahren» mit mir identisch sei. Aber diese Mirabella Collatz ist nur eine erfundene Romanfigur, die ich jedoch mit einigen Charakterzügen versehen habe, die den meinen nicht unähnlich sind, und der ich außerdem einige Personen beigegeben habe, die aus meiner eigenen Kindheit stammen wie beispielsweise Tante Clara und Gnaucks Lore. Allerdings habe ich Tante Clara – entgegen dem wahren Leben – vier Töchter angedichtet und Gnaucks Lore zu Bierstuben-Wandas unehelichem Fehltritt gemacht. Es vermischen sich hier also Dichtung und Wahrheit.

Um den Leser darauf einzustellen, habe ich mich veranlaßt gesehen, dem Buch ein Vorwort zu geben. Der Leser mag es halten wie ich, er kann, aber er muß es nicht lesen.

Übrigens, die Fahrradgeschichte im letzten Teil des Buches ist keine Erfindung, wie auch manches andere nicht erfunden ist. Es gibt eben Geschichten, die sind so unwahrscheinlich und kurios, daß sie nicht erfunden werden können.

In diesem Sinne wünsche ich dem geneigten Leser viel Vergnügen beim Lesen dieses Buches.

Annelies Schulz

Nu Mädel du, begrüßte mich der Direktor der ehemaligen Landständischen Oberschule, die jetzt den unbekannten Namen eines Widerstandskämpfers trug, und ich sah, daß er vor sich auf dem Schreibtisch meinen Lebenslauf liegen hatte, von meiner klugen Tante Eva klug aufgesetzt und mir als Patengeschenk mit auf den Weg ins Leben gegeben. Denn eins, mein Kind, mußt du dir merken: Ein gutgeschriebener Lebenslauf ist wie ein gut eingestellter Kompaß; er bringt dich ganz von selbst ans Ziel. Diplomatenkunst, wenn du weißt, was ich damit meine: nicht wahr und nicht erlogen! Aschenputtelarbeit: die guten ins Töpfchen, die schlechten ins Kröpfchen!

Letztes Kind eines Teerarbeiters, Arbeiterkind also, sagte der neue Direktor, Proletarierkind – Mirabella Collatz. Er stutzte, nun ja, der Name ist verwunderlich, in der Tat, er sah mich prüfend über seine randlose Brille hinweg an, und ich senkte den Kopf vor Scham und Verlegenheit, denn alles, was da über mich geschrieben stand, war falsch, aber unwiderlegbar. Alles stimmte und stimmte auf raffinierte Weise nicht: Ich war das Kind eines Teerarbeiters, aber ich war auch die Erbin einer Teerfabrik, ich war das letzte Kind, und ich war auch das erste Kind, denn ich war das einzige Kind – einziges Kind klingt nach vornehmer Abstammung, letztes nach Proletarierkind –, meine Tante Eva hatte sich nicht geirrt. Der Direktor tätschelte mich mit Blicken. Nu Mädel du, sagte er, du schämst dich doch deiner Herkunft nicht. Du bist ein Proletarierkind, wer ist mehr?

Ich nickte. Einmal werde ich das alles richtigstellen, dachte ich, einmal werde ich sagen, wie es wirklich war, einmal, wenn die Zeit gekommen ist, werde ich den schönen Lebenslauf widerrufen, der da beginnt:

Als letztes Kind des Teerarbeiters Hans Alfred Collatz und seiner Ehefrau Elsbeth, geb. Matthes, wurde ich am 16. April 1934 in Spreetal in der Oberlausitz geboren und auf den Namen Mirabella Johanna getauft ...

KAPITEL I

**Als letztes Kind des Teerarbeiters
Hans Alfred Collatz
und seiner Ehefrau Elsbeth, geb. Matthes,
wurde ich am 16. April 1934
in Spreetal in der Oberlausitz geboren
und auf den Namen
Mirabella Johanna getauft ...**

Die Tatsache, daß ich es gewagt hatte, ohne fremde Hilfe und überdies als Mädchen zur Welt zu kommen, versetzte meine Familie in helle Begeisterung. Mein Vater schrieb diese Leistung meiner außergewöhnlichen Intelligenz zu, während meine Mutter mehr meinen Mut zum Risiko bewunderte.

Meine Ankunft fiel genau in die Abendstunden des fünfzehnten April. Da außer meiner Mutter keiner zugegen war, kamen meine Eltern überein, meinen Geburtstag auf den sechzehnten zu verlegen.

Der Sechzehnte nämlich war Vaters Lohntag, vorher hatten wir nie Geld im Hause. Diesem praktischen Sinn meiner Eltern verdanke ich es, daß ich immer einen Tag jünger bin, als ich bin.

Meine schöngeistige Tante Frieda, der nichts verborgen blieb, was in unserer Familie geschah, verfaßte sogleich ein Gedicht darauf, das mit dem Reim ausklang: «... so habt ihr, wenn man's recht bedenkt, dem Kinde einen Tag geschenkt.» Diese merkwürdige Tante betrachtete es fortan als ihre Lebensaufgabe, mich zu bedichten.

Am tollsten aber trieb es unser Hund Widu, der nicht mehr von meiner Seite wich und in neidisches Geheul ausbrach, sobald sich jemand meinem Lager näherte. Da er keinen sehr freundlichen Gesichtsausdruck hatte, was dem Umstand zuzuschreiben ist, daß er eine Bulldogge war, wirkte seine Begeisterung eher bedrohlich als zärtlich, so daß die Familie sich entschloß, Widu in gute Hände abzugeben.

Ich protestierte lauthals, schrie drei Tage und drei Nächte lang fast ohne Unterbrechung und machte die frühe Erfahrung, daß selbst lauter Protest nicht immer verstanden wird. Meine guten Großeltern, aus Sorge um mein Wohlbefinden, vertauschten meinen schlichten Weidenkorb gegen eine handgeschnitzte Wiege, eine lächerliche Äußerlichkeit, die ich ignorierte.

Als ich in meinem Protest schließlich so weit ging, die mütterliche Nahrung zu verweigern, rieten meine unzähligen Tanten, auf Kufeke Kinderbrei umzustellen. Aber auch das brachte nicht den erhofften Erfolg. Erst der Schnuller, den mir mein übernächtigter Vater mehr aus Mitleid mit sich selbst zusteckte, vermochte es, mich von meinem Streik abzulenken. Ich schlief danach drei Tage und drei Nächte durch, und als ich wieder zu mir kam, hatte ich den ganzen Vorfall vergessen. Er ist mir später von meiner Tante Frieda in Hexametern überliefert worden.

Meine Tante Frieda war es auch, die das Gerücht verbreitete, daß ich von einmaliger Schönheit sei – das beste Gerücht, das jemals über mich in Umlauf war. Es lockte das halbe Dorf zur Besichtigung und kostete meine stolzen Eltern ein ganzes Pfund Bohnenkaffee und zwei Streuselkuchen. Dafür pries man ausgiebig meine runde Kopfform und das schwarze Gewölle meines Haares – ein Bluff, wie sich bald schon herausstellte, denn ich wurde strohblond und flachschädlig. Das änderte jedoch nichts an dem einmal gefällten Urteil.

Lediglich die Kirchbäuerin, ein neidischer Charakter, wie die Familie einstimmig feststellte, mäkelte an mir herum und beanstandete die krebsartige Röte, die sich gleichmäßig über meinen ganzen Körper hinzog. Das brachte mich fast um mein Ansehen, hätte meine Tante Frieda nicht drei Eide darauf geschworen, daß gerötete Haut bei Säuglingen immer auf hohe Intelligenz, bläuliche hingegen auf Schwerfälligkeit im Denken verweise, was sie am Beispiel der Kirchbauerkinder belegte.

Die Kirchbäuerin verweigerte uns von Stund an den wöchentlichen Butterbezug, so daß wir uns bemüßigt sahen, dem örtlichen Konsumverband beizutreten. Nach diesem Zwischenfall war mein Ansehen im Dorf wiederhergestellt, und die Obermüllerin, bei der wir unseren Brotbedarf deckten, ging sogar soweit zu erklären, nie in ihrem Leben etwas Schöneres hervorgebracht zu haben. Da sie selber kinderlos geblieben war, nahmen meine Eltern ihre Beteuerung nur gelassen auf.

Eindrucksvoller war dagegen der Besuch des Bürgermeistersohnes, der uns am Ostersonntag seine Aufwartung machte und mir einen dicken Primelstrauß und Windelhosen überreichte. Dabei lutschte er immerzu an seinem linken Daumen und entwendete mir in einem unbemerkten Augenblick den Schnuller. Diese Unart behielt er auch in späteren Jahren bei, so daß ich mich gezwungen sah, stets einen Ersatzschnuller mit mir zu führen.

Der Verlust meines ersten Schnullers aber brachte mich fast an den Rand der Verzweiflung. Ich preßte beide Fäuste auf einmal in den Mund und war bereit, daran zu ersticken.

Mit der Zeit jedoch nahm ich das alles mit stoischer Gelassenheit hin; es sind immer nur die ersten Enttäuschungen, an denen man wahrhaft leidet.

Meine Eltern konnten sich das Verschwinden des Schnullers überhaupt nicht erklären. Sie durchwühlten mein Lager von unterst zu oberst und schöpften schließlich den Verdacht, ich könnte ihn verschlungen haben.

Nach Jahren, als ich meine Eltern mit der Kunde verblüffte, das absolute Erinnerungsvermögen zu besitzen, habe ich ihnen den wahren Sachverhalt erzählt. Dabei steigerte ich mich zu der Behauptung, der Bürgermeistersohn habe auch den Primelstrauß wieder mitgenommen.

Meine Eltern, die sich beim besten Willen nicht mehr an den Verbleib des Primelstraußes erinnern konnten, waren fast bereit, an mein absolutes Gedächtnis zu glauben, wenn ich nicht noch hinzugefügt hätte, daß der Strauß kein Primelstrauß, sondern ein Rosenstrauß gewesen sei. Hätte ich mich auf Maiglöckchen oder Narzissen festgelegt, wäre ich von meiner Tante

Frieda als Gedächtnisphänomen gepriesen worden, denn sie hatte in Erfahrung gebracht, daß die Bürgermeisters noch nie etwas für Primeln übrig gehabt hatten; irgendeiner in der Familie litt an der Primelallergie.

Aber Rosen im April waren sogar meiner gutgläubigen Tante zuviel. Sie versuchte ein paar Tage lang, mich auf Osterglocken umzustimmen, doch ich blieb bei Rosen – meiner eigenen Glaubhaftigkeit zuliebe – und brachte meine Tante somit um den Genuß, ein weiteres Gerücht über mich in Umlauf setzen zu können.

Diesen Erbfehler, bei einer einmal ausgesprochenen Behauptung zu verharren und sie selbst zugunsten einer besseren nicht aufzugeben, verdanke ich meinem Patenonkel Philipp. Er galt weit über die Grenzen unserer Familie hinaus als starrköpfig und lügensüchtig. Obwohl meine Tanten einmütig gegen seine Kandidatur als Pate auftraten, entschieden sich meine Eltern dennoch für ihn, denn er besaß außer den schon genannten Eigenschaften die äußerst vorteilhafte, nicht unvermögend zu sein. Ihm gehörte die Teerfabrik am Bahngelände, die einen penetranten Geruch verbreitete und von den Einheimischen Bude genannt wurde.

Diese Bude mitsamt dem Gestank hatte sich mein Onkel angeheiratet und mir auf diese Weise zu einer weiteren Tante verholfen. Sie hörte auf den zeitlosen Namen Eva und war die einzige meiner unzähligen Tanten, die eine höhere Schulbildung genossen hatte. Darob wurde sie von meiner gesamten Verwandtschaft mit größter Hochachtung und Ablehnung behandelt. Sie war von kleinem, zierlichem Wuchs, hatte auffallend vornehme Gesichtszüge und ebenso vornehme Gebärden und wurde von meiner Familie immer nur dann zu Rate gezogen, wenn jemand ernsthaft erkrankt war oder mit Gott und der Welt auf Kriegsfuß stand. Sie besaß drei ungeheuer dicke Bücher, die sie des unmoralischen Inhaltes wegen stets unter Verschluß hielt. Das eine war das Doktorbuch, das andere das Bürgerliche Gesetzbuch und das dritte die Bibel. Aus diesen Büchern schöpfte sie ihr fundamentales Wissen, das sie in die Lage versetzte, Ratgeber in allen Lebenslagen zu sein.

So war Tante Eva auch die erste, die sich gegen die Kandidatur meines Onkels als Pate aussprach. Sie schätzte Philipp nicht sonderlich, nannte ihn einen geschäftstüchtigen Parvenü, einen begabten Scharlatan und geistigen Analphabeten. Da sie die einzige in der Familie war, die diese Beschimpfungen verstand, war sie auch die einzige, die darunter litt.

Am Tage meiner Taufe hatte sie wieder einen ihrer chronischen Migräneanfälle, die sie mit Hemikranie bezeichnete – ein Wort, das uns allen größten Respekt einflößte. Diese Hemikranie suchte meine Tante meist an Fest- und Feiertagen heim, so daß es ihr nur selten vergönnt war, den Geselligkeiten unserer weitverzweigten Familie beizuwohnen. Sie selbst stammte aus einer kinderarmen, degenerierten Sippe und hatte demzufolge einen unterentwickelten Familiensinn. Abgesehen von Onkel Philipp und den minderjährigen Mitgliedern unserer Verwandtschaft sprach sie alle Familienangehörigen mit «Sie» an, was von uns als ein Zeichen grenzenloser Vornehmheit gewertet wurde.

Obwohl alle Taufgäste das Fernbleiben meiner Tante Eva und ihr unheilbares Leiden aufs tiefste bedauerten, hätten sie es ebenso tief bedauert, wenn sie plötzlich erschienen wäre. Mein Onkel Philipp verfügte nämlich über drei Standardstorys, die er nur in Abwesenheit meiner Tante Eva zum besten gab und die den Höhepunkt jeder Familienfestlichkeit bildeten. Seine ungeheure Variationsfähigkeit und das schöpferische Finden stets neuer Details gaben den Geschichten jenen prickelnden Hauch von Neuheit, der die Zuhörer immer wieder gefangennahm. Der Erfolg seiner Erzählkunst beruhte nicht zuletzt darauf, daß Philipp selbst nie wußte, wohin es ihn redete. So konnte es geschehen, daß sich eine urkomische Geschichte, einer plötzlichen Eingebung meines Onkels folgend, in eine äußerst tragische verwandelte oder umgekehrt. Tragik und Komik lagen bei ihm eng beieinander. Obwohl er nie ein philosophisches Buch zur Hand genommen hatte, war er ein beredter Verfechter des Gedankens von der Einheit der Gegensätze.

Meine Tante Eva jedoch zeigte für all das wenig Verständnis. Sie hielt ihren Mann zeitlebens für einen albernen Lügner und sich selbst für das bedauernswerte Objekt seiner Lügen. Den größten Verdruß bereitete ihr die Geschichte von der Maus in ihrem Negligé. Meine Tante war nämlich äußerst allergisch gegen Mäuse, schon das Wort verursachte ihr fast körperliche Pein. Für den Fall, daß sie nicht umhinkonnte, von Mäusen zu sprechen, hatte sie ein Synonym gefunden – sie hatte überhaupt eine Vorliebe für Synonyme, so nannte sie meinen Onkel Philipp aus unerforschbaren Gründen «Alexander», während sie meine Tante Frieda, die fürs Französische schwärmte, ohne es jedoch zu sprechen, stets mit «Madame Toutou» anredete, was soviel wie «Madam Wauwau» hieß und meiner Tante Frieda zutiefst schmeichelte.

Für Mäuse hingegen verwandte meine Tante Eva das schmucklose Synonym «Untier», eine Bezeichnung, die meinen Onkel zu tiefsinnigen Betrachtungen veranlaßte und zu dem voreiligen Schluß brachte, daß «Untiere» überhaupt keine Tiere seien, da die Vorsilbe «un» stets eine Verneinung ausdrücke, worauf meine kluge Tante erwiderte, daß sie demnächst die «Un»-kosten seiner Geschäftsreisen streichen werde.

Drohungen dieser Art machte meine Tante nie wahr. Sie hatte, wie mein Onkel behauptete, eine gestörte Beziehung zum Geld. Als Kleinkind soll sie die Angewohnheit gehabt haben, Goldstücke zu verschlucken.

So wahr ich hier sitze, pflegte mein Onkel diese Story abzuschließen, sie ist innen ganz und gar vergoldet.

Diese Tante nun war die einzige, die meiner Taufe fernblieb. Ich selbst fühlte mich an jenem Tage auch nicht wohl. Mein Vater hatte mir einen neuen Schnuller zugesteckt, mit dem ich überhaupt nicht zu Rande kam. Das brachte mich dermaßen in Jähzorn, daß ich vom frühen Morgen an krebsrot und hemmungslos vor mich hin weinte.

Meine Paten versuchten der Reihe nach, mich zu beschwichtigen, wobei sie so in Streit gerieten, daß Tante Clara, gegen die ich von Anfang an eine Abneigung hatte, weil sie beim Lachen den Mund nie öffnete, das Familienfest vorzeitig verließ. Später kam sie dann noch einmal zurück, um ihren Mann zu holen, den sie in der Aufregung bei uns zurückgelassen hatte.

Außer dem verkniffenen Mund war es dieser Mann, den ich an ihr nicht ausstehen konnte. Er war mindestens einen Kopf kleiner als sie und hatte das ausgefallene Hobby, Katzen auf den Schwanz zu treten; zudem hieß er Hugo und gehörte der «Bewegung» an. Das mag auch der Grund gewesen sein, weshalb ihn meine Eltern zu meinem Taufpaten ernannt hatten. Mein Vater vertrat nämlich die sehr profane Auffassung, daß man nicht früh genug damit anfangen könne, Beziehungen aufzubauen. So erhielt ich vorsorglicherweise einen rechten und einen linken Taufpaten, dazu noch einen halblinken und einen halbrechten sowie einen Bauchladenhändler und ... Hugo.

Der linke Pate war Vaters Bruder Karl. Er wurde nur ungern zu Familienfesten hinzugezogen, da er es sich nie nehmen ließ, spätestens nach dem Hauptmahl mit seinem Tischnachbarn Streit anzufangen. Auch hatte er eine kleine Narbe über dem rechten Schulterblatt, die er auf Verlangen jedem vorzeigte. Außer dieser Narbe besaß er noch einen braunen Streichgarnanzug und schwarze Schnürschuhe. Es gehörte zu seinen Lebensgewohnheiten, plötzlich spurlos zu verschwinden. Am Tage meiner Taufe verschwand er schon nach der Vorsuppe und tauchte erst zu meiner Konfirmation wieder auf. Er hatte mir als Taufgeschenk zwei silberne Fünfmarkstücke eingebunden, die meine Mutter dringend benötigte, um einen Schulranzen für Karls Ältesten zu kaufen, bei dem sie wiederum Pate war.

Mein rechter Taufpate war Deutschnationaler und nebenbei Studienrat mit Pensionsanspruch. Wir verdankten ihn unserer Tante Dorle, sie war die jüngste Schwester meiner Mutter und ziemlich gut gewachsen. Als Haustochter mit Familienanschluß hatte sie sich daran gewöhnt, ihre Verlobten ebenso häufig zu wechseln wie ihre Anschlüsse. Obwohl zum Zeitpunkt meiner Taufe bereits wieder ein Wechsel in Aussicht stand, waren meine Eltern nicht abgeneigt, ihren derzeitigen Bräutigam zu meinem Patenonkel zu ernennen, um mir für alle Fälle seine Protektion zu sichern. Er gelobte an meiner Wiege, einen Menschen aus mir zu machen oder das, was er darunter verstand. Für ihn begann der Mensch beim Großen Latinum und endete im Deutschnationalen. Sein Patengeschenk war eine bibliophile

Ausgabe der Reden des Cicero gegen Catilina, von meinem Oheim Blasius – er legte Wert darauf, so genannt zu werden – eigenhändig mit einem Hugenberg-Zitat versehen.

Dieses Zitat störte meine Eltern ungemein, denn es hinderte sie daran, das Buch wieder zu verkaufen.

Eine weitere Unart dieses Oheims war es, Speisen, die er nicht verzehren konnte – er hatte ein chronisches Magenleiden – restlos zu zerstören. Obwohl er meiner Mutter versichert hatte, ein schwacher Esser zu sein, ließ er sich unentwegt die größten Portionen reichen, die er dann so zurichtete, daß selbst unsere Katze sie verschmähte. Das verdroß meine Mutter, denn sie war eine sparsame Frau und darauf eingerichtet, unsere Familie von den Festtagsresten bis zum nächsten Lohntag zu ernähren. Am meisten ärgerte es sie, daß sie der Zerstörungswut meines Oheims machtlos gegenüberstand. Sie schleppte ihren stillen Groll gegen ihn bis zu meinem dritten Geburtstag mit sich herum, dann befreite ich sie davon. Mein Oheim Blasius hatte nämlich die Angewohnheit, bei jeder Festlichkeit sein Lebenswerk zu präsentieren. In den vier Jahrzehnten seines Daseins war es ihm gelungen, mindestens acht Lebenswerke zu schaffen – dicke Manuskripte über die Perfektion römischer Thermen. Sein neuestes Werk lag zu meinem dritten Geburtstag vor: Die Gewölbetechnik römischer Thermen und der sittliche Verfall ... Da ich mir darunter rein gar nichts vorstellen konnte, überzog ich die Seiten mit Fliegenleim, der bei uns immer auf dem Fensterbrett stand. Die Wirkung war ungeheuer: das Lebenswerk meines Oheims wurde mit einem Male lebendig, wölbte sich, zog Grimassen, schrumpfte. Blasius aber hockte leichenblaß davor, starrte fassungslos auf die Seiten, dann auf mich, rüttelte mich an den Ohren und beklagte lauthals meine Boshaftigkeit. Darauf heulten wir gemeinsam los – ohne gemeinsamen Grund, und ich sagte zu ihm: Du machst ja auch alles kaputt, was du nicht essen kannst. Darauf wurde er sehr still, denn er war trotz allem ein kluger Mann.

Mein Patenonkel Alfonso war nicht so klug, aber wesentlich gescheiter. Er bewohnte unsere Dachkammer und zog sommers wie winters mit seinem Bauchladen umher, manchmal blieb er wochenlang aus. Wenn er dann zurückkam, kroch er schnurstracks ins Bett, selbst wenn es hellichter Tag war. Er aß mit Vorliebe backofenfrisches Brot mit Marmelade, das ihm meine Mutter ans Bett bringen mußte. Das Bett verließ er nur in dringenden Fällen, er war fast immer erkältet und bekam leicht Schüttelfrost. Im Dorf nannten sie ihn den Zigeuner, denn er hatte einen gebräunten Teint und sprach ein lückenhaftes Deutsch. Meine Tante Frieda aber, die ihn einmal beim Fluchen überrascht hatte, behauptete, er sei ein waschechter Sachse.

Mir war Alfonsos Herkunft ziemlich einerlei, wenn er nur den Bauchladen hatte. Dieser Bauchladen nämlich war der beste Teil an ihm. Er hatte die Größe einer mittleren Schrankschublade und war ganz und gar mit Leopardenfell überzogen. An seiner Rückwand waren Scharniere befestigt, die den Laden in ein oberes und ein unteres Stockwerk teilten. Das obere war meist aufgeklappt und wurde nur bei Regenwetter heruntergelassen. Die Innenwände des Ladens waren mit lauter kleinen Spiegeln verkleidet, die ihm eine so verblüffende Ausdehnung verliehen, daß ich lange Zeit glaubte, der Laden ginge durch den Onkel hindurch und hinter ihm weiter. Über den Spiegeln waren Haken befestigt, an denen Haarspangen, Glitzerbroschen, Puderquasten und Strumpfbänder hingen. Mein Onkel nannte diese Etage das Intimboudoir. Hier begegneten sich Dienstmädchenhände aus allen Herrschaftshäusern, prüften die Haarspangen, wühlten in den Glitzerbroschen, stäubten sich Puder ins Gesicht, probierten die Strumpfbänder unterm kokett gehobenen Rock. Mein Onkel stand mit unbeteiligter Miene dabei, ließ einen Marienkäfer auf seiner Fingerkuppe landen und zählte die Tupfen. Kein noch so schönes Frauenbein konnte ihn bewegen, seine Ware auch nur um einen Pfennig billiger zu verhökern – er war nämlich ein großer Weiberfeind. Ich selbst spürte davon noch nichts, Kinder, Greise und Katzen zählte mein Onkel zu den geschlechtslosen Wesen. Ihnen war er stets freundlich gesonnen. So hatte er in der unteren Etage seines Bauchladens eine Extra-Abteilung für «Haustiere» eingerichtet, wie er Kinder tiefsinnigerweise zu bezeichnen pflegte. In dieser Abteilung gab es alles, was Mütter zur Verzweiflung bringt, Kinder aber überaus erfreut. Je heftiger sich eine Mutter gegen das Verlangen ihres Kindes zur Wehr setzte, desto großzügiger wurde mein Onkel mit dem Preis, und am Ende verschenkte er den begehrten Knallfrosch oder die ersehnte Quietschharmonika gegen einen vorwurfsvollen Mutterblick.

Die Spielsachen, die ich auf diese Weise von Alfonso bekommen hatte, waren mindestens zwanzig Mutterblicke wert.

Jedesmal, wenn Alfonso so einen Blick kassiert hatte, verschwand seine Rechte hinter der Haustierabteilung in einem Geheimkabinett und schwenkte von dort mit einem hochhalsigen Fläschchen zurück. In diesen sonderbaren Fläschchen verwahrte Onkel Alfonso seine Seelenmedizin. Sie war farblos und dünn, hatte aber eine umwerfende Wirkung. Je nachdem wie die Flasche beschriftet war, vollführte mein Onkel von Schluck zu Schluck die merkwürdigsten Tanzbewegungen. Er begann stets mit einem einfachen Schütteln des Oberkörpers, wobei er die gräßlichsten Grimassen schnitt, und endete meist mit einem schwerfälligen Bärentanz um die eigene Achse. Wichtig war, daß man Alfonso rechtzeitig seines Bauchladens entledigte, denn es war mehrmals vorgekommen, daß der Bauchladen den Onkel aus dem Gleichgewicht gebracht hatte.

Darunter hatte vor allem das Intimboudoir mitsamt den Spiegeln gelitten; das Geheimkabinett hingegen war verschont geblieben. Mein Onkel hatte es sofort einer gründlichen Revision unterzogen und beschlossen, das Seelenwässerchen Tarantelstich, das dieses Unheil verursacht hatte, fortan aus dem Geheimkabinett zu verbannen. Dafür wurde ein neues aufgenommen, das dem Tarantelstich zwar in der Farbe genau glich, von meinem Onkel aber den Namen Höllenflämmchen verliehen bekam. Höllenflämmchen war wesentlich angenehmer in der Wirkung; es verursachte lediglich ein leichtes Auf- und Niederflackern meines Onkels, ohne ihn jedoch hinterhältig zu Fall zu bringen. Übertroffen wurde Höllenflämmchen nur noch von Teufelshemd, einem quellklaren Wässerchen mit seelenreinigender Wirkung. Es übte einen außerordentlich besänftigenden Einfluß auf meinen Onkel aus, ließ ihn tief in sich blicken, förderte verkümmerte Tränen zutage, die, begleitet von einem fiepsenden, glucksenden Geräusch, an die Oberfläche traten, und versenkte ihn alsbald in einen tiefen, kindhaften Schlummer, aus dem seine Seele jedesmal neuwaschen und heil hervorging.

So hatte er sich auch am Vorabend meiner Taufe einer gründlichen Seelenwäsche unterzogen, die so durchdringend gewesen war, daß er anderntags nur mit Unterbrechung meinem Tauffest beiwohnen konnte und in der Kirche plötzlich lauthals zu schluchzen begann. Mein Oheim Blasius, dem das äußerst zuwider war, drückte seine Mißbilligung dadurch aus, daß er Alfonso den ganzen Tag über kleine boshafte Bemerkungen zuwarf, die er mit messerscharfen Blicken begleitete.

Auch machte er meinen Eltern die heftigsten Vorhaltungen, da sie einen Taugenichts wie Alfonso zu meinem Taufpaten erkoren hatten.

Mein Vater, der seine Umwelt von Zeit zu Zeit mit kurzen, offenen Sätzen verblüffte, erwiderte nur: Es gibt gute, die sind schlecht, und schlechte ...

Damit hatte Oheim Blasius eine geschlagene Stunde lang zu tun, und Onkel Alfonso konnte getrost einen Schluck schlafen.

Es war eine kuriose Angewohnheit meines Onkels, schluckweise zu schlafen. Ein Schluck hatte ungefähr das Maß einer Stunde, konnte aber auch kleiner ausfallen. War mein Onkel sehr müde, schlief er drei Flaschen lang, was einem regelrechten Nachtschlaf gleichzusetzen war. Es kam auch vor, daß er ein ganzes Faß zusammenschlief. Außer Oheim Blasius nahm keiner Anstoß an Alfonso, zumal er mir den teuersten Kinderwagen im ganzen Umkreis – mit Perlmuttgriff und Bärenzudecke – zum Patengeschenk gemacht hatte. Damit ließ er es jedoch noch nicht bewenden, sondern erklärte mich zwischen zwei Schlucken Schlaf zur alleinigen Erbin seines Bauchladens, den er durch den Anbau einer Stammbuchbildergalerie noch zu erweitern gedachte. Die Attraktion des Ladens aber war die einmalige Art und Weise seiner Schließvorrichtung. Mein Onkel hatte sich dazu eigens Elfenbeinzähne besorgt, die er so geschickt in die inneren Abschlußkanten der Bauchtruhe einfügen ließ, daß sie beim Zuklappen wie Riesenkiefer ineinanderbissen und eine krummzackige, aber undurchlässige Reihe bildeten. Zusammen mit dem Fellbezug erinnerte sein Laden im geöffneten Zustand an den ungeheuren Rachen eines Königsleoparden. Es gab auf der ganzen Welt keinen Laden mehr, der sich mit dem meines Onkels hätte messen können, und ich war dazu ausersehen, dereinst seine Besitzerin zu sein.

Onkel Philipp aber, der es nicht ertrug, von irgendwem in irgendeiner Weise überboten zu werden, machte mir noch am gleichen Tage das Angebot, nach gründlicher Lehrzeit Teilhaber seiner Firma zu werden. Meinen Eltern gefiel dieser Vorschlag weitaus besser, denn er war realer und vor allem respektabler. Onkel Philipp unterstanden immerhin vier Arbeiter und ein Vorarbeiter, dazu eine Kontoristin, ein Buchhalter, ein Geschäftsreisender, eine Reinemachfrau und eine Köchin.

Kontoristin war meine Tante Eva, Köchin ebenfalls, Reisender und Buchhalter in Personalunion mein Onkel Philipp, Vorarbeiter mein Vater. Die restlichen Arbeiter rekrutierten sich aus dem Nachwuchs unserer zeugungsfreudigen Verwandtschaft. In die Reinemachfrau teilten sich abwechselnd meine Mutter und meine Tante Frieda.

Mein letzter Patenonkel schließlich, mir zur Halblinken beigegeben, war Vaters jüngster Bruder Rudolph. Er gehörte der Sozialdemokratischen Partei an und bildete zusammen mit Onkel Karl den linken Flügel unserer Festtafel. Es war eine bekannte und unabänderliche Tatsache, daß sich die beiden Brüder bei jeder Familienfestlichkeit in die Haare gerieten. Deshalb setzte meine Mutter sie in weiser Voraussicht nebeneinander und verhinderte damit, daß unser gutes Festtagsgeschirr über die ganze Tafel geschleudert wurde.

Ich war die einzige, die beim Ausbruch des Streites erschreckt zusammenfuhr, denn ich war noch neu in der Familie und mit den Gepflogenheiten ihrer Festgelage noch nicht vertraut. Das Merkwürdigste an diesen Streitigkeiten aber war, daß sie immer zwischen links und halblinks oder zwischen rechts und halbrechts ausgetragen wurden, nie jedoch über Kreuz. Ich hielt das lange Zeit für eine Besonderheit unserer Familie.

Zum Glück griff Onkel Alfonso in letzter Minute in das Festprogramm ein und machte uns darauf aufmerksam, daß der Zeitpunkt des Taufaktes herangerückt sei. Meine Familie brach Hals über Kopf auf und vergaß in der Eile, mich mitzunehmen. Meine Mutter hatte sich wieder einmal auf Tante Clara verlassen, die darauf bestanden hatte, mich zum Taufbecken zu tragen. In der Aufregung nun hatte sie ganz und gar übersehen, daß Clara bereits vorzeitig aus der Familienfeier ausgeschieden war.

Ich erzürnte mich darüber so sehr, daß mich Pinkerts Semmeljunge schon aus einer Entfernung von siebzehn Chausseebäumen vernahm, und da er einen hellen Kopf hatte, erfaßte er sofort die Situation, packte mich kurzerhand in die Semmelkiepe und eilte mit mir jener Richtung zu, aus der ungeduldiges Glockengeläute kam. Von meiner vielgepriesenen Schönheit war nichts mehr übriggeblieben, als Pinkerts Semmeljunge mit mir am Taufbecken angelangt war. Was aber meine Mutter und alle meine Paten aufs tiefste traf, war die aufsehenerregende Feststellung, daß Tante Clara auch versäumt hatte, mir Taufkleid und Schleier anzulegen, so daß ich im schäbigen Sabberjüppchen der heiligen Handlung beiwohnen mußte, was vor allem die Kirchbäuerin sehr erheiterte. Meine Mutter aber schwor sich, Tante Clara mindestens vierzehn Tage lang nicht mehr zu grüßen, was sie dann auch – entgegen ihrem cholerischen Temperament – tatsächlich fertigbrachte, so sehr fühlte sie sich in ihrer Eitelkeit verletzt.

Ich wurde auf den Namen Mirabella getauft. Mit diesem Namen hatte meine Mutter sich selbst übertroffen. Sie strahlte vor eitel Freude, als der Pfarrer sie darauf hinwies, daß es so einen Namen noch nie gegeben habe, in seiner ganzen Gemeinde nicht.

Er ist im Traum so über mich gekommen, erwiderte meine Mutter schlicht und tat überrascht, als sie erfuhr, daß Mirabella soviel wie das schöne Wunder bedeute. Nein, wirklich, sagte sie, was man doch manchmal so Wahres träumt.

Meine Tante Eva aber hatte von Anfang an etwas gegen diesen Namen, den sie mit dem Synonym «Limonade» abtat. Sie setzte es durch, daß man mir einen zweiten Namen beigab, der lautete Johanna und war beinahe ebenso zeitlos wie Eva. Er hatte allerdings den Nachteil, daß man ihn nicht benutzen konnte, denn er wurde erst an zweiter Stelle in meiner Taufurkunde genannt – als Ersatz gewissermaßen für den Fall, daß dem ersten Namen etwas zustoßen sollte. Dem widerfuhr aber nichts, wenn man davon absieht, daß meine Eltern ihn in zwei Teile zerlegten, denn es stellte sich heraus, daß er auf die Dauer zu zeitaufwendig im Gebrauch war. Der zweite Teil gefiel zwar allen besser – konnte jedoch nicht verwendet werden, da der Hund vom alten Fräulein Wagenhaus seit Urzeiten schon auf diesen Namen hörte. Der vordere Teil hingegen war von Kirchbauers Maikatze belegt, was meine Eltern als gehässige Nachäffung empfanden, denn erwiesenermaßen war die Katze einen Monat später zur Welt gekommen als ich.

Mein Vater schaffte sich daraufhin eine Ziege an, ein mickriges, affektiertes Ding, das er nach Kirchbauers Zweitgeborener Heidrun nannte.

Jedesmal, wenn er das Tier zum Decken brachte, nahm er den Umweg über Kirchbauers Hof, wo er unter Zurufen und Lamentieren die Kirchbauersleute darauf aufmerksam machte, daß er Heidrun, die geile Himmelsziege, wieder mal zum Bocke brächte.

Als Heidrun zum dritten Male trächtig wurde, reichte die Kirchbäuerin Klage gegen uns ein wegen Verunglimpfung eines arischen Namens, zog sie jedoch kurz darauf wieder zurück, da unsere kluge Tante Eva nachweisen konnte, daß Heidrun in der nordischen Sage tatsächlich die ungesittete Himmelsziege der Edda ist.

Von da an nannten die Kirchbauers ihre Zweitgeborene nur noch Heidi.

Ich aber wurde am fünfundzwanzigsten Mai in der Pfarrkirche zu Spreetal auf den Namen Mirabella Johanna getauft und fortan Rabel genannt.

KAPITEL II

Schon in meinen frühen Kinderjahren bemühten sich meine Eltern, mir eine gute Erziehung zuteil werden zu lassen. Da beide berufstätig waren, wurde ich bereits als Kleinkind außer Haus betreut.

Rabel, sagte mein Vater, und er schlüpfte in seine Arbeitshose, die nach Teer und Tabak roch oder nach Tabak und Teer, je nachdem, womit er sich am Vortage mehr befaßt hatte, Rabel, sagte er also, wird es einmal besser haben, dafür ist gesorgt.

Ich hockte auf dem Kanapee und war damit beschäftigt, einen meiner babyfarbenen Schnuller aufzuessen, eine Tätigkeit, die ich meist in den frühen Morgenstunden verrichtete, da meine Eltern zwischen Aufstehen und Aus-dem-Haus-Gehen besonderen Wert darauf legten, ein artiges Kind zu haben.

Wenn du da an Philipp denkst, sagte meine Mutter, und sie wetzte dabei am Küchenherd das Brotmesser, und ich vergaß für Augenblicke meine Beschäftigung, denn ich wußte, daß jetzt gleich der Akt des Brotanschneidens folgen würde, und dieser Vorgang faszinierte mich immer wieder aufs neue. Meine Mutter drückte dabei behutsam mit der linken Hand das Brot gegen den beschürzten Leib, wobei sie darauf achtete, daß die Flachseite des Brotes nach außen zeigte, während sie mit der rechten Hand, in der sie das Brotmesser hielt, von oben nach unten und von links nach rechts ein Kreuz in die mehlbestäubte Fläche ritzte: dazu sagte sie jedesmal eine Stelle aus dem Vaterunser auf, und an der Art, wie sie sprach, konnte ich abschätzen, ob der Tag ruhig oder hastig verlaufen würde.

Ich mochte die hastigen Tage, an denen meine Mutter vor Eile vergaß, mich anzuziehen und jammervolle Blicke zur Küchenuhr warf. Ich trödelte dann besonders lange beim Essen, denn ich wußte, daß sie mich zu Alfonso bringen würde, wenn sie mit der Zeit nicht mehr zu Rande kam. An ruhigen Tagen aber nahm sie mich mit in Philipps Firma, wo ich ihr einen ganzen Vormittag lang beim Reinemachen zusehen mußte, was mich mit der Zeit dermaßen langweilte, daß mir schon beim Anblick von Besen und Scheuereimer das Gähnen kam und ich mir auf diese Weise einen bedingten Reflex zuzog.

Meine Mutter hatte zu meinem Bedauern ihren Brottext dieses Mal sehr ruhig und beinahe innig gesprochen und ging jetzt ohne Hast dazu über, den Ranft vom Brote zu schneiden. Philipp ist ein Prahler, sagte sie dabei und setzte den Satz fort, den sie vor dem Brotakt begonnen hatte, und wenn er gleich mein Bruder ist, seine Prahlsucht bringt ihn noch zu Fall.

Meine Mutter ließ keinen Tag vorübergehen, ohne eine Prophezeiung auszusprechen. Da sie nur auf lange Sicht prophezeite, erreichte sie damit sogar eine gewisse Glaubhaftigkeit. Meine Tante Frieda zum Beispiel wartete ihr Leben lang mit gleichbleibender Zuversicht auf den bemittelten Witwer, den ihr meine Mutter zugesprochen hatte.

Von Philipp war nicht die Rede, erwiderte mein Vater, ich dachte eigentlich mehr an Blasius.

Seit dem Tage meiner Taufe reagierte meine Mutter allergisch auf den Namen Blasius. Auf ihrem Hals erschienen dann jedesmal rote Flecken, die sich rasch auf Stirn und Wange ausbreiteten und ihr das Aussehen einer Scharlachkranken aufzwangen. Blasius, stieß sie hervor, ist genauso ein Großmaul wie Philipp.

Mein Vater, der die gefährliche Rötung am Halse meiner Mutter übersehen hatte, begann, ihr die Vorzüge meines Oheims Blasius darzulegen und die Pläne, die er mit ihm hatte.

Nimm zum Beispiel seine Gesinnung, sagte er, die ist durch und durch deutsch – und echt wie sein Stammbaum, und wenn er noch in die Partei eintritt, kann er Gymnasialdirektor werden oder mehr.

Gymnasialdirektor, höhnte meine Mutter, und es war unübersehbar, daß die Wutröte bereits ihre Ohren erfaßt hatte, was soll ich mit einem Gymnasialdirektor, der mir Zigarrenasche unters Essen manscht.

Du eigentlich gar nichts, entgegnete mein Vater, ich hatte dabei mehr an Rabel gedacht, begabt wie sie ist. Die kommt bestimmt noch mal zu einem studierten Beruf, wenn Blasius ein Wort für sie einlegt.

Ach herrje, seufzte meine Mutter, bis dahin geht noch viel Wasser durch die Spree, und sie bemühte sich, die Wut, die ihr im Halse steckte, hinunterzuschlucken, was ihr auch beinahe gelungen wäre, wenn ihr mein Vater in seinem Eifer nicht gestanden hätte, daß er Blasius aus den von ihm erwähnten Gründen zum Osterfeste eingeladen habe.

Meine Mutter schob mit einem Ruck den Küchenschemel hinter sich, daß er polternd zu Boden rollte, langte über den Frühstückstisch, zerrte mich, noch ungewaschen und im Nachthemd, vom Kanapee, warf hastig ein paar Anziehsachen in die Einkaufstasche und stürmte mit mir davon.

In solchen Momenten nahm sie sich immer vor, zu ihren Eltern zu gehen, die ein paar Dörfer weiter wohnten. Es kam aber nie dazu, denn spätestens am Gartentor war ihr Zorn verraucht, und sie sah dann sehr hilflos und verloren aus und quälte sich – wie alle, die schneller handeln als denken – mit der Frage, was nun werden sollte. Der Osterkuchen war schon zum Abbacken bei Semmel-Pinkerts und mußte am Nachmittag abgeholt werden, Onkel Philipp saß in seiner Teerbude und wartete auf den Osterputz, und in der Zinkwanne weichten unsere Scheibengardinen. Das alles kam meiner Mutter in den Sinn und veranlaßte sie, den Gartentorschlüssel im Schaft ihrer Überschuhe verschwinden zu lassen. So ein Pech, sagte sie, nun müssen wir noch einmal zurück – was soviel hieß wie: der Aufbruch ist auf unbestimmte Zeit verschoben.

Wenn du mir nur nicht immer meinen Schlüssel aus der Tasche grapschen würdest, fuhr sie meinen Vater schon von weitem an, bestimmt hast du ihn wieder versielt.

Meine Mutter besaß die beneidenswerte Eigenschaft, jeden Rückzug in einen Angriff umzumünzen, was meinen Vater immer so verwirrte, daß er jedesmal schuldbewußt zur Verteidigung überging und meiner Mutter den Sieg überließ. Diesmal kramte er zu allem Überfluß dabei noch in seinen Taschen herum, obwohl er genau wußte, daß er den Schlüssel gar nicht hatte. Ich hielt das zuerst für ein Schockverhalten, kam aber bald dahinter, daß es eine besondere Art von Taktik war.

Na so was, staunte er, gestern hatte ich ihn doch noch. Den muß ich so um die Drehe vom oberen Kretscham verloren haben. – Und er versicherte meiner Mutter, daß er gleich nach Arbeitsschluß nachsehen würde, und meine Mutter nickte schwach und mußte in Kauf nehmen, daß er sich auf diese Weise wieder einen legalen Zechabend ergaunert hatte.

Mir selbst verschaffte dieser Zwischenfall auch einen Vorteil, denn ich wurde in Anbetracht der vorgerückten Zeit nun doch zu Alfonso gebracht, was ich mit unbeteiligtem Gesichtsausdruck zur Kenntnis nahm. Ich hatte nämlich die Erfahrung gemacht, daß meine Eltern jedesmal mißtrauisch wurden, wenn mir irgend etwas besonderes Vergnügen bereitete, zeigte ich aber Gleichgültigkeit oder gar Unbehagen, wurde ich stets mit einem Zipfel Wurst belohnt. Das arme Kind, jammerte meine Mutter, ausgerechnet am Gründonnerstag.

Gründonnerstag vor Ostern war ungefähr dasselbe wie Heiligabend vor Weihnachten. Wer ihn verpaßte, konnte gleich das ganze Fest ausfallen lassen. Ich wußte das, aber es störte mich nicht sehr, denn ich machte mir nichts aus Festen und aus Gründonnerstag schon gar nicht. Es gefiel mir nicht, mit einem Leinensack von Haus zu Haus zu ziehen und Ostergaben zu ersingen, denn meine Stimme war klein und spröde und gab nichts her. Das hatten inzwischen alle im Dorf zur Kenntnis genommen, nur meine Eltern nicht.

Da blieb ich also lieber bei Alfonso, denn der verlangte keine Gegengabe, wenn er einem etwas gab. Dafür nahm er gelegentlich auch ohne zu geben, und das fanden alle ungehörig.

«Guten Morgen, guten Morgen zum Gründonnerstag», sang er mir entgegen und richtete sich im Bett auf. Er war wieder einmal in Mantel und Schal und sah sehr verfroren aus, und klappernd intonierte er die zweite Zeile: «Gib was in mein' Bettelsack.» Ich gab ihm den Rest meines Schnullers, mit dem ich in der Eile des Aufbruchs nicht mehr fertig geworden war. Sieh an, sagte er, du hast ihn also wieder mal aufgefuttert. Wenn das deine Mutter wüßte! Und nun bist du durstig geworden und hast Lust auf Katzenmilch, gell?

Dieses «gell» war ein ortsfremder Ausdruck und bewies, daß mein Onkel viel in der Welt herumgekommen war. Er hob mich mit einem Ruck aufs Fensterbrett und schob mir ein Schälchen voll Milch hin, das ich auf Katzenart ausschlecken durfte. Ich hatte es darin schon zu einer gewissen Fertigkeit gebracht und mich bisher nur ein einziges Mal verschluckt – bei dem Gedanken, Tante Clara käme herein. Mit dem Katzenmilchspiel konnte ich mich ungefähr eine Stunde lang beschäftigen, das wußte Alfonso, und er ging daran, seine Socken zu stopfen. Er hatte eigens dazu ein Patent entwickelt, das mich durch seine Einfachheit und Sparsamkeit tief beeindruckte. Mein Onkel benötigte dafür lediglich einen Flach- und einen Rundpinsel sowie drei Grundfarben: grün, braun, grau – eine andere Farbe hatten seine Socken nicht. Ein weiterer Vorteil dieses Reparaturverfahrens war es, daß man damit jeweils nur ein Paar Socken stopfen konnte, was Ermüdungserscheinungen vorbeugte. Man mußte nämlich während des Stopfens das betreffende Sockenpaar anziehen und es auch hinterher noch möglichst lange an den Füßen behalten. Der Vorgang selbst glich einem Kinderspiel. Man brauchte mit dem Rundpinsel nur die fleischigen Lochstellen auszumalen und mit dem Flachpinsel ein diskretes Muster nachzuziehen, und schon ließ sich mit dem bloßen Auge das Loch nicht mehr vom Strumpf unterscheiden.

Diese praktische und hundertprozentig erfolgreiche Methode hatte Onkel Alfonso meiner Mutter kostenlos angepriesen, war aber damit auf heftige Ablehnung gestoßen, die sich bei meiner Mutter bis zum Widerwillen steigerte, als sie Alfonsos nackte Füße sah, die von der Ferse bis zum Zeh braun, grün und grau gefleckt waren. Alfonso hatte daraufhin das Schild mit dem einprägsamen Werbespruch «Alfonso Brix' Schnellstopfverfahren – hilft Zeit und Geld und Mühe sparen» wieder aus dem Bauchladen entfernt und beschlossen, das Patent künftig nur noch für sich selbst zu nutzen. – Ich hockte auf dem Fensterbrett und sah ihm dabei zu. Es war mir nicht entgangen, daß Alfonso seine Socken nur dann stopfte, wenn er mit dem Bauchladen über Land wollte. Er rüstete also zum Aufbruch. Seit meiner Taufe besaß ich Alfonsos Versprechen, mich mitzunehmen, aber immer wieder schob er es hinaus. – Da mußt du erst von unten in die Dachrinne spucken können!

Die Dachrinne war der oberste Grad im Wachstumsanzeiger, ihn erreichten nur Konfirmanden und ausgewachsene Schäferhunde. Ich selbst hatte es noch nicht einmal bis zum Rand der Regentonne gebracht, selbst wenn ich mich auf die Zehenspitzen stellte. Die Regentonnenhöhe aber war der nicht zu umgehende Nachweis für Schulreife.

Ich richtete mich in meiner ganzen Größe auf, klammerte mich mit der rechten Hand am Fensterwirbel fest, während ich die linke steil nach oben schob, und deutete meinem Onkel an, daß ich soeben die Fensterhöhe erwachsen hätte.

Na gut, sagte er, ausnahmsweise, weil es überall gründonnerstagt und weil du einen Millimeter aufgestockt hast.

Er holte seinen Bauchladen unterm Bett hervor, strich zärtlich über das Leopardenfell, fuhr dann behutsam mit dem Zeigefinger über die Elfenbeinzähne, prüfte, ob sie noch fest saßen, nickte zufrieden und ließ den Riesenkiefer knarrend auseinanderspringen. Der Laden war geöffnet.

Vor dem Fenster hatte sich die Sonne niedergelassen, eine kleine, fahle Gründonnerstagssonne, und Alfonso nickte ihr zu und zog mich hastig an und erklärte mir, daß es ungehörig sei, eine Sonne warten zu lassen. Wir gingen zu dritt aus dem Haus, Alfonso, die Sonne und ich, und überall, wo wir haltmachten, machte auch die Sonne halt. Daraus zog ich den Schluß, daß diese kleine, verwahrloste Gründonnerstagssonne nur uns gehörte, weil wir freundlich zu ihr gewesen waren, und daß sie nun immer hinter uns herstreunen würde wie eine ausgesetzte Jungkatze.

Deshalb wunderte ich mich sehr, als wir im Eichengrund einem Beiersdorfer Eierweib begegneten, das zum Ostermarkt nach Bautzen wollte und behauptete, schon mit der Sonne auf den Beinen zu sein. Ich hielt das reinweg für gelogen, und es verdroß mich, daß Alfonso mit ihr Schlüpfergummi gegen Eier tauschte. Das Weib aber tätschelte mir das Gesicht und bat mich um ein Lied und versprach mir dafür ein Zwerghuhnei. Sie singt nicht am Gründonnerstag, wandte Alfonso ein und band mir die Zipfelmütze vom Kopf und ließ das Zwerghuhnei darin verschwinden. Nichts für ungut, sagte er, auch die kleinste Gabe soll man nicht verschmähen, wenn sie aus lauterem Herzen kommt.

Da schob das Eierweib noch eine Gründonnerstagsgabe in meine Zipfelmütze. Das söhnte mich mit ihr aus, und ich war jetzt auch bereit, ein Lied für sie zu singen.

Ich sang aber nicht das Standardlied vom kleinen Jungen, der die ganzen Brezeln verteilt, sondern das Lied vom Räuber und seiner Braut, was mich immer tief erschütterte, danach bot ich die Ballade dar vom Jüngling, der ins Wasser geht, und zum Abschluß den Song von der allein gelassenen Kindsmutter. Das Besondere an meinem Gesange war, daß ich ihn an dramatischen Stellen unterbrach, weil meine Stimme nicht mehr mitmachte, und nach kurzer Verschnaufpause in freier Rede weiterfuhr, was meine Eltern in dem Glauben bestärkt hatte, meine Vortragskunst grenze ans Geniale. Es war ihnen sogar gelungen, Blasius davon zu überzeugen und beinahe auch meine kluge Tante Eva, wenn sie nicht aus Prinzip von nichts und niemandem zu überzeugen gewesen wäre.

Auch das Eierweib lauschte andächtig, neigte den Oberkörper tief zu mir herunter und vergrößerte mit der freien Hand ihr linkes Ohr zu einem Trichter, damit auch ja kein Ton verlorenginge.

Nein, wirklich, sagte sie, so was hab' ich mein Lebtag noch nicht gehört, daß jemand so singen kann, so ganz ohne Stimme und Melodie, nur von innen heraus. Das ist Kunst, sagte sie, ganz große Kunst, und eine leise Ahnung stieg in mir hoch, daß es auf dieser Welt wahrscheinlich nur darauf ankam, seine Mängel möglichst lauthals darzubieten, um sie als Vorzüge quittiert zu bekommen. – Das Eierweib nahm mich bei der Hand und führte mich in Pinkerts Bäckerstube, und ich durfte mir zur Belohnung eine Zuckerbrezel aussuchen. Und da die Bäckersfrau nicht zurückstehen wollte hinter einem Beiersdorfer Eierweib, so legte sie noch eine Zopfsemmel und einen Reichsgroschen dazu.

Eigentlich, sagte sie, habe ich schon alles verteilt, aber für so einen Nachsinger behalte ich immer was zurück. Sie wischte mir mit dem Schürzenzipfel übers Gesicht, rubbelte meinen Katzenmilchbart, und nachdem sie mich von allen Seiten betrachtet hatte wie ein wiedergefundenes Fünfmarkstück, erkannte sie mich endlich und erklärte dem Eierweib, indem sie umständlich meine ganze Verwandtschaft aufzählte, daß ich Steinschlag-Collatzens Kleine sei.

Den Beinamen hatten wir vom Großvater meines Vaters geerbt. Er zeigte die Sippe an, aus der wir Collatzens stammten, denn im Unterschied zu uns gab es noch einen Gerber-Collatz und einen Hosen-Collatz im Ort.

Mit dem Beinamen hatten wir auch jene Abneigung gegen die Kirchbauers übernommen, die auf einen zerstörerischen Streit zwischen unserem und dem Kirchbauergroßvater zurückging. Beide waren ursprünglich eng befreundet gewesen, wovon noch ein handgeschnitzter Bierkrug zeugte, der sich in unserem Familienbesitz befand und zusammen mit der Feindschaft von Generation zu Generation weitervererbt wurde. Es hing immer vom Temperament des jeweiligen Erben ab, ob die Feindschaft hitzig oder kühl, mit oder ohne Gerichtsstand fortgeführt wurde. Unter der Obhut meines Vaters schwelte sie im Zustand heiterer Gehässigkeiten dahin. Wir alle waren überzeugt, daß die Schuld an dem Urstreit einzig und allein die Kirchbauers trugen, denn es war aktenkundig, daß der Kirchbauergroßvater eines unschuldigen Morgens den Gruß unseres Collatzgroßvaters auch nach mehrmaligem Wiederholen nicht erwidert hatte, worauf dieser seinem «Morgen, Gottlob» ein Steingeschoß hinterherschleuderte. Daß der Stein den rechten Eckzahn des Grußverweigerers traf, war lediglich eine Ungeschicklichkeit desselben und ging nicht auf unsere Rechnung. Trotzdem wurde unser Großvater von der Königlichen Amtshauptmannschaft zu Bautzen zu einer unbotmäßigen Geldbuße verurteilt, die dem Kirchbauergroßvater in Anbetracht seines verlorengegangenen Eckzahnes aber noch zu gering erschien, so daß er sich über Nacht entschloß, unseren Schuppen niederzubrennen. Dabei stellte sich heraus, daß unser morscher Schuppen mehr wert war als Kirchbauers Eckzahn, denn von der Geldbuße, die der Kirchbauer dafür zu entrichten hatte, konnten wir seinen Eckzahn bezahlen und außerdem noch ein gutes Dutzend Fichtenholzbretter.

Das verzieh er uns nie.

Unser Collatzgroßvater, der wie alle wutanfälligen Leute verträglicher Natur war, hätte gern wieder Frieden mit seinem Freundfeind geschlossen, aber all seine Bestrebungen schlugen fehl, ja sie verkehrten sich sogar ins Gegenteil, und seine zaghaften Annäherungsversuche wurden ihm als hinterhältige, bösartige List ausgelegt, der zufolge Kirchbauers Mutterziege krepiert sein sollte. Unser Großvater sah sich daraufhin gezwungen, seine drei Legehühner abzuschlachten, da ihm der Kirchbauerfeind in Abwesenheit von Zeugen angedroht hatte, besagten Tieren schmerzlos und ohne Nachweis das Gedärm im Leibe zu vergiften.

Der Kummer über den Verlust seiner drei Legehühner machte unseren Großvater still und grüblerisch und führte seine Gedanken zum Urgrund des Streites zurück, und der lag nicht im Grußverweigern und auch nicht im Steinschlag, sondern genau eine Nacht davor.

In jener Nacht nämlich, die gerade ins Dämmergrau eines fahlen, schneelosen Wintertages hinüberzuwechseln begann, hatte unser Großvater, getrieben von den Daseinsansprüchen seiner vierzehn Kinder, die Hasenschlingen überprüft, die er und sein Freund Gottlob wider König und Gesetz, aber mit Geschick und Fleiß in einem Umkreis von fünf Kilometern ausgelegt hatten. Doch die Hasen waren auf der Hut gewesen, und nur ein einziger war in die Schlinge gegangen, und da er so klein und mickrig war, stand unser Großvater vor der schier unlösbaren mathematischen Aufgabe, diesen Fang in zwei gerechte Teile zu zerlegen, wobei er nicht außer acht lassen wollte, daß der Kirchbauerfreund nur sieben, er hingegen vierzehn Kinder zu ernähren hatte. Dies verleitete ihn zu dem mathematischen Trugschluß, daß er genau das Doppelte von der Beute zu beanspruchen hätte, und so nahm er sich zu seiner Hälfte noch die andere dazu.

Das also war der Urgrund des Streites gewesen, und nachdem unser Großvater drei Jahre und sieben Wochen darüber nachgedacht hatte, förderte er folgenden Satz zutage: Wie ist es doch beschissen auf der Welt!

Und nach weiteren drei Jahren gesellte er folgenden Satz hinzu: Wenn sich zwei arme Hunde um einen mageren Knochen streiten, derweil der Wolf mit einem feisten Kalb von dannen zieht, dann sind's zwei dumme arme Hunde.

Und noch ein Jahr später wurde er Mitglied der Eisenacher Arbeiterpartei.

Das alles wußte das Eierweib, als wäre es selbst dabeigewesen, und es musterte mich aus flinken braunen Äugelein, denen nichts entging, und holte dann aus der Tiefe der Brust einen Seufzer für meinen Erblasser, den es mit dem zweideutigen Satz begleitete: Steinschlag-Collatz, das war schon einer!

Ich deutete ihn in positivem Sinne, denn ich war überzeugt, daß einer, der seit fünfzig Jahren und mehr seinen Ausgehfrack in unserem Bodenschrank hängen hatte und dessen Lieblingsgericht, Kartoffelmus mit Rindfleisch und Sauerkraut, es an jedem Wochenende bei uns gab und der seinen Sonntagsmorgenkaffee immer aus der Barttasse getrunken hatte, die jetzt bei uns im Glasschrank stand und von keinem angerührt werden durfte – daß so einer also nur so einer gewesen sein konnte.

Alfonso pochte ungeduldig an die Ladenscheibe, und ich konnte ihm vom Gesicht ablesen, daß er nach meiner Zuckerbrezel gierte. Die gab ich ihm, aber die Zopfsemmel behielt ich für mich und forderte noch ein Stück Schinkenspeck dazu.

Alfonso, der sich in Backwaren auskannte, drehte die Semmel um und um, beroch sie von allen Seiten, drückte seinen Daumen in die aufgeblähteste Erhöhung und stellte tadelnd fest, daß meine große dicke Gründonnerstagsemmel nichts weiter als ein halbgebackener Teigaffe sei. So ist es, sagte er, ihre Gaben sind nur Teigaffen und aufgewärmte Freundlichkeiten, und er holte mir aus Wünschefleischers Wurstladen ein großes Stück Schinkenspeck.

Ich gab mich damit noch nicht zufrieden, sondern verlangte über alle Kundschaft hinweg den Meister selbst zu sprechen, denn ich wußte, daß er immer einen Zipfel Wurst für mich übrig hatte und ein paar lustige Worte.

Ah, da ist ja meine kleine Braut, begrüßte er mich sogleich, was darf's denn heute sein? Und er zwinkerte dabei über den Ladentisch hinweg ein paar taufrischen Arbeitsmaiden zu, und ich zwinkerte zurück, denn es hatte mir noch niemand beigebracht, daß Mund und Augen zwei verschiedene Sprachen sprechen können. Ich durchlief eben erst die kurze Entwicklungsphase, in der Wort und Blick noch miteinander übereinstimmen, daher hielt ich mich mit diesem Fleischermeister vor Gott und der Welt verlobt, und jedesmal, wenn mich der Weg an seinem Laden vorbeiführte, schaute ich auf einen Sprung hinein und erinnerte ihn an unsere Verlobungswurst und ließ mir ein Rädel davon herunterschneiden.

Sie wird nicht mehr reichen bis zu unserer Hochzeit, wenn du so weitermachst, sagte er unter Lachen und zwinkerte wieder zu den Maiden hin, die dümmlich kicherten, als hätten sie soeben einen Heiratsantrag erhalten.

Ich versprach, mich etwas zu beeilen mit dem Wachsen, damit die Hochzeit noch vor dem Ende der Wurst stattfinden könnte, und er nickte zufrieden und geleitete mich unter tiefen Verbeugungen zur Türe hinaus.

Alfonso saß am Straßenrand und aß derweil die Zuckerbrezel, und ein paar verspätete Sänger hockten um ihn herum und boten ihm ein Gründonnerstagslied feil. Er forderte sie mit der freien Hand auf, seinen Laden zu besichtigen, und stopfte dem größten Schreier meine Zuckerbrezel in den Mund.

Alfonso brachte es in jeder Saison zu einer neuen Spielzeugattraktion, und so war er diesjährig auf Wundertüten verfallen, die sich eines lebhaften und von meinem Onkel vorausgesehenen Zuspruchs erfreuten, vor allem des schicksalhaften Zuges wegen, der ihnen anhaftete und jeden Wundertütenzieher zum Vollstrecker seines eigenen Glücks oder Mißgeschicks machte, denn die Tüten waren fest verschlossen und niemand kannte den Inhalt, selbst Alfonso nicht, wie er behauptete. Ich aber wußte, daß er sie in seiner Dachkammer bis zum Rand gefüllt hatte, die kleinen mit Überraschungen, die großen mit Enttäuschungen, denn, so sprach er, indem ich die Bescheidenen belohne und die Unbescheidenen beschäme, schule ich ihren Blick für die weitaus verhängnisvolleren Wundertüten des Lebens.

Hin und wieder aber füllte er auch eine große Tüte bis zum Rand mit Überraschungen, um die Intelligenten irrezuführen, die ihm zu schnell auf die Schliche kamen.

Ich griff mir sogleich eine große Tüte, obwohl es ein Risiko war, die richtige herauszufinden, doch gerade das reizte mich weit mehr als die langweilige Gewißheit eines sicheren, aber mittelmäßigen Gewinns. Es störte mich auch nicht, daß ich die falsche Tüte erwischt hatte und daß Alfonso mißbilligend das Haupt schüttelte und mir den Spruch vorlas, den er allen Unbescheidenen mit auf den Weg gab und der von meiner Tante Frieda stammte und folgenden Wortlaut hatte: «Wenn du dich nicht kannst bescheiden, mußt du bittre Schmach erleiden.» Ich nickte und nahm mir vor, das nächste Mal wieder eine große Tüte zu ziehen.

Inzwischen war es Mittag geworden und Alfonso beschloß, im Gasthaus «Zum Grünen Baum» ein flüssiges Mahl zu sich zu nehmen. Es bestand diesmal nur aus zwei Hellen und einem doppelstöckigen Korn, denn Alfonso wollte mit dem Bauchladen noch über Land, dazu brauchte er vor allem sich selbst, und es ging nicht an, einen Teil davon in Flüssigkeit aufzulösen. Wie immer, wenn er trank, tat er es mit Bedacht und großen Zwischenräumen, denn wer zu hastig trinkt, pflegte er zu sagen, merkt erst am Nachgeschmack, was er getrunken hat.

Ich aber wartete geduldig auf den letzten Schluck, und nachdem der sich zu den anderen gesellt hatte, bat ich Alfonso, den Torkelschritt des besoffenen Tanzbären nachzuahmen, was ihm mit einem Doppelten im Leib immer besonders gut gelang.

Da außer dem Wirt, der belustigt nickte, niemand in der Gaststube war und Alfonso mir noch eine Freude bereiten wollte, bevor er über Land zog, kam er meinem Wunsche nach und vollführte nicht nur den Saufbärentanz, sondern auch noch den

Tarantelstichwalzer, der mich mit seinen hohen Sprüngen und unverhofften Drehungen sogleich zum Mitmachen inspirierte.

Just in diesem Augenblick erschien meine Tante Clara im «Grünen Baum» und zerrte mich unter Beschimpfungen, deren Sinn ich mehr ahnte als erfaßte, von meinem Onkel Alfonso weg. Obwohl ich schon längst über die Erfahrung verfügte, daß lauter Protest nicht immer hilft, schrie ich aus vollem Halse, um Tante Claras empfindliches Gehör zu verletzen. Es machte mir auch nichts aus, daß ich dafür ein paar derbe Backpfeifen von ihr bekam, sondern ermutigte mich nur, um so kräftiger zu schreien.

Alfonso nannte diese Art der Auseinandersetzung mit einem Kinde Haustierdressur und wandte sich jedesmal hilflos ab.

Tante Clara aber hielt viel von ihren Erziehungsmethoden, und nicht ohne Stolz trug sie an hohen Fest- und Feiertagen das Mutterkreuz an der Stelle, wo andere einen Busen zu tragen sich gestatteten.

Wenn du die Meine wärst, sagte sie, indem sie von mir abließ, ich würde dich so lange prügeln, bis es dir vergeht, einem Faxenmacher hinterherzurennen. Und sie strafte Alfonso mit ihrem berühmten Clara-Spezialblick, der ein Gemisch war aus Hohn, Wut, Dünkelhaftigkeit und Neid, dann schob sie mich mit hartem Griff aus der Schenkentür.

Ab heute, sagte Tante Clara, sorge ich für deine Erziehung, damit was aus dir wird! Und ich spürte, wie ihre große, derbe Hand die meine fest umschloß.

Die Gründonnerstagssonne war hoch ins kahle Baumgeäst geklettert und saß dort wie auf Abruf, aber ich scherte mich nicht mehr um sie, denn mit Tante Clara an der Seite wäre es mir wie Frevel vorgekommen, mit einer Sonne auf du und du zu stehen.

KAPITEL III

**Ich kam in die Obhut
einer entfernten Verwandten,
die mir Gelegenheit gab,
meine vielseitigen Begabungen
erfolgreich zu entwickeln ...**

Am Tage nach Ostern brachte mich mein Vater zu Tante Clara. Die Familie war übereingekommen, daß es für mein weiteres Fortkommen besser sei, von einer seßhaften Mutterkreuzträgerin als von einem herumstreunenden Bauchladenhändler erzogen zu werden. Clara hatte sich nicht nur um die Aufzucht der eigenen vier Töchter verdient gemacht, sondern führte auch mit großem Eifer und wehenden Fähnchen die nationalsozialistische Kinderschar von Spreetal an. An jedem Mittwoch zog sie mit ihr singend durchs Dorf, und ihre hohe, spitze Stimme bahnte sich den Weg voran.

Ich fürchtete mich vor dieser Stimme, die in alle Ecken und Ritzen drang und über einen herfiel, und Angst stieg in mir auf, als mein Vater an Tante Claras Gartentor läutete.

Das Haus lag tief hinter Bäumen versteckt, ein mausgraues, zweistöckiges Gebilde mit Türmchen und Söller, das von Mißgünstigen Hungerschloß genannt wurde. Es gehörte Clara und Hugo ganz allein, und nicht ohne Bewunderung erzählte man in unserer Verwandtschaft, daß sich die beiden dafür Stein um Stein vom Munde abgespart hätten, was mich glauben ließ, Clara und Hugo würden sich von Steinen ernähren, und meinen Widerwillen gegen sie noch vermehrte.

Es war mir auch kein Trost, daß im oberen Geschoß das gute Fräulein Wagenhaus aus dem Nachlaß des Spreetaler Pfarrers logierte, ein stilles, demütiges Geschöpf, das nur ein einziges Laster hatte: die Liebe zu Berner Sennenhunden. Für dieses Laster war sie bereit gewesen, das Doppelte an Mietzins zu zahlen, und Clara, die eine geradezu hochmütige Abneigung gegen Berner Sennenhunde und Frauen ohne Mutterschaft an den Tag legte, hatte nach gründlichem Überlegen und gegen eine zusätzlich in Rechnung gestellte Baumbenutzungsgebühr von einer Reichsmark die Spreetaler Pfarrerstochter und ihr Laster bei sich aufgenommen.

Nun saßen sie im Garten, das Fräulein und ihr Laster, unter dem einzigen Baum, den Clara ihnen zugebilligt hatte, und wedelten zu uns herüber. Sie waren einander auf verzwickte Weise ähnlich, aber ich kam nie dahinter, worin diese Ähnlichkeit eigentlich bestand, sie lag wohl nur im Blick, diesem entsagungsvollen, leicht verschleierten, schrägen Aufwärtsschauen.

Clara kam und schloß das Tor auf, und ich stellte fest, daß sie widerwärtig freundlich aussah und nach Schokoladenpudding roch. Sie nahm mich bei der Hand und führte mich ins Haus. Am Gartenweg standen Narzissen, stramm und schnurgerade, dahinter Tulpen, wieder in Reih und Glied und geordnet nach Farben. Ich hatte noch nie so einen Garten gesehen, seine Buntheit stimmte mich heiter und verlockte mich, Claras Hand loszulassen und tiefer in ihn einzudringen. Gerade, als ich mich einer Tulpe zuwenden wollte, die die Farbe meines Kleides hatte, pfiff Clara mich zurück. Sie trug zu diesem Zwecke stets eine Trillerpfeife bei sich, die sie, wie sie meinem Vater erläuterte, als Kinderscharführerin dringend benötigte, um ihre anfällige Stimme zu schonen.

Auf mich wirkte das schrille Trillern wie ein Blitzschlag, ich blieb getroffen stehen, leicht gebückt, den Kopf der Tulpe zugeneigt, die rechte Hand weit von mir gestreckt. Tante Clara stürzte über die Rabatte auf mich zu, versuchte mich aufzurichten, sah mein erstarrtes Gesicht mit dem halbgeöffneten Mund, aus dem der Speichel tropfte, und fuhr erschrocken zurück. Ein Krampf, sagte sie zu meinem Vater, mein Gott, ein Krampf, hat sie das oft?

Mir gefiel das neue Spiel, das mich an Dornröschens Zauberschlaf erinnerte, und ich nahm mir vor, erst wieder aus meiner Starre zu erwachen, wenn mich der Hund vom Fräulein Wagenhaus mit der Schnauze anstubste. Mein besorgter Vater aber kam ihm zuvor, huckte mich kurzerhand auf und trug mich in Tante Claras Glasveranda, und das gute Fräulein Wagenhaus hüpfte hinterdrein, und ich sah durch die blinzelnden Lider, wie ihr Kopf vor Aufregung hin und her pendelte.

Der Triller, stieß sie hervor, ich habe es genau gesehen, der Triller ist schuld daran.

Und ehe Clara sich verteidigen konnte, nahm ihr mein Vater den Triller weg.

Das kannst du mit uns nicht machen, sagte er, wir Collatzens haben nämlich ein empfindliches Ohr.

Das gute Fräulein Wagenhaus legte meinen Kopf in ihren Schoß und hielt mir ein Riechfläschchen unter die Nase, davon mußte ich herzhaft niesen und fand auf der Stelle meine Sprache wieder.

Na also, sagte Tante Clara, und auf ihrem Gesicht breitete sich wieder der alte Hochmut aus, es geht ja schon. Aber in ihrer Stimme schwang etwas mit, das nach Entschuldigung klang und mir das sichere Gefühl gab, daß sie es nie mehr wagen würde, mich mit einer Trillerpfeife im Munde zurückzurufen. Und wie um etwas gutzumachen, lud sie uns in ihre Sonntagsstube ein, die sie sonst verschlossen hielt und nur an Fest- und Feiertagen der Verwandtschaft zugänglich machte.

Diese Sonntagsstube war der Wunschtraum meiner Mutter, und es verging kein Wochenende, an dem sie meinen Vater nicht mit leisem Vorwurf in der Stimme darauf hinwies, daß gewisse Leute ihren Kaffee jetzt in der guten Stube einnähmen, worauf ihr mein Vater jedesmal mit gleichbleibender Freundlichkeit auseinandersetzte, daß das Wichtigste am Kaffee der Kaffee sei.

Auch auf mich übte Tante Claras Sonntagsstube eine starke Anziehungskraft aus. Da war vor allem die Schauvitrine mit ihrem prächtigen Krimskrams aus Stoff und Porzellan, mundgeblasenen Glastierchen, schillernden Muscheln, kristallenen Obstkörbchen, perlenbestickten Eierwärmern, verhärteten Lebkuchenherzen, ewig leeren Silberdosen, kurzstieligen Sammetblumensträußen, kunstvoll gewundenen Mini-Erntekränzen – und hoch darüber auf vergoldetem Vitrinensims thronte königlich und unerreichbar Klementine, die bereifrockte Kaffeemützen-Ballerina, und sah mit starrem Kornblumenblick zu mir hernieder, und ihr Lächeln glich dem Tante Claras, ein kleines verbiestertes Nach-innen-Lächeln. Das hinderte mich daran,

Klementine zu begehren. Auch hielt mich eine bisher nie gekannte Scheu davor zurück, die Dinge in Tante Claras Sonntagsstube für das zu nehmen, was sie vorgaben zu sein, und mein hellwacher Instinkt warnte mich, in das Obst zu beißen, das verlockend, einen Hauch von Frische und Unberührtheit verbreitend, Tante Claras Kredenz zierte. Diese makellose, gewollte Schönheit erschreckte und verwirrte mich, und ein tiefes Mißtrauen keimte in mir auf gegen solch unvergängliche, fleckenlose Pracht.

Tante Clara aber, die mir die Begierde vom Gesicht ablas, forderte mich mit dem süßesten Lächeln der Welt zum Zugreifen auf. Spätestens in diesem Augenblick wußte ich, daß alles nur Blendwerk war, und da ich darin keinen anderen Sinn erkennen konnte als den, mir eine Falle zu stellen, hütete ich mich, Tante Claras Aufforderung nachzukommen, ja, ich mied es künftig sogar, mich dieser wachsobstbeladenen Kredenz zu nähern.

Dafür richtete sich mein ganzes Augenmerk auf das moosgrüne Plüschsofa, das zwischen Kredenz und Fensterwand Tante Claras gute Stube zierte. Ich hätte mich für mein Leben gern darauf niedergelassen, aber pralle Rundsitzkissen, wulstige Schlummerrollen, cremefarbene Häkeldeckchen, Stoffhunde und dickbusige Bommelkissen verboten jedem, sein Sitzbegehren zu verwirklichen, und ein schlaksiger Türkenjunge in schwefelgelben Pluderhosen saß rittlings auf der Sofalehne und gab mir grinsend zu verstehen, daß auch dieser Platz nicht mehr zu haben sei. Das verdroß mich, und als ich mich endlich dazu überwunden hatte, den Platzverweigerer zu maßregeln, nahm mich meine Tante Clara bei der Hand und führte mich hinaus.

Das ist nichts für dich, sagte sie mit ihrem knapp zugeschnittenen Lächeln, das sieht nur so aus, aber es ist für höhere Zwecke. Tante Claras ganzes Streben galt höheren Zwecken, selbst mit Onkel Hugo fühlte sie sich nicht verheiratet, sondern für höhere Zwecke vereint, und die Töchter, die dieser Vereinigung entsprungen waren, hatte sie nicht geboren, sondern der Welt für höhere Zwecke geschenkt, und nicht ohne Stolz verkündete sie dieser Welt, die im Eichengrund begann und hinter den Fuchsbergen endete, daß ihre Jüngste zu höheren Zwecken ein Langemarck-Studium aufgenommen habe.

Claras eigene Zeugung und Geburt aber hatte sich so ganz ohne höheren Sinn und Zweck vollzogen – in den profanen Niederungen ungezügelter Lust –, und so war es geschehen, daß sie von einer Kopsenspinnerin lediglich geboren, nicht aber der Welt geschenkt worden war, denn die Welt legte nun mal keinen Wert darauf, das Lustkind einer freiledigen Kopserin als Geschenk zu erhalten. Väterlicherseits mußte Tante Clara, wenn auch nur zur Linken, der Collatzsippe zugerechnet werden – als wilder Trieb am Stammbaum, wie mein Vater es nannte, denn sie war Steinschlag-Collatzens Enkeltochter, von seinem drittletzten Sohn Fridolin im achtzehnten Jahr in die Welt gesetzt und dort sitzengelassen.

Fast zur gleichen Zeit hatte nämlich auch Hofebauers Großmagd einen Collatzenkel – gezeugt von Fridolin – zur Welt befördert. Da Fridolin nur eine von beiden freien konnte, jedoch beiden zugetan war, bat er seinen Vater um Rat und Beistand. Der löste das Problem auf salomonische Weise: Bei welcher von beiden, so fragte er, macht es dir mehr Vergnügen?

Diese Frage beantwortete sein siebenter Sohn zugunsten der Kopsenspinnerin, denn sie war nicht nur schön, sondern hatte auch ein aufreizendes Lachen, das nach innen ging und dort silberhell verklang.

Hofebauers Großmagd verfügte über diese Reize nicht, auch war sie fünf Jahre älter als Fridolin und gehörte zu jenen Mädchen im Dorfe, die seit langem auf der Wartebank saßen.

Dann, so entschied Steinschlag-Collatz, nimmst du Hofebauers Magd zum Weibe, denn wenn einem eine Sache zuviel Spaß macht, hört er damit nicht mehr auf. Mit Hofebauers Magd aber wirst du kaum mehr als sieben Kinder zeugen. – So geschah es auch.

Die Kopsenspinnerin verließ noch am selben Tage unser Dorf, verpackte Clara in ein damastenes Steckkissen und machte es Hofebauers Großmagd zum Brautgeschenk. Diese hatte zwar für das Steckkissen Verwendung, nicht aber für dessen Inhalt, und so brachte sie ihn kurzerhand ins Pfarrhaus, denn der

Pfarrer, das wußte sie, verschmähte keine noch so geringe Gabe. Mit diesem Geschenk aber erfreute ihn sein eigen Weib schon Jahr für Jahr um die Weihnachtszeit, deshalb zeigte er wenig Interesse dafür und bot es in seiner Sonntagspredigt der ganzen Gemeinde feil. Doch niemand aus seiner Gemeinde wollte sich von einer armen Kopsenspinnerin beschenken lassen.

Das kam Steinschlag-Collatz zu Ohren, und er sagte sich: Habe ich vierzehn Würgel großgezogen, soll es mir auf so einen Nachreißer auch nicht mehr ankommen. Darauf begab er sich ins Pfarrhaus und ließ sich die verschmähte Gabe aushändigen.

Von Stund an hatte Clara diesen Knacks, den meine Tante Eva als Minderwertigkeitskomplex bezeichnete, mein Vater jedoch schlicht und ohne Umschweife Größenwahnsinn nannte und der sich mir in Claras Streben nach Höherem kundtat.

So hatte sie aus der Schar ihrer Bewerber – sie hatte davon mindestens ein halbes Dutzend besessen, denn sie war schön gewesen, von jener begierdelosen Schönheit, wie sie flachbusigen Frauen oft eigen ist – Hugo zum Gatten erwählt, der zwar klein an Wuchs und Seele war, zum Ausgleich aber einen höhergestellten Posten bekleidete. Er war Prokurist bei der Firma Mudlagk und Wendehals, einer angesehenen Hosenknopffabrik am Ausgang unseres Ortes, die von den Einheimischen kurz Knöppelei genannt wurde, was außer Hugo nicht einmal Mudlagk und Wendehals verdroß. Auch sprach Hugo immer nur von *seiner* Firma, während Mudlagk und Wendehals von *der* Firma schlechthin redeten, so daß ich mir eine Zeitlang einbildete, die Knöppelei gehöre meinem Patenonkel Hugo, bis mir mein Vater die verquere Philosophie von Schein und Sein erläuterte. Da erst begriff ich, daß der, der etwas ist und hat, so tun kann, als sei und habe er nichts, da er ja was ist und hat, während der, der nichts ist und hat, so tun muß, als sei und habe er etwas, da er ja nichts ist und hat. – So betrachtet, sagte mein Vater, erkennt man die Menschen schneller, als einem manchmal recht ist.

Onkel Hugo wäre für sein Leben gern Mudlagk und Wendehals gewesen, und es gab Augenblicke, da vergaß er, daß er es nicht war. In einem solchen Augenblick hatte er sich die Backsteingarage hinter seinem Haus erbauen lassen, in die er, als er sich wieder erinnerte, Hugo Sawatzke zu sein, eine zweirädrige Mistkarre und ein Herrenfahrrad Marke Vaterland schob. Diesen Zustand glaubte er jedoch durch den Erwerb einer VW-Aktie beenden zu können, und Tante Clara verkündete stolz, daß die Garage demnächst einem höheren Zwecke übergeben würde.

Demnächst war ein Wort, das ich aus Tante Claras Munde noch oft zu hören bekam und das ich getrost mit *niemals* übersetzen konnte.

Hugo hingegen war sparsamer im Gebrauch von Wörtern, dafür aß er um so mehr, denn nach seinem Dafürhalten war die Urbestimmung des Mundes das Kauen. Nur an hohen Fest- und Feiertagen wurde er gesprächig, und da er ein Mensch ohne Humor war, erzählte er dauernd Witze.

An mich jedoch vergeudete er weder Witz noch Wort, und selbst die Vorwürfe, die er sich nicht verkneifen konnte, ab und zu an mich zu richten, leitete er über Tante Clara, harmlos verpackt in eine Frage, die stets mit den Worten begann: Muß das Kind ...

Muß das Kind, fragte Hugo gleich am ersten Tage, indem er mir sein Gesicht mit den immer entzündeten Lidern zuwandte, muß es sich dieses laubfroschgrüne Ungetüm ins Gesicht stecken? Was sollen denn die Nachbarn von uns denken. Ein deutsches Kind nuckelt nicht! Und er schnappte mit der Hand nach meinem Schnuller, aber ich war flinker und ließ ihn samt Zubehör in meinem Mund verschwinden, und Clara, der der Trillerschreck noch in den Gliedern saß, schrie angstvoll auf.

Wenn sie erstickt, stieß sie gegen Hugo hervor, und ihre Stimme sank zum Flüsterton herab, was bei ihr stets das Zeichen äußerster Erregtheit war – ein hinter geschlossenen Zähnen herausgepreßter Strahl von Worten, der verletzender war als lauter Streit, von den Nachbarn aber nicht gehört werden konnte, weshalb Tante Clara sich dazu berechtigt fühlte, über anderer Leute Gezänk die Nase zu rümpfen. Auch versäumte sie es bei dieser Art der Auseinandersetzung nie, Hugo auf seine wendische Herkunft hinzuweisen, auf diesen Makel im Stammbaum, den er wettzumachen suchte, indem er seine arische Gesinnung besonders eifrig zur Schau stellte, was ihn in den Ruf eines echten deutschen Gefolgsmannes brachte. Nur Clara wußte um seine geheime Blöße, und sie verstand es, ihn immer dann daran zu erinnern, wenn er selbst am wenigsten daran dachte, so daß es ihn jedesmal wie ein Peitschenhieb traf und so verletzte, daß ihm die Worte der Erwiderung auf den Lippen erstarben und er ganz in sich hineinschrumpfte. Auf diese Weise kam es nie zum Streit zwischen beiden, und ihre Ehe galt als die mustergültigste im ganzen Verwandtenkreis.

Clara schob mit einem einzigen kurzen Blick aus ihren germanischen Augen Hugo beiseite und kniete sich neben mich nieder, um mich zur Herausgabe des Schnullers zu überreden. Ich aber schüttelte den Kopf, sehr langsam und sehr gequält, was Tante Clara erneut daran erinnerte, daß ich in Lebensgefahr schwebte.

Du Biest, zischte sie, du ausgekochtes kleines Biest, na warte nur, ich krieg' dich schon! Und sie bot mir zum Tausch gegen den Schnuller einen Riegel Schokolade an. Ich lehnte ab. Mit Schokolade pflegte Onkel Philipp seinen unfolgsamen Dackel unterm Sofa hervorzulocken, um ihn dann zu verprügeln. Erst als Onkel Hugo mir hoch und heilig versprach, nie wieder meinen Schnuller zu beanstanden, entschloß ich mich zur Herausgabe.

Ich wußte jetzt, daß ich mit beiden zurechtkommen würde, das beruhigte mich, und leichten Herzens ließ ich meinen Vater von dannen gehen.

KAPITEL IV

In dieser Zeit wurde mein Charakter besonders durch den Umgang mit vorbildlichen Persönlichkeiten geprägt.

Ganz am Ende von Claras Garten gab es eine Mauer, die war alt und dick und ungeheuer hoch. Sosehr ich mich auch dehnte und reckte, nie ließ sie etwas von ihrer Höhe nach. Das bedrückte mich, sooft ich in ihre Nähe kam. Erst später, als es mir nichts mehr ausmachte, begann sie kleiner zu werden, und als ich ausgewachsen war, hatte sie das lächerliche Maß von einem Meter fünfundsechzig.

Diese Mauer war das ganze Jahr hindurch mit wildem Wein bedeckt, der im Frühjahr seine spindeldürren Ranken um sie wand, daß es aussah, als würde sie davon zusammengehalten, im Sommer eine undurchdringbare Hecke vortäuschte, im Herbst purpurn leuchtete wie Abendrot und im Winter ein Gerüst aus Eis und Schnee errichtete.

Was mich jedoch am meisten beeindruckte, war der fingerbreite Riß im unteren Drittel, der mir einen Durchguck zum Nachbargrundstück gewährte. Außer mir und Bella, der Sennenhündin, wußte niemand von diesem Geheimnis, und ich hütete mich, meiner Tante Clara etwas davon zu sagen, denn sie besaß die unangenehme Eigenschaft, alles zu verbieten, was Kindern Spaß macht.

Sooft ich mich unbeobachtet glaubte, verließ ich die Sandkiste, die Clara mir zum Spielen zugewiesen hatte, und rannte zu dieser Mauer. Alles, was ich dahinter sah, gehörte zum Besitztum von Mudlagk und Wendehals und war das Vornehmste, was unser Dorf je hervorgebracht hatte. Wenn ich mein eines Auge quer an den Riß legte, mein anderes fest zusammenkniff, hatte ich das gesamte Besitztum im Blick: ganz vorn, nahe der Mauer und deshalb unscharf fürs Auge, mehr mit der Nase wahrnehmbar – der Mudlagk-Wendehalssche Misthaufen. Dahinter Brennesseln und Gestrüpp und ein Trampelpfad querdurch. Dann die Hecke, die nach Friedhof roch und dazu da war, Gestrüpp und Misthaufen den Blicken von Mudlagk und Wendehals fernzuhalten. Weiter links der Rasen mit dem Springbrunnen in der Mitte, auf dessen Rand ein steinerner Frosch hockte und auf rätselhafte Weise nie versiegende Wassersprudel hervorbrachte. Und ganz im Hintergrund, scharf und unübersehbar, die Mudlagk-Wendehalssche Villa, ein verschachtelter Backsteinbau, der aussah wie die Landesstrafanstalt in sechsfacher Verkleinerung.

Manchmal spielten Kinder auf dem Rasen, zwei Mädchen und ein Junge. Die Mädchen erinnerten mich an die Flitterengel aus Alfonsos Stammbuchbilder-Galerie, und ich fand sie beinahe ebenso begehrenswert. Der Junge bereitete mir mehr Schwierigkeiten beim Einordnen, er glich weder Alfonsos

Bauchladenengeln, wie ich es gern gewollt hätte, noch irgendeinem Märchenbuchprinzen, sondern wies vielmehr eine verblüffende Ähnlichkeit mit Tante Friedas Goldhamster auf. Er hatte glattes rosablondes Haar, das ihm tief in die Stirn hineinfiel und sich dort mit der Farbe seines Teints vermengte. Die beiden oberen Schneidezähne stießen ihm schräg zwischen den Lippen hervor und gaben dem Gesicht jenen tierhaften Ausdruck, der in den prallen Hängebacken seine Vollendung fand und weder von der klassisch geformten Nase noch von dem unverpanschten Blau seiner Augen zurückgenommen werden konnte. Zudem schleppte er die Bürde des stolzen Namens Sigismund mit sich herum, was ihm von den Fixkötern des Dorfes, wie mein Vater die Kinder gewöhnlicher Herkunft nannte, Spott und Gelächter einbrachte, von den Edelpinschern hingegen, wie mein Vater die Kinder besserer Abstammung zu benennen pflegte, schadenfrohe Anteilnahme und boshaftes Mitleid.

Mich forderte der Name weder zu Spott noch zu Mitleid heraus, denn ich kannte das Lied vom schönen Sigismund noch nicht, das unbedingt dazugehörte, um jene Reaktion hervorzurufen. Auch hatte ich mich mit mir selbst auf den Namen Siggi geeinigt, der so anspruchslos war, daß er fast ohne mein Zutun durch den Riß in der Mauer ging. Meist verlor er sich dann in der Hecke, die nach Friedhof roch, oder er prallte an die Garage und kam von dort zu mir zurück.

Eines Tages aber erreichte er doch Sigismund, und ich sah, wie er ihn witternd aufnahm und seiner Spur folgte bis hin zur Mauer. Er trug eine Flinte aus Montags Spiel- und Ramschgeschäft über der linken Schulter, dazu einen Kieler Matrosenanzug, der für mich von Stund an zum Sinnbild aller Knabenbekleidung wurde, so daß ich hell auflachen mußte, als ich später in Wünschefleischers Wurstladen dem ersten richtigen Matrosen begegnete, weil ich glaubte, er stecke noch in seinen alten Kindersachen.

Sigismund hatte die Flinte vom Rücken genommen und schob sie, den Lauf mir entgegengerichtet, in Nabelhöhe vor sich her, während er ängstlich nach allen Seiten spähte und sich im Pirschgang der Mauer näherte. Als er so dicht herangekommen war, daß ich ihn nicht mehr sehen konnte, stockte mir der Atem, und eine jähe Angst, entdeckt zu werden, überkam mich und bewog mich zu erstarren.

Hände hoch, oder ich schieße, rief Sigismund, und seine Stimme hüpfte dabei vor Erregung, und ich vergaß, daß ich beschlossen hatte zu erstarren, warf die Hände in die Luft und schrie, so laut ich konnte, und jenseits der Mauer schrie es auch, und die Flinte flog in hohem Bogen auf Tante Claras Salatbeet. Danach war es still, hüben wie drüben, und es verging eine ganze Woche, bevor Sigismund sich wieder im Garten blicken ließ.

An die Mauer aber wagte er sich nicht mehr heran. Statt dessen schickte er einen von den Flitterengeln, und beim Anblick dieses lichten, lämmchenfrommen Geschöpfes fielen mir die Verhaltensregeln wieder ein, die mir meine Tante Clara jeden Morgen mit in die Sandkiste gab und die stets mit der beschwörenden Formel ausklangen: ... damit du auch mal so ein feines Mädchen wirst wie Wendehals' Christine!

Ich sah sie mir daraufhin genauer an. Sie war wirklich sehr fein, und ihre Sprache nahm sich neben der meinen aus wie durch ein Sieb geschüttet. Am besten aber gefielen mir die fuchsfeuerroten Haarsträhnen, die bei jedem Schritt hin und her wippten und zusammen mit den unerläßlichen Sommersprossen dem Gesicht eine nichtgewollte Heiterkeit aufzwangen, die mich sofort anzog.

Wenn du das Gewehr zurückgibst, rief sie über die Mauer, darfst du mit uns spielen.

Sie sagte s-pielen und behielt das S so lange zwischen den Zähnen, bis es stumpf und abgelutscht war und sich anhörte wie das Fauchen einer altersschwachen Katze. Meine Eltern nannten diese Art der Aussprache «lispeln», während meine kluge Tante Eva dafür das Synonym «Sigmatismus interdentalis» verwandte.

Um diesen Sigmatismus interdentalis beneidete ich Wendehals' Christine eine halbe Schulzeit lang.

Hast du nicht verstanden, sagte sie, du darfst mit uns spielen! Es galt im ganzen Dorf als höchste Auszeichnung, mit Wendehals' Kindern spielen zu dürfen, daher rannte ich, so schnell mich meine Beine trugen, und holte das Gewehr. Mein Herz pochte dabei vor Freude und Aufregung so laut, daß mir fast taumlig wurde.

Nun steig auf die Mauer und wirf es herab, befahl Wendehals' Christine und schleuderte ihrem Satz eine Wäscheleine hinterher.

Ich war noch nie in meinem Leben auf eine Mauer gekrochen, die so hoch war wie der Kirchturm vom Oberdorf, aber der Wunsch, einmal in jenem Garten spielen zu dürfen, war stärker als meine Angst, und so hangelte ich mich an der Mudlagk-Wendehalsschen Wäscheleine hinauf.

Von oben sah Wendehals' Christine wie ein roter Farbklecks aus, und den Bruchteil einer Sekunde überkam mich das Verlangen, mitten hineinzuspucken in diesen Klecks. Da hob sie den Blick zu mir und klatschte in die Hände, und ich vergaß mein Verlangen und warf ihr das Gewehr hinab.

Sie machte einen Knicks und sagte danke, und ihre Augen sahen dabei sehr fromm und freundlich aus, und mit einem unsagbar lieben Lächeln wandte sie sich von mir ab und rief, schon im Gehen, das Gewehr hinter sich her über den Trampelpfad schleifend: Eintopfesser – Scheißefresser.

Da heulte ich los, warf mich bäuchlings auf die Mauer und schrie aus vollem Halse, eine tiefe Enttäuschung hatte mich befallen und das Gefühl grenzenloser Verlassenheit.

Zum ersten Mal in meinem Leben spürte ich, wie wehrlos Gemeinheit macht, und ich schlug mit dem Kopf gegen die Kante der Mauer und wünschte, auf der Stelle tot zu sein. Ich bereute jetzt, daß ich nicht hinabgespuckt hatte im rechten Augenblick, und ich holte es nach, verspätet und sinnlos und ohne Erleichterung zu verspüren.

Den Kiesweg entlang kam Clara mit festem, zielstrebigem Schritt, und ich vergaß meinen Weltschmerz und machte mich flach vor Angst. Da wuchs dicht vor meinem Gesicht, Sprosse um Sprosse, eine Leiter über die Mauer, und auf halber Höhe stand Sigismund und reckte mir die Hand entgegen.

Wenn du ganz still bist, sagte er, und versprichst, Krieg mit mir zu spielen, solange ich Lust dazu habe, lasse ich dich herunter.

Ich versprach es.

Vom Kiesweg herüber wehten Claras zerflatterten Rufe, und wir beeilten uns mit dem Abstieg und duckten uns tief ins Brennesselgebüsch.

Ich bin der gute Soldat, und du bist der böse, entschied Sigismund, und sein Hamstergesicht lugte lauernd zu mir hin. Der Gute schießt den Bösen tot.

Ich schüttelte den Kopf. Wenn ich schon bereit war, ein Spiel mitzumachen, das ich überhaupt nicht kannte, so wollte ich wenigstens die Rolle selbst bestimmen, die ich darin spielte.

Ich bin Schnief, der Saufbär, sagte ich, und ich schieße immer Purzelbäume.

Bist du dämlich, fuhr Sigismund auf, einen Saufbären gibt es überhaupt nicht im Kriege.

Na gut, sagte ich, dann bin ich Fips, der Affe.

Sigismunds Hamstergesicht lief rosarot an, und vom Nasenrücken aufwärts wuchs ihm eine Zornesfalte in die Stirn. Na warte, zischte er und schnappte mit beiden Händen nach meinen Zöpfen und drehte sie so lange zusammen, bis ich die Drehungen auf meiner Kopfhaut spürte und vor Schmerzen aufschrie.

Gib zu, daß du der böse Soldat bist und ich der gute.

Ich gab es zu.

Das beruhigte Sigismund, und er ließ ab von mir und begann sich für das Kriegsspiel herzurichten.

Er stülpte sich ein emailliertes Nachtgeschirr über den Kopf – mit Rostlöchern, die er als feindliche Kugeleinschläge deutete, drehte den Henkel ins Genick, klemmte die abstehenden Ohren mit einer Geste des Widerwillens unter den Topfrand, krempelte sich dann die Beinlinge seines Matrosenanzuges in die Höhe und fuhr in ein Paar blitzeblanke SA-Stiefel, die ihm bis hoch an die Oberschenkel reichten.

Piff, paff, puff, sagte er, es geht los. Sein Gesicht verfinsterte sich und bekam einen grimmigen Ausdruck, und es fiel mir schwer, darin den guten Soldaten zu erkennen.

Ich ließ mich der Länge lang ins Gras fallen und rollte, mal Himmel, mal Wiese über mir, durch das Mudlagk-Wendehalssche Besitztum. Ich hatte mich nun doch für das Saufbärenspiel entschieden, und es machte mir auch nichts aus, daß Sigismund mit der Flinte hinter mir hergerannt kam und immerzu «getroffen» schrie.

In *meinem* Spiel war er der Bärenfänger, dem ich entlaufen war und der nun vergebens versuchte, mich wieder einzufangen. Ich rollte, rannte, torkelte, drehte mich wie irr im Kreise, schlug Purzelbäume im Gras, lauerte, ließ Sigismund dicht herankommen, schnellte dann urplötzlich in die Höhe, so daß er jedesmal erschreckt zurückfuhr und noch im Rückwärtstaumeln «getroffen» rief.

So spielten wir einträchtig nebeneinander her, und jeder entnahm dem Spiel des anderen soviel, wie er für sein Spiel gebrauchen konnte.

Auf diese simple Weise entstehen Harmonien.

Wir gelobten uns, von nun an bis ans Lebensende miteinander zu spielen, und Sigismund schenkte mir als Unterpfand seiner Freundschaft eine silberne Mundharmonika, und ich gab ihm dafür eine Haarlocke von Bellas linker Hinterbacke.

Wir waren gerade dabei, unsere ausgefallenen Milchzähne zu tauschen, da schob sich groß und scharf ein Schatten zwischen uns, und ohne aufzublicken wußte ich, daß er Mudlagk und Wendehals gehörte. Eigentlich gehörte er nur Wendehals, aber es wäre niemandem im Dorf eingefallen, von Wendehals zu reden, ohne im gleichen Atemzuge Mudlagk zu erwähnen, selbst wenn es nur um einen Schatten ging.

Leberecht Mudlagk nämlich war der angesehenste Mann im Ort, Knöppelcibesitzer, Kirchengesangssolist, Freibierspender und Schwiegervater von Waldemar Wendehals, und überdies hatte er unser Dorf auch noch um den Bau eines Spritzenhauses bereichert, in das man, wie mir meine Tante Clara täglich versicherte, außer einer Feuerlöschspritze auch Fahrräder, Hausierer, Trunkenbolde und ungehorsame Kinder in Verwahrung geben konnte. Waldemar Wendehals also stand vor uns in der Frühsonne und sah befremdlich schmal und unbedeutend aus so ohne Hut und Mudlagk, und ich hielt es deshalb nicht für angebracht, einen Knicks zu machen, wie ihn mir meine Tante Clara jedesmal verordnete, wenn Mudlagk und Wendehals im

Kommen waren. Ich beschränkte mich auf ein leichtes Heben des Kopfes und sagte, indem ich Christine Wendehals' unsagbar liebes Lächeln nachahmte, tritt ein Stück beiseite, du verrammelst uns die Sonne!

Aber Waldemar Wendehals scherte sich weder um die Sonne noch um mich, sondern richtete sein ganzes Augenmerk auf die Stiefel, die Sigismund längst lästig geworden waren und die nun, zerschrammt und dreckverkrustet, im Mudlagk-Wendehalsschen Misthaufen staken.

Sigismund, sagte er, und in seinen Augen glomm die gleiche boshafte Freundlichkeit, die auch Christine Wendehals zu eigen war, möchtest du mir wohl verraten, was aus meinen funkelnagelneuen, spiegelblanken Paradestiefeln geworden ist?

Sigismund schwieg, und sein Blick hetzte von seinem Vater zu mir, und es war etwas darin von der stummen Angst eines aufgestöberten Wildkaninchens. Da erst drehte mir Waldemar Wendehals sein Gesicht zu, ein anspruchsloses, faltenfreies Konfektionsgesicht, und fragte mich mit einem Lächeln, das mir allen Argwohn nahm, nach dem Verbleib der Stiefel. Ich wies sogleich und ohne Zaudern auf den Misthaufen, obwohl Waldemar Wendehals die Stiefel dort schon längst entdeckt hatte, aber ich war mit den Feinheiten der Wendehalsschen Rhetorik wenig vertraut und wußte noch nicht, daß es Fragen gibt, die als Antwort nur ein schuldbewußtes Schweigen vertragen. Auch begriff ich den Zusammenhang zwischen Sigismunds Angst und Waldemar Wendehals' Lächeln nicht, so daß es mich arg verwunderte, als Sigismund plötzlich zu heulen anhub und mich unter Wehklagen und Geschluchze zum alleinigen Missetäter und Stiefelschänder erklärte. Ich ließ es widerspruchslos geschehen, ich fand mich in diesen Gesichtern nicht zurecht, die nie das meinten, was sie gerade ausdrückten. Von daheim war ich es gewohnt, ein Lächeln für ein Lächeln zu nehmen und einen Tadel für einen Tadel. Selbst Tante Clara hielt sich an diese überschaubare Regel.

Hier aber war alles anders. Waldemar Wendehals' Lächeln war falsch und Sigismunds Wehklagen auch. Ich hatte noch nie erlebt, daß jemand so reumütig heulen konnte und dabei so unverschämt log. Warum wuchsen ihm keine Hörner! Für jede Lüge einen Zentimeter, wie ich von Clara wußte. Eine Weile wartete ich darauf, dann ging auch dieser Glaube entzwei.

Waldemar Wendehals war sehr in Eile, die SA probte einen Aufmarsch, eine große Sache, die er nicht verpassen durfte, er mußte sich neue Stiefel besorgen und hatte keine Zeit mehr für Sigismunds Reue.

Später, sagte er, wir sprechen uns später, und dieses barfüßige Mädchen, dabei sah er auf mich herab wie auf ein unpassendes Spielzeug, möchte ich nie wieder hier erblicken.

Dann ging er.

Die Sonne war wieder voll und gelb da, aber jetzt brauchte ich sie nicht mehr. Ich sah Waldemar Wendehals nach, wie er kerzengerade, ohne sich noch einmal nach uns umzudrehen, davonging, das Spielzeugauto, das am Wege stand, mit einem einzigen wuchtigen Tritt zerstampfte, daß es knackte und knirschte und in lauter Splitter zerbarst, die er mit der Schuhspitze weit von sich schleuderte. Da wurde auch mir angst. Ich wollte gehen, aber plötzlich war Wendehals' Christine wieder da und ihre stille Schwester Mechthild, und ich begriff, daß ich ihnen ausgeliefert war, nun, da Waldemar Wendehals mich verstoßen hatte. Sie hüpften und tanzten um mich herum und traten mir dabei abwechselnd auf die Füße, daß ich vor Schmerz laut aufheulte und Sigismund um Hilfe rief. Der saß noch immer im Gras und schluchzte, und während ihm schwer und unaufhaltsam die Tränen über die Hamsterbacken rannen, sah er mich an mit einem Blick, der mir ein für allemal klarmachte, daß es aus war mit der Freundschaft und daß ich auf ihn nicht mehr bauen konnte.

Ohne Strümpf' und ohne Schuh latscht bei uns nur Müllers Kuh, zirpte Wendehals' Christine und versetzte mir erneut einen Tritt mit dem Absatz ihrer wetterfesten Trommlerschuhe, während Mechthild, die Stille, mit einem Zweig vom Stachelbeerstrauch auf meine Beine einhieb, bis ich vor Wut und Empörung ein Büschel Brennesseln vom Misthaufen riß und damit blindlings um mich schlug. Ich hielt erst inne, als die beiden kreischend der Wendehalsschen Villa zueilten, verfolgte sie noch bis zum Springbrunnen, gab dort dem steinernen Frosch einen Hieb und dem Säulenwachholder, der mir den Weg versperrte, schlug dann noch ein paar verspäteten Pumpelrosen die Köpfe ab und ging. Hinter mir hörte ich Sigismunds keuchenden Atem und das Klappern seines hölzernen Gewehres, aber ich drehte mich nicht nach ihm um. Erst draußen, als der schmiedeeiserne Gartenzaun zwischen uns war, blieb ich stehen und wartete auf ihn.

Wenn du willst, sagte er, spiele ich morgen wieder mit dir, aber du mußt in Schuhen kommen.

Ich nickte, ich war weder zornig noch verletzt. Ich befand mich in dem Alter, in dem man intensiv leiden und schnell vergessen kann. Ich nickte, und doch wußte ich, daß ich nie mehr in diesen Garten gehen würde. Der große Zauber jenseits der Mauer war dahin.

KAPITEL V

**Was meine Herkunft betrifft,
so stamme ich aus einer
klassenbewußten Arbeiterfamilie,
die den Nationalsozialismus
von Anfang an durchschaute.**

Der Sommer kam früh in diesem Jahr, er roch nach Kuhfladen und schwarzem Johannisbeerkraut. Clara machte ein, jede gute deutsche Hausfrau machte ein, meine Mutter auch, aber nicht so viel wie Tante Clara und keine schwarzen Johannisbeeren. Am meisten machte Tante Eva ein. Das wunderte uns, denn Tante Eva war keine gute deutsche Hausfrau, sie las zuviel, und ihre Augen waren ungehörig schwarz.

Wenn Eva einmacht, sagte mein Vater, gibt es Krieg, das ist so gut wie sicher.

Um Himmels willen, sagte meine Mutter, was redest du da! Und sie blinzelte meinem Vater auf einem Auge zu, was ihm begreiflich machen sollte, daß ich nicht spielte, sondern nur so tat. Immer, wenn Erwachsene sich unterhielten, tat ich nur so, als ob ich spielte, das hatte ich mir bei Clara angewöhnt. Clara tratschte gern, schon am frühen Morgen, wenn sie mit mir zum Einkaufen auf den Obermarkt ging, und auch nachmittags, wenn sie mich nach Hause brachte. Immer blieb sie am Wege stehen und tratschte. Das gefiel mir an ihr. Clara aber gefiel es nicht, daß es mir gefiel, und sie gab mir jedesmal einen Klaps aufs Hinterhaupt, wenn ich mit offenem Munde dabeistand und zuhörte. Da gewöhnte ich mir dieses selbstversunkene Spielen an, das Clara sehr beruhigte. Ich rief auch nie dazwischen, wenn mir etwas unklar war. Nur wenn Clara mich verärgert hatte, fragte ich sie vor allen Leuten, was denn nun die Obermüllerin mit dem Pfarrer treibe: das Mühlrad oder die Gänse, und warum das gute Fräulein Wagenhaus endlich ins Gras beißen solle, während es mir doch strengstens untersagt sei, Gras zu essen, und weshalb der älteste Sohn von unserem Bürgermeister schon seit drei Wochen sitze und warum er nicht mehr aufstehen könne, und ob es was mit Hexerei zu tun habe, lange Finger zu machen.

Diese simplen Fragen hatten nicht nur Tante Clara, sondern das halbe Dorf zum Schweigen gebracht. Jeglicher Tratsch verstummte, sobald ich in der Ferne auftauchte; ich war der gefürchtetste Nachtratscher vom Eichengrund bis hin zu den Fuchsbergen. Sogar meine Eltern erfanden Decknamen, wenn sie in meinem Beisein über jemanden sprachen. Hinter die meisten aber kam ich schon nach kurzer Zeit. So wußte ich, daß sie stets Tante Clara meinten, wenn sie vom Lausitzer Tageblatt sprachen, und Onkel Hugo, wenn sie Sesselfurzer sagten, und ich fand auch ziemlich schnell heraus, daß Vielfraß niemand anderes war als mein Oheim Blasius, und daß sie Goldzahn sagten, wenn von Onkel Philipp die Rede war.

Nur wer Schnüffelnase war, fand ich lange Zeit nicht heraus, bis ich schließlich dahinterkam, daß ich damit gemeint war. Eva, fuhr mein Vater fort, ohne die Blicksignale meiner Mutter aufgenommen zu haben, mag sie nun sein, wie sie will, aber in der Politik kennt sie sich aus, und Jener war ihr von Anfang an nicht geheuer, und auch der Karl hat es gesagt: Wählt Jenen, und ihr wählt den Krieg.

Aber es steht doch überall in den Zeitungen, und erst gestern kam es wieder im Radio, daß wir ein Garant des Friedens in Europa sind, wandte meine Mutter ein.

Das ist es ja, sagte mein Vater, er spricht zuviel davon! Wenn ich zum Beispiel nicht die Absicht habe, dein Auge blauzuschlagen, muß ich dann in einem fort bezeugen, daß ich es nicht tun werde?

Da seufzte meine Mutter und kochte für alle Fälle noch einen Topf voll Marmelade ein.

Ich spielte still vor mich hin, ich hatte diesmal keine Fragen, ich war von allein darauf gekommen, wer Jener war. Spätestens bei dem Wort Garant. Das war ein Führerwort. Das wußte jeder, das wußte sogar schon ich von Tante Clara. Er also war damit gemeint, und er war meiner Tante Eva nicht geheuer, und sie hatte auch sein Bild nicht in der guten Stube, dieses große Hund- und Führerbild, das mir bei Clara so gefiel. Ja, manchmal schaute ich es geradezu verzückt an, denn ich hatte eine Vorliebe für Hunde und konnte den frühen Verlust unserer Bulldogge nie ganz verwinden. In solchen großen Augenblicken schenkte mir Tante Clara jedesmal voll dankbarer Freude ein Abzeichen vom Winterhilfswerk; für zehn Abzeichen pinkelte Eselhofmanns Adrian an den gemeindeeigenen Fahnenmast, für zwanzig tat er es bei gehißter Flagge. Ich hatte schon neun Abzeichen zusammen.

Eine Weile wartete ich, bis mein Vater sich eine Zigarette angesteckt hatte, dann fragte ich ihn, weshalb denn wir kein Bild von Jenem an der Wand hätten.

Weil wir keine gute Stube haben, sagte mein Vater, basta! Und erst da fiel ihm auf, daß ich wußte, wer Jener war, und er sprang mit einem Satz vom Kanapee und rief meine Mutter herein, die im Garten Stachelbeeren abnahm. Heddel, rief er, komm bloß mal schnell, sie hat es doch schon wieder herausgekriegt.

Das wußte ich, sagte meine Mutter, daß sie es wieder herauskriegen würde, das nimmt noch mal ein schlimmes Ende oder aber ... an dieser Stelle unterbrach sie ihre Prophezeiung und beschwor mich, ja Clara nichts zu sagen. Ich nickte und verlangte zu wissen, warum es denn Krieg gäbe, wenn Eva einmacht.

Da hast du's, sagte meine Mutter, und sie warf meinem Vater einen von ihren bitterbösesten Blicken zu, was redest du da vor dem Kinde auch für Zeug, wo wir mitten im tiefsten Frieden leben! Und sie ging zum Herd und rührte mit einem hölzernen Löffel im Eingemachten.

Nun wußte ich es: Wir lebten im tiefsten Frieden. Krieg war ein Wort aus einem Kinderspiel. Piff, paff, puff, der Gute schießt den Bösen tot.

Ich vergaß es wieder.

Meine Eltern genossen es, im tiefsten Frieden zu leben. Clara und Hugo genossen es ebenfalls, jeden Morgen ließen sie es sich aus dem Radio bestätigen. Nur ich konnte es nicht genießen, im tiefsten Frieden zu leben, da ich das Gegenteil davon nicht kannte und mich folglich damit begnügen mußte, einfach nur zu leben.

Meine Mutter hörte wieder auf mit der Einmacherei, sie hatte ihre Pflicht getan. Auch Clara hatte ihre Pflicht getan. Nur Eva hörte nicht mehr auf damit und ging jetzt sogar dazu über, Pilze einzulegen.

Von Alfonso kam eine Karte aus der Welt, die konnte keiner lesen, denn es war ein Stempel quer über der Schrift, darauf stand: ein Volk, ein Reich, ein Führer. Das las mir mein Vater vor, damit ich wenigstens etwas hatte von der Karte. Vorn war ein Mädchen drauf mit dicken blonden Zöpfen, das winkte mir zu und schickte mir einen Gruß aus Österreich.

Nun hat er Österreich geschluckt, sagte mein Vater, jetzt nimmt er sich die Sudeten vor – alles im tiefsten Frieden! Und ich wußte zum ersten Male nicht, wen er meinte, Alfonso oder Jenen. Erst als meine Mutter wieder auf einem Auge blinzelte, wußte ich Bescheid.

Sonst geschah nichts in diesem Sommer. Nur der Hund vom guten Fräulein Wagenhaus mußte erschossen werden. Bella mußte erschossen werden. Clara wollte es, daß der Hund erschossen wird, er war alt und krank und hatte es mit der Atmung. Er schniefte zuviel, wenn er die Treppe hinaufstieg, und sabberte auf Claras Läufer. Auch hatte er an manchen Tagen einen schlechten Geruch. Clara vertrug es nicht, wenn der Hund einen schlechten Geruch hatte, das ganze Treppenhaus stank dann so, sie mußte immerzu Eau de Cologne verspritzen. Das Eau de Cologne bezahlte das arme Fräulein Wagenhaus. Jedoch – es ging nicht ums Eau de Cologne, es ging um den Hund. Clara konnte es nicht mehr dulden, daß der Hund im Hause war. Sie führte die deutsche Kinderschar an, die Schar des Führers, wie jeder wußte, und es war nicht zu verantworten, daß die Kinder des Führers mit einem Hund wie Bella in Berührung kamen.

Auch ich war ein Kind des Führers, wie ich von Clara erfuhr, und wurde von Bellas Gestank belästigt.

Ich aber fand nicht, daß ich ein Kind des Führers war und daß Bella stank.

Alle Hunde stinken, sagte Tante Clara, und im höheren Sinne, verstehst du, bist du ein Kind des Führers.

Ich wollte wissen, ob auch der Hund des Führers stinkt.

Nein, sagte Tante Clara, der Hund des Führers ist ein deutscher Schäferhund, der stinkt nicht!

Bella war kein deutscher Schäferhund, trotzdem wollte ich nicht, daß Bella erschossen wird. Erschießen war etwas Endgültiges, das spürte ich.

Ich spürte es an Fräulein Wagenhaus' weher Stimme, als sie zu uns kam und sagte, mein Vater sollte es tun, er und kein anderer. Ich spürte es auch an dem stillen Erschrecken meines Vaters, als er aufstand und sich einen Schnaps eingoß. Am meisten aber spürte ich es an Bellas ergebenem Blick.

Sie macht es nicht mehr lange, wenn der Hund tot ist, sagte mein Vater später, als das gute Fräulein Wagenhaus gegangen war, und goß sich noch einen Schnaps ein, und meine Mutter zwinkerte zum ersten Male nicht auf einem Auge und benutzte auch kein Deckwort, als sie sagte: Diese Clara, dieses fanatische Weibsstück ...

Fanatisch war ein Wort, das ich noch nicht kannte, obwohl es oft im Radio kam, aber es hatte mich nie interessiert. Erst jetzt hätte ich seine Bedeutung gern gewußt, doch ich fragte nicht danach. Irgend etwas war anders geworden, seit Bella erschossen werden sollte. Piff, paff, puff, das Kinderspiel kam mir wieder in den Sinn, piff, paff, puff, der Gute schießt den Bösen tot. War mein Vater gut, war Bella böse, begann so der Krieg?

Ach was, sagte mein Vater, Krieg. Im Kriege werden nur Menschen erschossen.

Mein Vater ging zu Mudlagk und Wendehals und lieh sich ein Jagdgewehr aus. Damit schoß er einen ganzen Sonntag lang auf Spatzen, aber er traf keine. Es gab auch nicht viele, sie waren alle in Kirchbauers Weizen.

Wenn du nicht mal Spatzen triffst, sagte meine Mutter, solltest du es lassen mit Bella.

Ach was, belehrte sie mein Vater, ein Hund ist ein größeres Ziel.

Um so schlimmer, meinte meine Mutter, ein kleines Ziel kannst du entweder treffen oder verfehlen, das tut keinem weh, aber ein großes Ziel kannst du verfehlen und dennoch treffen – irgendwo, und das ist dann ein Malheur.

Na gut, sagte mein Vater, dann soll es doch der Sesselfurzer tun.

Um Himmels willen, fuhr meine Mutter auf, bloß der nicht, der hat doch überhaupt keine Seele für so was.

Damit hatte mein Vater gerechnet, daß es der Sesselfurzer nicht tun sollte, und er lud das Gewehr und schoß sich weiter auf Spatzen ein.

Ich werde Bella anbinden, sagte er, das ist besser. Morgen, sagte er, gleich morgen werde ich es tun.

Aber es wurde nicht morgen, es wurde auch an den anderen Tagen nicht, mein Vater schob es immer wieder hinaus. Bis Tante Clara kam und sagte, sie werde nun Wünschefleischers Sohn darum bitten.

So tu's doch endlich, drängelte meine Mutter, oder willst du zulassen, daß sie Bella abmurksen wie ein Schwein?

Da holte mein Vater eine Leberwurst aus Wünschefleischers Laden und machte sich auf den Weg. Ich durfte mit und meine Mutter auch, aber nur zum Abschiednehmen, dabeisein sollten wir nicht, wenn es geschah, das war nichts für Weiber und Kinder.

Das gute Fräulein Wagenhaus brachte Bella in den Garten, und mein Vater nahm ihr die Leine aus der Hand und machte Bella am Wäschepfahl fest. Dann gaben wir ihr die Leberwurst, die mochte sie immer am liebsten, aber sie fraß langsam und lustlos, hielt dabei den Kopf schräg nach oben, kaute alles nur auf einer Seite, schluckte nichts hinunter, kaute nur immerzu, sah an uns vorbei zum guten Fräulein Wagenhaus hin, drehte dann den Kopf auf die andere Seite, schob das Fressen mit der Zunge nach und begann erneut zu kauen.

Sie spürt es, sagte mein Vater, Tiere spüren so was.

Menschen auch, sagte meine Mutter. Mein Großvater, der Preuße, sagte sie, hat noch ein Vaterunser gebetet, bevor ihn die Kugel traf.

Und meiner, der Collatz, hat überhaupt nichts gespürt, entgegnete mein Vater, sonst hätte er sich wenigstens ein Hemde angezogen in seiner Sterbestunde.

Das gute Fräulein Wagenhaus wischte sich eine Träne aus dem Gesicht, dann ging sie und holte Bellas Freßnapf und schlug ein Gelbei hinein, das schlappte Bella, und als sie damit fertig war, legte sie sich nieder, den Kopf auf die Vorderpfoten gestützt, ein wenig schräg, wie es ihre Angewohnheit war, blinzelte noch einmal zu uns hoch und schlief dann ein.

Mein Vater gab uns ein Zeichen, daß es jetzt an der Zeit sei zu gehen, und das gute Fräulein Wagenhaus nahm mich bei der Hand und führte mich ins Haus.

Oben in ihrer Stube hörten wir den Schuß, einen kurzen, harten Knall, und das arme Fräulein Wagenhaus hielt mir die Ohren zu, als schon alles vorbei war, und zog mich an ihre Brust.

Ich wartete, daß noch etwas geschehen würde, aber es geschah nichts mehr, es blieb alles still, nur das arme Fräulein Wagenhaus weinte. Sie stand aufrecht am Fenster, die rechte Hand am Fensterwirbel, als wäre sie gerade im Begriff gewesen, es zu öffnen, und die Tränen rannen ihr dabei die Wangen hinab, blieben eine Weile am Kinn hängen, tropften dann auf die dunkle Seidenbluse und versanken darin. Ich hatte noch nie jemanden so weinen sehen, so still und unaufhaltsam, mit geschlossenem Mund. Wenn ich weinte, geschah es laut, kreischend, mit viel

Geschluchze, manchmal sogar tränenlos, nie aber ohne Geschrei, auch Sigismund heulte so und Pinkerts Jule ebenfalls, es gab bislang überhaupt keinen, der es anders gemacht hätte. Deshalb wurde mir ganz angst und bange, als ich dieses leise Weinen sah.

Ich hörte, wie mein Vater die Treppe heraufkam, er brachte Bellas Halsband und die Leine, aber das arme Fräulein Wagenhaus stand unbeweglich und wandte sich nicht vom Fenster ab.

Ich werde mich nach einem neuen Hund umtun, tröstete sie mein Vater, es braucht ja kein Berner Sennenhund zu sein.

Nein, o nein, wehrte das arme Fräulein Wagenhaus ab, dazu ist es zu spät, ich kriege ihn nicht mehr groß.

Ich wollte wissen, warum sie ihn nicht mehr großbekäme, aber mein Vater zwinkerte mir zu und schob mich zur Tür hinaus. Im Treppenhaus kam mir Onkel Hugo entgegen und bat mich, leise zu sein, Tante Clara habe soeben einen Migräneanfall erlitten.

Seit Clara in Tante Evas Doktorbuch nachgelesen hatte, daß Migräne das Privileg der Klugen sei, der Dumme hingegen sich bester Gesundheit erfreue, wurde sie von diesem Leiden heimgesucht.

Es war zuviel für sie, erklärte Onkel Hugo, die Aufregung um den Hund und alles, sie ist nicht mehr die Jüngste, mußt du wissen. – Ich erkundigte mich, ob es schlimm um sie stünde und ob sie es vielleicht auch mit der Atmung habe wie Bella, aber Onkel Hugo hielt sich den Zeigefinger vor den Mund und machte «pst».

Ich vertrug es nicht, wenn jemand «pst» zu mir machte, deshalb sagte ich, so laut ich konnte, er solle meinem Vater rechtzeitig Bescheid geben, wenn es mit Clara zu Ende ginge.

Im Garten war alles noch wie sonst. Nur Bella fehlte. Ich rief ein paarmal nach ihr, dann ließ ich es. An der Stelle, wo sie sich zuletzt niedergelegt hatte, häufelte meine Mutter Erde auf, feuchte, dunkle Erde, die nach Moder und Fäulnis roch, und mir wurde mit einem Male bewußt, was mit Bella geschehen war. Ich begriff, daß sie nun nie mehr aus dieser schweren schwarzen Erde herauskonnte, die meine Mutter auf sie warf und mit den Füßen festtrat. Da heulte ich los.

Du hättest nicht erst mitkommen sollen, sagte meine Mutter. Kinder sollten überhaupt nicht dabeisein, wenn geschossen wird, sie könnten zu leicht Schaden daran nehmen.

Mein Vater brachte das Gewehr zu Mudlagk und Wendehals zurück, dann gingen wir, und ich wurde den Gedanken nicht los, daß ich soeben den Anfang vom Krieg miterlebt hatte.

KAPITEL VI

So kämpften meine Eltern schon vor Kriegsausbruch mit allen Mitteln gegen die faschistische Barbarei.

Das gute Fräulein Wagenhaus kränkelte seit Bellas Tode, und nicht lange danach starb auch sie, aber ihr Abgang fiel in einen ungünstigen Augenblick; es hatte keiner Zeit dafür. Am allerwenigsten Tante Clara. Nur meine Mutter ging hinter dem Sarge her mit ein paar Betgeschwistern. Die anderen standen alle am Oppacher Berg und erwarteten den, den meine Eltern «Jenen» nannten. Den Führer also.

Ich auch.

Schon am frühen Morgen war es losgegangen mit dem Trubel. Mein Vater hatte die Fahne nicht gefunden und war mit Hugos Fahrrad unterwegs, um sich eine auszuleihen, ein schier aussichtsloses Unterfangen, denn jeder, der eine Fahne hatte, brauchte sie just an diesem Tage selbst.

Meine Tante Clara hatte sich beim Morgenkaffee den Mund verbrüht und grollte deshalb mit Hugo.

Waldemar Wendehals waren wieder die Paradestiefel abhanden gekommen, und seine Wut darüber konnte man bis auf die Straße hören.

Bei der Wirtin vom «Grünen Baum» hatten die Wehen verfrüht eingesetzt, und dem Rätzebauer war die beste Sau entlaufen. Genau in Richtung Führer.

Nur ich war unbeschadet geblieben und sah den Dingen gefaßt ins Auge. Tante Clara hatte mich schon seit Wochen darauf vorbereitet. Ich sollte einen Spruch aufsagen und dem Führer Blumen überreichen, denn es hatte sich ergeben, daß ich von allen Germanen im Dorfe am germanischsten aussah, und Tante Clara hatte mir in stolzer Freude eine Berchtesgadener Trachtenjacke gekauft, wie sie selbst eine trug, schwarz mit grüner Abschlußkante und silbernen Kugelknöpfen. Damit war sie mit mir von Haus zu Haus gezogen und hatte sich von aller Welt bestätigen lassen, wie sehr wir zwei einander ähnelten.

Nur meine kluge Tante Eva hatte es nicht bestätigt. Sie fand auch nicht, daß ich germanisch aussah. Alle Germanen, sagte sie, seien widerwärtige Rotschöpfe gewesen, und zum Glück stamme außer Wendehals' Christine niemand im Dorfe von ihnen ab, sondern vielmehr von den Slawen, genauer gesagt von den Westslawen, und sie holte eine alte Karte hervor und wies nach, daß wir alle noch im zehnten Jahrhundert Slawen gewesen waren, wovon besonders Hugos Stammbaum eindeutig Zeugnis ablege. Das verzieh ihr meine Tante Clara nie, und sie überschritt von Stund an nicht mehr Evas Schwelle, so daß sich Tante Eva gezwungen sah, ihre lokalen Tagesnachrichten von nun an über die Zeitungsfrau zu beziehen. Von dort hatte sie auch die schlichte Mitteilung, daß der Führer in Begleitung seines Hundes kommen würde, und sie versäumte nicht, mich darauf hinzuweisen, daß ich auch den Hund gebührend zu begrüßen hätte. Am besten mit einem Zipfel Wurst, empfahl sie, aber bringe nichts durcheinander, sagte sie, vorn sitzt er und hinten der Hund.

Nun stand ich also am Oppacher Berg in meiner Trachtenjacke und wartete. Alle warteten. Tante Clara auch mit der deutschen Kinderschar und hinter ihr die Pimpfe und die Hitlerjugend und mittendrin ein paar Arbeitsmaiden, die steckengeblieben waren im Jungvolk und von allen Seiten Schubse bekamen. Und uns gegenüber am anderen Straßenrand Onkel Hugo mit Mudlagk und Wendehals und der gesamten Knöppelei-Gefolgschaft. Daneben Onkel Philipp und mein Vater mit Tante Frieda als Gefolgschaft. Alle waren gekommen, nur meine Tante Eva nicht, die hatte wieder das chronische Leiden.

Es war ein freundlicher Oktobertag, die Sonne schien, als ob noch Sommer wäre, aber die Erde war klamm und kalt und die Wiesen stockig grau. Die Apfelbäume an der Hauptstraße standen knorrig und kahl, nur manchmal hing ein Vogel im Geäst wie eine vergessene Frucht. Überall roch es nach Stiefelwichse und aufgestampfter Erde. Mich fror. Die Kälte kroch mir an den Beinen hoch, und ich fragte voll Ungeduld, ob er bald käme, aber niemand wußte es genau. Am Lichtleitungsmast hing ein Lautsprecher, der gab uns bekannt, welche Orte er eben durchfuhr, doch keiner verstand etwas, weil alles in Gebrüll und Geknatter unterging. Nur meine Tante Clara klatschte jedesmal in die Hände und sagte, gleich ist es soweit. Es war ihre größte Stunde, sie rannte aufgeregt hin und her und hatte wieder die Trillerpfeife im Mund. Sie trillerte bis auf die andere Straßenseite hinüber und pfiff sogar Hugo zurück, der im Eifer die Absperrung überschritten hatte. Dann ließ sie die Kinderschar in Reih und Glied antreten und durchzählen. Mich stellte sie allen voran.

Was ihr heute erlebt, sagte sie, ist erst der Anfang! Wir gehen großen Zeiten entgegen, und ihr dürft mit Stolz sagen, ihr seid dabeigewesen. An dieser Stelle wischte sie sich eine hehre Träne von der Wange, und auch Pinkerts Jule heulte los über alle Köpfe hinweg und verlangte auszutreten. Aber Tante Clara winkte ab und fuhr fort in ihrer Ansprache, doch niemand hörte mehr auf sie. Alle sahen nur zu Pinkerts Jule hin, wie die nun allein damit fertig würde. Die ganze Kinderschar geriet durcheinander, und von hinten drängten die Pimpfe nach und gaben die Schubse weiter, die sie von der HJ erhielten. Die Schubse pflanzten sich wie Wellen fort und schlugen hart an meinen Rücken. Das mißfiel mir, und ich schlug zurück, traf Mechthild Wendehals, die Stille, mitten ins Gesicht, mußte mir ihr gellendes Geheul anhören und Tante Claras strengen Verweis und beschloß, nun nicht mehr länger zu warten. Ich hatte es gründlich satt. Mich fror, und Hunger hatte ich auch. Es tat mir nur leid, daß ich den Hund nicht mehr sehen konnte, wenn ich ging. Mein Bräutigam, der Fleischermeister, hatte mir extra für ihn ein Stück von der Verlobungswurst heruntergeschnitten. Nun aß ich es selbst. Vorn an der Hauptstraße ließ Clara noch einmal die Kinderschar antreten, und ich machte, daß ich wegkam. Ich war schon bis zum Jungvolk durchgedrungen, da holte sie mich zurück und übergab mich einem in Uniform, der huckte mich auf die Schulter, damit ich nicht wieder verlorenginge.

Ein echtes deutsches Mädel, sagte er zu Clara, markig und blitzsauber, ist es nicht Steinschlag-Collatzens seine?

Das schon, bestätigte Clara, aber ich habe erst etwas aus ihr gemacht, und sie erzählte ihm, wie verwildert ich gewesen wäre, bevor sie eingegriffen hätte. Diese Familie, sagte sie, ist ohne Zucht und Disziplin und – was das schlimmste ist – noch immer ohne Bekenntnis. Sie neigte sich herüber und zischelte dem Uniformierten etwas ins Ohr. Ich beugte mich herab, konnte aber nichts verstehen, denn Clara hielt sich beide Hände wie ein Sprachrohr vor den Mund. Das verdroß mich, und ich bestand darauf, auf der Stelle herabgelassen zu werden, sonst, sagte ich, würde ich alles daheim erzählen.

Clara lächelte verlegen, und an ihrem verbiesterten Mund sah ich, wie sie innen auf mich wütete.

Es ging jetzt ein Raunen durch die Menge. Er kam. Und es war keine Zeit mehr, mich herabzulassen. Ein paar ganz Frühe brüllten schon Heil.

Clara pfiff die Kinderschar in Reih und Glied und stimmte ein Lied mit ihr an. Ich brauchte nicht mitzusingen, ich war für Höheres bestimmt. Der in Uniform sprach mir noch einmal den Spruch vor, den ich aufsagen sollte, aber ich hörte gar nicht mehr hin. Ich sah mit den anderen dem Fahrzeug entgegen, das jetzt die Oppacher Höhe heraufkam. Sehr langsam, fast kriechend schob es sich Meter um Meter voran, machte Sprünge auf dem holprigen Pflaster. Verschnaufte. Setzte wieder an. Aufwärts. Knatterte. Zog eine weiße Fahne Qualm hinter sich her. Kam näher und näher ... ein kleines dreirädriges Grünzeugauto. Und drin saß Rätzebauers Großknecht mit der entlaufenen Sau und fuhr mit ihr heimwärts. Er hatte einen Durchlaßschein bei sich, den hielt er zum Fenster hinaus und winkte damit allen zu. Ich winkte mit beiden Händen zurück und schrie ihm den Spruch entgegen.

So sei doch still, sagte der in Uniform, was brüllst du denn so, er ist es doch noch gar nicht.

Aber ich brüllte weiter. Ich wollte endlich den Spruch los sein, und es war mir egal, ob es Rätzebauers Großknecht mit der Sau oder Jener war, die anderen hatten ja auch schon gebrüllt. Und wie. Tante Clara war ganz rot davon. Nun, da sie ihren Irrtum erkannt hatte, steigerte sich das Rot zu Purpur, und in einem Anflug von Wut und Scham stürzte sie auf mich zu und schlug mir mit dem Handrücken auf den Mund. Wirst du wohl den Rand halten, schrie sie, was sollen denn die Leute von dir denken! Sie gucken schon alle auf dich.

Sie guckten überhaupt nicht auf mich, sie guckten alle wieder den Oppacher Berg hinab, ob er nun endlich aus der Senke auftauchte. Aber er tauchte noch immer nicht auf, und in die brodelnde Stille hinein, da alles nach unten blickte, rief ich meiner Tante Clara zu, daß ich den Hund nun nicht mehr sehen wolle und daß ich auch das Gedicht nicht mehr aufsagen könne, weil meine Lippe schwillt.

Der in Uniform hob mich mit einem harten Ruck hinab. Sie ist wohl doch mehr Collatz als Sawatzke, sagte er barsch. Es war ihm peinlich, daß er sich so in mir getäuscht hatte, und er ließ seinen Groll darüber an Clara aus und verbot ihr dieses abscheuliche Getriller. Es kann einem ja den ganzen historischen Augenblick vergällen, sagte er, ich bin schon taub auf einem Ohr.

Aber meine Tante Clara trillerte weiter, sie war schon auf beiden Ohren taub. Und als sie die Kinderschar zum einunddreißigsten Male zusammengetrillert hatte, ging ein Aufatmen durch die erschlafften Reihen – er kam. Diesmal wirklich. Unverwechselbar. Er stand im offenen Wagen, die linke Hand an der Windschutzscheibe, die rechte zum Gruß erhoben. Dann ging alles sehr schnell. Ehe wir es uns versahen, war er schon vorbei, es blieb nur etwas Benzingestank zurück. Angehalten hatte er nicht. Er konnte schließlich nicht in jeder Kuhbläke anhalten, er hatte Höheres im Sinn. Gleich hinter der Oppacher Höhe bog er ab von der Reichsstraße und schlug den Fugauer Weg ein – gen Böhmen. Wir sahen noch eine Wolke Staub in der Wegbiege, dann war er darin verschwunden.

Clara atmete erlöst auf, sie war froh, daß er nicht angehalten hatte. Wie hätt' ich mich mit dir blamiert, sagte sie, du Collatzstück! Sie hatte auch zu spät «Heil» gerufen diesmal. Aus Vorsicht. Nun, da er schon vorüber war, holte sie es nach. Sie hörte überhaupt nicht mehr auf damit. Die anderen durchbrachen bereits die Absperrung und holten sich die Blumen zurück, die sie ihm zugeworfen hatten. Tante Clara aber stand noch immer da und brüllte.

Hugo kam jetzt von der anderen Straßenseite auf uns zu und nahm sich der verwahrlosten Kinderschar an, er strich auch mir übers Haupt. Eine historische Stunde, sagte er, Auge in Auge mit unserem Führer, vereint zu einer verschworenen Gemeinschaft, vergeßt es nie!

Dann begehrte er zu erfahren, was uns am meisten beeindruckt hätte, und ich sagte, das sei die entlaufene Sau gewesen, vom Rätzebauer die.

Und als ich sah, wie sich Hugos Miene jäh verfinsterte und auch durch Mechthild Wendehals' sanften Einwurf, es sei des Führers weihevoller Blick gewesen, nicht mehr aufzuhellen war, wollte ich mich flugs entfernen, doch da war es schon zu spät. Hugo trat mir in diesem Augenblick mit dem Stiefelabsatz so gewaltig auf den Fuß, daß ich nach vornüberkippte und mir Knie und Hände aufschlug.

Das war das Ende. Ich brauchte von diesem Tage an nicht mehr zu Tante Clara. Meine Mutter machte das nicht mehr mit. Lieber lass' ich sie wieder einwildern, sagte sie, als von solchen Barbaren zertrampeln.

Und noch etwas geschah an diesem denkwürdigen Tag: Alfonso kam zurück.

Wir hatten es zuerst gar nicht bemerkt. Wir waren alle noch unterwegs gewesen, als er gekommen war. Er hatte sich gleich niedergelegt, wie er es immer tat. Aber sonst war nichts wie immer. Der Bauchladen stand nicht auf der untersten Treppenstufe, und es roch auch nicht nach Schnaps. Es gab überhaupt nichts, was darauf hingewiesen hätte, daß Alfonso wieder da war. Keine bunte Flickenfahne am Dachgiebel, keine Schweißsocken auf den Zaunstaketen, keinen Gummiaffen für mich.

Erst gegen Abend war es dann meiner Mutter aufgefallen, sie hatte einen Elfenbeinzahn gefunden aus Alfonsos Bauchladenverschluß.

Das ist doch nicht möglich, sagte sie, er wird doch nicht etwa wiedergekommen sein!

Es war ihr vom Gesicht abzulesen, daß es ihr nicht recht war. Meiner Mutter stand alles, was sie gerade dachte, im Gesicht geschrieben. Sie konnte sich nicht in sich selbst verbergen. Meine kluge Tante Eva nannte das die Tragik des Cholerikers. Meine Mutter drehte das Fundstück um und um. Er hat noch nie einen Zahn verloren, sagte sie, darin ist er eigen. Vielleicht stammt er auch von ganz woanders her. Sie wollte es immer noch nicht wahrhaben, daß Alfonso zurückgekommen sein sollte.

So geh doch und sieh nach, sagte mein Vater, dann weißt du es genau.

Aber meine Mutter wollte es gar nicht genau wissen. Sie war erschöpft und gliedermatt und wollte ihre Ruhe haben. Der Tag hatte ihr zu schaffen gemacht. Zuerst das Leichenbegängnis, sie war ganz leer und ausgeweint. Dann mein mißhandeltes Bein. Sie hatte sich deswegen mit Hugo verzankt und ihn – was das schlimmste war – einen Barbaren genannt. Das marterte sie. Sie wußte nicht, ob Barbar ein politisches Schimpfwort war. Es gab viele politische Schimpfwörter – in den Zeitungen und an den Bretterzäunen. Meine Mutter kannte sich darin nicht aus. Sie wußte nur, daß Hugo sie anzeigen würde, wenn sie ihn politisch beleidigt hatte. Es ließ sich auch nicht mehr abstreiten, zu viele hatten es gehört. Nun überlegte sie, ob sie Eva zu Rate ziehen sollte. Eva hatte Hugo sogar einen Slawen genannt, ohne von ihm belangt zu werden. Sie war sehr sicher im Gebrauch von Ausdrücken. Ihr Trick bestand darin, daß sie nie beleidigte, sondern nur auf beleidigende Weise die Wahrheit sagte. Meine Mutter war schon drauf und dran gewesen, Eva aufzusuchen, als sie diesen Zahn gefunden hatte. Gerade jetzt, klagte sie, wo ich den Kopf so voll habe, muß dieser Landlatscher zurückkommen. Wäre er doch geblieben, wo der Pfeffer wächst! Er wird uns nur Scherereien bringen, der Saufaus!

Meine Mutter war kaum zu Ende mit der Prophezeiung, da klopfte es, und ehe wir «Herein» sagen konnten, waren sie schon in der Tür, zwei Männer in Uniform, von denen der eine aussah wie der Heilbrüller vom Oppacher Berg. Doch auch der andere sah so aus, nachdem ich ihn eine Weile betrachtet hatte. Sie sahen alle so aus, wenn sie in Uniform steckten. Sogar mein Onkel Hugo glich dann aufs Haar genau Waldemar Wendehals und unterschied sich von ihm nur durch ein paar Zentimeter Längenmaß.

Mein Vater hatte keine Uniform an, er besaß überhaupt keine, nur seine alte Teerhose, mit der lag er auf dem Kanapee und unterschied sich sehr. Nanu, sagte er, ihr kommt wohl von Sawatzkes.

Nein, sie kamen nicht von Sawatzkes, und meiner Mutter fiel ein Stein vom Herzen. Aber dann sagte der Heilbrüller vom Oppacher Berg: Wir kommen wegen Alfons Brix oder wie er sich nennt, er wohnt doch hier.

Mein Vater leugnete, daß Alfonso bei uns wohnte. Er nächtigt hin und wieder mal bei uns, sagte er, wenn ihr das meint. Jetzt ist es schon ein Jahr her, seitdem wir ihn zum letzten Mal gesehen haben.

Meine Mutter blinzelte mir hinter den Rücken der Männer zu, zum ersten Male mir und nicht meinem Vater, und ich begriff, daß ich damit einbezogen war in das Spiel der Erwachsenen und nun nicht mehr fragen konnte, warum denn mein Vater so plötzlich vergessen hatte, daß Alfonso zurückgekommen war.

Mein Vater ging zum Küchentisch und goß den beiden einen Schnaps ein. Er kannte sie noch von früher, ohne Uniform. Da war der eine der Sohn vom Totengräber gewesen und der andere Gurkenverkäufer.

Die beiden wollten keinen Schnaps, es war ihnen nicht recht, daß sie mit meinem Vater auf du und du trinken sollten. Da trank mein Vater seinen Schnaps allein, jedes Glas auf einen Schluck, und danach rief er lauthals aus: Es lebe das Germanentum!

Er zerrte mich aus meiner Spiel- und Lauschecke und führte mich den beiden vor. So was Germanisches habt ihr überhaupt noch nicht gesehen. Arisch, sagte er, arisch bis ins letzte Glied.

Reinrassig, von bestem Wuchs, zart und doch kraftvoll im Gebäude. – Er schubste mich in die Seite, gerade so, daß ich nicht umfiel. Standfest, sagte er, allen Anforderungen gewachsen, und er gab mir noch einen Schubs, da seht ihr, sagte er, wie standfest sie ist! Und erst das Gebiß, fuhr er fort, kernig und urgesund, und er nötigte mich, den Mund zu öffnen. Diese Anordnung, sagte er, schnurgerade, ohne aneinanderzustoßen, das ist Rasse, edelste Auslese.

Mein Vater war vorzeiten Zuchtwart im Deutschen Hundesportverein gewesen und kannte sich aus mit Rassemerkmalen. Hart, flink und wesensfest, sagte er, das ist es, was wir vom deutschen Nachwuchs fordern!

Der Heilbrüller stimmte ihm zu, während der andere, der Gurkenverkäufer, prüfend um mich herumging und feststellte, daß mein Hinterkopf nicht arisch genug war.

Was heißt hier Hinterkopf, fuhr mein Vater ihn an, die hat's im Kopf und nicht dahinter! Und er ließ mich sämtliche Gedichte aufsagen, die Clara mir beigebracht hatte. Alles Heil- und Sieggedichte. Danach entschlossen sich die beiden, doch einen Schnaps von meinem Vater anzunehmen, es war aber keiner mehr da. Meine Mutter holte eine Flasche selbstgemachten Stachelbeerwein aus dem Keller, die machten sie nieder, ließen auch meine Mutter mal kosten und lobten alles sehr, den selbstgemachten Wein und mich.

Das ist Deutschtum, sagten sie, echtes, unverpanschtes, schlicht und doch voller Tatendrang, eine auserwählte Sorte! Sie hatten ganz und gar vergessen, weswegen sie gekommen waren. Erst als sie gingen, fiel es dem einen wieder ein. Er zog einen Schein aus der Gesäßtasche und überreichte ihn meinem Vater. Dieser Brix, sagte er, Alfonso oder wie er sich nennt, soll sich melden, sobald er hier auftaucht!

Großer Gott, sagte meine Mutter, was hat er denn verbrochen? Nichts, erwiderte der andere, reine Formsache.

Und als sie schon am Gartentor waren, wandte sich der eine noch mal um. Nur eine Kleinigkeit, rief er zurück, fast hätt' ich es vergessen, er soll den Stammbaum mitbringen, das wär's! Ich sah es meinen Eltern an, daß Alfonso keinen Stammbaum hatte.

Wir hatten einen, der lag im obersten Schubfach, im Vertiko. Alle hatten einen Stammbaum, selbst Bella hatte einen gehabt. Nur Alfonso nicht, der hatte auch kein Vertiko. Wir brauchten unseren Stammbaum gar nicht, er lag nur so herum. Künstler brauchten einen, Lehrer und ehemalige Gurkenverkäufer auch, aber Teerarbeiter nicht, es war nur besser, wenn sie einen hatten. Wir sprachen gern von unserem Stammbaum, besonders meine Mutter, denn es befand sich auf ihrem Zweig außer Webern und Waldarbeitern auch ein hochherrschaftlicher Gärtner, ein Urahn, der sich mit einer ebenso hochherrschaftlichen Urahnin vermählt und mit ihr neun Nachkommen gezeugt hatte, die allerdings, einem Gesetz der Sippe folgend, nur wieder Weber und Waldarbeiter geworden waren, kleine Leute also, über die es nichts zu sagen gab. Um so mehr aber über jenen Urahn. Er war die weithin leuchtende Blüte am mütterlichen Zweig. Jeder in der Familie erinnerte sich, daß er mit einem Sechsspänner zu seiner eigenen Hochzeit vorgefahren war, und manchmal, wenn sich einer besonders gut erinnerte, fiel ihm ein, daß er sechs Zehen am linken Fuß gehabt hatte.

Eine solche Blüte gab es nicht am Collatzzweig, nur Weber und Steinmetzen mit fünf Zehen an jedem Fuß, und einen Totschläger, der sich gegen die Obrigkeit vergangen hatte und in Unehren auf dem Schindanger beigesetzt worden war.

Trotzdem war es immer noch besser, einen Totschläger im Stammbaum zu haben als überhaupt keinen Stammbaum.

Alfonso hatte weder einen Totschläger noch einen hochherrschaftlichen Gärtner. Das war schlimm.

Der stammt bestimmt von Zigeunern ab, sagte meine Mutter. Und wennschon, erwiderte mein Vater, das sind auch Menschen. Ich hatte noch nie daran gezweifelt, daß Alfonso ein Mensch war, nun, da mein Vater es so ausdrücklich betonte, fiel mir zum ersten Male der Unterschied zwischen Menschen und Auch-Menschen auf.

Auch-Menschen hatte der Grünzeugladen an der Scharfen Ecke gehört, jetzt gehörte er Menschen.

Auch-Menschen trugen einen gelben Stern mit sich herum, Menschen ein Hakenkreuz.

Auch-Menschen durften angespuckt werden von Menschen.

Ich wollte nicht gern angespuckt werden, ich wollte auch nicht unbedingt jemanden anspucken, höchstens Wendehals' Christine, wenn es sich hätte einrichten lassen.

Wir warteten noch eine Weile, bis wir keine Stiefelschritte mehr auf der Straße hörten, dann gingen wir nach Alfonso sehen. Er war wirklich da. Er saß im Bett in Hut und Mantel, und vor sich auf den Knien hatte er den Bauchladen.

Der Bauchladen sah schlimm aus, ich erkannte ihn zuerst gar nicht wieder. Es war, als ob ein Ungeheuer ihn verschlungen und stückweise wieder ausgespien hätte. Das prächtige Leopardenfell hing in Fetzen herab, und Holzsplitter spießten wie zerborstene Rippen hindurch. Der Riesenkiefer klaffte weit auseinander und lehnte sich mit dem oberen Teil gegen das Fußende des Bettes. Von dem Elfenbeingebiß war nichts mehr übriggeblieben als ein einziger Zahn. Er stand steil in einem zertrümmerten Verschlußstück, alles um ihn herum war zertrümmert und verwüstet, nur er stand unversehrt. Alfonso brach ihn heraus und wickelte ihn in sein Schnupftuch. Immer hatte er die Zähne durchgesehen, bevor er über Land gezogen war, mit Daumen und Zeigefinger, jeden Zahn einzeln. Immer hatte er gebangt, daß ihm einer verlorengehen könnte, nun waren sie alle dahin.

Ich wollte fragen, wie es zugegangen war, aber ich konnte nicht, ich stand wie versteinert. Ich konnte auch die Hand nicht nehmen, die Alfonso mir entgegenstreckte, ich stand nur und starrte. Die Spiegelwand des Intimboudoirs war ganz und gar zersplittert, und in der Mitte gähnte ein faustgroßes Loch, durch das ich hindurchsehen konnte. Ich hatte immer geglaubt, hinter der Spiegelwand befände sich noch etwas, ein Reservelager vielleicht, aus dem Alfonso sein Angebot erneuerte. Jetzt wußte ich: Hinter der Spiegelwand war nichts, nur Luft und ein rostiges Stück vom Bettgestell. Das machte mir angst. Mehr als alle Zerstörung ringsum machte mir diese schäbige Leere angst.

Alfonso hielt den Kopf gesenkt und las Spiegelscherben vom Bett. Wir warteten darauf, daß er sprechen würde, aber er tat es nicht, er sah nicht einmal zu uns auf. Er war nicht betrunken, wie so oft; er war hellwach, von einer Nüchternheit, die ich noch nie an ihm gekannt hatte. Endlich, als er die letzte Scherbe aufgeklaubt hatte, hob er den Kopf. Erst da gewahrte ich, daß sein Gesicht genauso zugerichtet war. Meine Mutter schob mich hinter ihren Rücken, damit ich es nicht sehen sollte, aber ich hatte schon alles gesehen: Er war nicht gestürzt, er war getreten worden, mit Stiefelabsätzen, die hatten Stempel auf seine Sachen gedrückt.

Diese Barbaren, sagte meine Mutter, trampeln alles nieder, was ihnen in die Quere kommt! Was hast du ihnen bloß getan?

Alfonso antwortete nicht, er holte tief Luft, schubweise, wie er es immer tat, bevor er einen Fluch ausstieß. Dann aber, als es soweit war und ich schon voll Ungeduld darauf wartete, fluchte er gar nicht. Er brüllte nicht einmal, er blieb erschreckend ruhig, er sagte nur: Es gibt Krieg! – Nichts weiter.

Seine Stimme klang fremd und zersplittert, und es kam mir vor, als ob auch sie zertreten worden sei. Mir wurde auf einmal speiübel, und ich heulte los.

So sei doch still, sagte mein Vater, und tratsch es nicht wieder überall herum, es stimmt ja überhaupt nicht.

Aber ich heulte nicht, weil es Krieg geben sollte, ich heulte, weil Alfonso so befremdlich nüchtern war und weil ich diese erbärmliche Leere hinter den Spiegeln gesehen hatte. Ich heulte, weil alles kaputtgegangen war.

Alfonso kramte einen Gummiaffen aus der Manteltasche, dem fehlte der Kopf, und auch die Arme waren nicht mehr heil, trotzdem konnte ich erkennen, daß es ein Gummiaffe gewesen war, aber essen mochte ich ihn nicht. Ich nahm ihn nur, um Alfonso nicht zu vergrämen.

Keine Bange, sagte er, wirst sehen, eines Tages ist der Bauchladen wieder heil.

In derselben Nacht ging Alfonso auf und davon. Den Bauchladen ließ er uns zurück.

KAPITEL VII

Kennzeichnend für die antifaschistische Gesinnung meiner Eltern war ihr Verhalten bei Ausbruch des Krieges.

Es kam alles so, wie es Alfonso an jenem denkwürdigen Tag prophezeit hatte. – Zuerst der Krieg.

Ich war nicht einmal daheim, als er begann. Ich war am Spreeufer und spielte Soldat. Seit wir uns mit Clara überworfen hatten, war meine Mutter zu der verblüffenden und für mich äußerst angenehmen Erkenntnis gelangt, daß überhaupt keine Erziehung immer noch besser sei als eine schlechte. Ich durfte also wieder einwildern. So war ich ans Spreeufer gelangt und spielte Soldat. Mit mir selbst. Ich war der gute Soldat, und ich war der böse Soldat. Mich gab es zweimal, am Ufer und im Wasser. Ich stand unter der Birke und schoß auf mich in die Wellen. Ich sah, wie ich zerfetzte und verging, die Sonne mit mir riß und ein welkes Birkenblatt, sah, wie ich hinabtaumelte auf den Grund und zitternd wieder emporstieg, wartete, bis sich der Fluß beruhigt hatte und mich zurückgab, heil und unversehrt. Freute mich, daß ich davongekommen war, und ärgerte mich, daß ich mich nicht getroffen hatte. Ich war gut und böse in einem, ich hatte die Grenze überschritten, die beides voneinander trennt.

Ich hätte noch lange so gespielt, wenn nicht die Pimpfe gekommen wären. Sie stürzten lärmend den Damm hinunter, warfen die Ranzen ab und hieben mit Stöcken auf das Wasser ein. Sie hatten schulfrei, sie brüllten es sich gegenseitig zu. Sie hatten schulfrei, denn es war Krieg in der Welt, seit zehn Stunden schon. Es stand an allen Litfaßsäulen, und auch die Zeitungen waren voll davon: die Plutokraten griffen an, der Führer schlug zurück. Wer lesen konnte, wußte längst Bescheid. Nur ich wußte nichts. Ich war dumm und unwissend und hätte den Krieg beinahe verpaßt. Ich wollte es zuerst auch gar nicht glauben. Der Tag war so unerhört gewöhnlich. Flußabwärts spülte Nasenweinholds Tochter Windeln in der Spree, und Kirchbauers Katze strich ihr um die Beine und hatte einen dicken Bauch wie immer im September. Von Pickelhaupts Latschenfabrik schwemmte wieder dieser säuerliche Geruch heran, den ich so gerne mochte und der immer dann am stärksten war, wenn Pickelhaupt frische Stämme schnitt. Die Kirchturmuhr vom Oberdorf verfehlte den zwölften Schlag wie eh und je, und auch sonst war alles so wie immer. Nein, ich wollte es einfach nicht glauben, daß an einem solchen Tag, der sich durch nichts weiter von den anderen unterschied, als daß schulfrei war, daß an einem solchen Tag also der Krieg ausgebrochen sein sollte. Ich dachte, es müßte schießen und krachen an einem solchen Tag, und alle müßten weinen, still in sich hinein wie das arme Fräulein Wagenhaus. Aber hier weinte keiner. Die Pimpfe sangen, laut und fröhlich, Lieder, die sie von meiner Tante Clara hatten und die sie genauso himmelwärts schmetterten wie jene. Ich entdeckte auch Sigismund unter ihnen. Er hatte wieder diesen Kieler Matrosenanzug an und Waldemar Wendehals' spiegelblanke Paradestiefel. Jetzt paßten sie ihm schon besser. Trotzdem war er viel kleiner als die Pimpfe, man sah es gleich: er war nur aus Versehen unter sie geraten. Er konnte auch nicht so zackig singen wie sie, er sang ihnen immer hinterher. Das war wie ein Wettlauf, und ich klatschte jedesmal, wenn Sigismund angekommen war. Den Pimpfen aber mißfiel es, daß ich klatschte, und einer von ihnen nahm einen Stein und zielte damit nach mir.

Hau ab, du Memme, rief er über den Fluß, oder ich schlag' dir sämtliche Knochen zu Brei.

Ich wich drei Schritte zurück. Mit den Pimpfen war nicht zu spaßen. Niemand im ganzen Dorf war so ernst zu nehmen wie sie. Nicht einmal Kirchbauers Herdbuchbulle. Vor dem konnte man sich in Sicherheit bringen, vor den Pimpfen nicht. Sie blieben einem immer auf der Spur. Sie waren zäh und ausdauernd und so fanatisch hart. Sie schlugen sich mit den Pimpfen aus den Nachbardörfern um den Maibaum oder um den Erntekranz oder um eine andere Sache, es gab immer eine, und wenn es ein abgefetzter Hemdenknopf war. Ich fürchtete mich vor ihnen, nicht, weil sie so erbarmungslos zuschlugen, sondern weil sie sich so erbarmungslos zusammenschlagen ließen. Das war es, was mir am meisten angst machte: dieses fanatische Hinnehmen von Schlägen, das sie Heldentum nannten.

Wenn sie mir einzeln begegneten, ohne Kluft und Fahrtenmesser, beim Kohlenreintragen zum Beispiel oder bei Familienausflügen in die Quarkschenke, waren sie freundliche kleine Jungen, hießen Hans oder Werner und spielten manchmal sogar mit mir. Nur wenn sie alle zusammen waren, Auge in Auge, eine verschworene Gemeinschaft, dunkle Hose, braunes Hemd, laute Lieder, fröhliche Gesichter – dann wurde mir angst. Dann waren sie keine kleinen freundlichen Jungen mehr, die einen Namen hatten und schmatzend Quarkkuchen aßen, dann waren sie nur noch Meute.

Gegen Meute war nicht anzukommen, wie ich von Alfonso wußte. Man mußte sie meiden oder mittun oder eine Gegenmeute gründen. Mir blieb nur die erste Möglichkeit. Ich zog mich Schritt für Schritt zurück, nicht allzu schnell und auch nicht mit abgewandtem Gesicht, denn wer der Gefahr den Rücken kehrt, ist rettungslos verloren, eine Weisheit, die ich ebenfalls meinem Onkel Alfonso verdankte und die mir zur rechten Zeit einfiel. Ich behielt also die Pimpfe in den Augen, ging langsam in die Hocke, stützte mich mit beiden Händen nach hinten ab und stemmte mich rückwärts die Uferböschung hinauf. Ich sah, wie sich einer nach dem anderen bückte und Steine auflas. Nur Sigismund nicht. Ich wußte, er würde nicht nach mir werfen wie die anderen, aber er würde sie auch nicht zurückhalten. Und das war genauso schlimm, das war schon beinahe dasselbe. Ich schob mich weiter die Böschung hinauf, das Gesicht noch immer den Pimpfen zugewandt. Solange ich sie ansah, warfen sie nicht, standen nur und warteten. Sie wollten nicht, daß ich sie erkannte und beim Namen rief, wenn sie nach mir warfen. Sie wollten namenlose Meute sein. Erst als ich ins Rutschen kam und sie aus den Augen verlor, traf mich der erste Stein. Dann folgte ein ganzer Prasselregen, aber er erreichte mich nicht mehr, ich war schon zu weit entfernt. Trotzdem rannte ich, was ich konnte, kehrte ihnen nun doch den Rücken zu und jagte den schmalen Damm entlang, an der Hinterfront von Montags Spiel- und Ramschgeschäft vorbei, über die Brücke und weiter die Hauptstraße entlang bis zu Wünschefleischers Wurstladen. Dort hielt ich endlich an und ließ mich auf die Ladenstufen fallen. Ich hoffte, daß mein Bräutigam, der Fleischermeister, mich hier finden würde. Doch er fand mich nicht. Der Laden war zu. An der Tür hing ein Schild, darauf stand: Geschlossen. Ich wußte, daß es draufstand, obwohl ich noch nicht lesen konnte. Es gab nur drei Mitteilungen, die auf einem Schild stehen konnten, das an einer Ladentür hing, die verschlossen war. Entweder: Bin gleich wieder da – das waren vier Wörter, und die Tür blieb nur kurze Zeit zu, oder: Nicht für Juden – das waren drei Wörter, und die Tür war nur für Auch-Menschen zu, oder aber: Geschlossen, das war ein Wort, und der Laden war für alle zu und den ganzen Tag.

Ich stieg auf den Schaufenstersims und sah durch die Scheiben. Der Laden war leer, leer und sauber und blau gekachelt. Es war mir noch nie aufgefallen, daß Wünschefleischers Laden blaue Kacheln hatte. Vor lauter Würsten war es mir nicht aufgefallen. Ich fand den Tag nun doch nicht mehr so unerhört gewöhnlich. Jetzt, wo die Pimpfe mich aufgeschreckt hatten, fand ich ihn sogar recht ungewöhnlich. Es war fast nur Jungvolk unterwegs und ab und zu ein Hund. Männer waren so gut wie keine auf der Straße, wenn man von Tschoschke-Paul absah, der Hakenkreuzfähnchen verteilte und ohnehin meschugge war. Die Frauen, die ab und zu an Wünschefleischers Laden vorbeikamen, machten Gesichter, als sei ihnen der Mittagszug davongefahren. Sie blieben nicht mehr an der Ecke stehen und tratschten miteinander, was mir immer so gefallen hatte. Sie nickten einander nur von weitem zu, und wenn es hochkam, fragte die eine die andere, ob bei ihr auch schon einer eingerückt sei. Meistens war er es schon, und die, die gefragt hatte, nickte dann zufrieden und entfernte sich.

Einrücken war ein Wort, das ich schon kannte. Meine kluge Tante Eva hatte es mir übersetzt, es bedeutete nichts weiter als Soldat werden. Nur der Unterschied zwischen freiwilligem und unfreiwilligem Einrücken war mir nicht klargeworden. Die Unfreiwilligen rückten ebenso ein wie die Freiwilligen, sie unterschieden sich weder in der Haltung noch im Gesichtsausdruck voneinander; sie trugen alle diese forsche Feierlichkeit zur Schau, die so gut zu den Liedern paßte, die sie sangen.

Auch mein Bräutigam, der Fleischermeister, rückte ein, unfreiwillig, aber seine Sachen packte er freiwillig, und er pfiff einen zackigen Marsch dazu, auch freiwillig. Und als er mich endlich gewahr wurde vor der Ladentür, verschwand er einen Augenblick und kam mit einem Zipfel Wurst zurück.

Da nimm, sagte er, das ist der Rest von der Verlobungswurst, nur damit du Bescheid weißt, jetzt ist Feierabend.

Er beugte sich zu mir herab und lachte, lachte wie sonst und wackelte dabei mit den Ohren. Er hatte schöne große Ohren, und er beherrschte die Kunst des Ohrenwackelns wie kein anderer. Ich war nie dahintergekommen, welche Kniffe und Tricks er anwandte, um diese kolossalen Ohren zu heben und zu senken, wie es ihm beliebte. Er hatte mich immer in dieses Geheimnis einweihen wollen, doch stets war ihm etwas in die Quere gekommen, und nun war es zu spät. Ich bedauerte das, und auch, daß die Verlobungswurst zu Ende gegangen war und ich nun nicht mehr über alle Köpfe hinweg danach verlangen konnte.

Und allmählich kam ich dahinter, daß sich der Krieg vorerst nur in diesen kleinen bedauerlichen Veränderungen bemerkbar machte. Man konnte ihn noch nicht hören, man konnte ihn vorläufig nur spüren.

Am stärksten spürte ich ihn, als ich an Rätzebauers Hof vorbeikam. Ich nahm gern den Weg über Rätzebauers Hof, vor allem des Dobermanns wegen, er wedelte jedesmal mit dem Stummelschwanz, wenn er mich sah. Er hatte ein prächtiges Fell, schwarz und glänzend, mit einem goldbraunen Latz auf der Brust. Sein Gebiß war wunderbar weiß und von wehrhafter Festigkeit. Nie hätte es einer ohne Schaden zu nehmen so ungeheuerlich zusammenschlagen können wie Alfonsos Bauchladengebiß. Er war der kraftvollste und schönste Hund im ganzen Umkreis und besaß sogar das, was Alfonso beim besten Willen nicht aufweisen konnte: einen makellosen, rassereinen Stammbaum, der ebenso weit verzweigt war wie der unsere und bis zum Urururahn zurückging. Überhaupt unterschied sich sein Stammbaum von dem unseren nur durch die beschämende Tatsache, daß die Dobermänner alle ein «von» in ihrem Namensregister führten. Während wir nur ganz gewöhnliche Collatze, Opitze, Hünliche und Keglers aufzuweisen hatten, die wir allenfalls durch Beinamen wie Steinschlag-, Griefen-, Schnaps- und Kahlfraß- etwas aufbessern konnten, hörten die Dobermänner auf so klangvolle Namen wie «Von der Kottmarshöh», «Von der Höllenfahrt», «Von der großen Bleiche», «Von der Himmelsstiege», «Von der Froschmühle» und «Von der wilden Sau».

Rätzebauers Dobermann war einer «Von der wilden Sau». Das imponierte mir, nur daß er mit Vornamen «Asta» hieß, störte mich. Jeder andere Hund hätte so heißen können, aber ein Dobermann nicht. Ich fand mich erst damit ab, als ich dahinterkam, daß sich mit dem Namen auch eine äußerst vorteilhafte Eigenschaft verband, nämlich die, daß Asta Junge zur Welt bringen konnte, während das einem Dobermann namens Wotan zum Beispiel nicht gegeben war.

Die Jungen von Asta ging ich mir jedesmal ansehen, und jedesmal versprach mir Rätzebauers großer Sohn ein Junges aus dem nächsten Wurf. Ich wollte gern einen Dobermann haben. Seit Alfonsos Bauchladen entzwei war, wollte ich sogar brennend gern einen haben, einen großen, kräftigen mit scharfen, spitzen Zähnen. Der sollte mich vor allem Unheil bewahren. Und nun auch noch vor den Pimpfen ...

Es genügte schon, wenn er bösartig knurrte und die Zähne dabei fletschte. Indem ich mich also mit dem Dobermann zusammentat, hatte ich auf die einfachste Weise eine Gegenmeute gegründet, die stark genug war, es mit den Pimpfen aufzunehmen – ein Gedanke, der mir genau in dem Augenblick einkam, als ich Rätzebauers Hühnerhof überquerte, und den ich als äußerst wohltuend empfand.

Ich wußte, daß wieder ein neuer Wurf angekommen war: bildschön und stabil, in altbewährter Qualität, wie jedesmal von Rätzebauers Sohn verkündet wurde. Bildschön fand ich sie eigentlich nie, wenn sie gerade eingetroffen waren. Sie kamen immer ohne Fell an, mit nackter faltiger Haut, und dort, wo die Augen hingehörten, hatten sie vorerst nur einen dunklen Strich. Sie waren überhaupt mehr Andeutung als Dobermann, aber stabil waren sie schon von Anfang an, und ein paar Wochen später waren sie auch bildschön. Dann wurden sie verkauft, mit Augen, Zähnen, Fell und Stammbaum.

Rätzebauers Sohn nannte diesen Vorgang Zucht. Eine Zeitlang hatte er sogar drei Dobermänner gehabt, doch es war von Mal zu Mal schwieriger geworden, ihre Würfe abzusetzen, denn jeder Hof- und Hausbesitzer, der auf sich hielt, besaß bereits einen Dobermann aus Rätzebauers Zucht. So hatte er nur noch Asta behalten und belieferte jetzt mit ihren Würfen kleine parteilose Geschäftsinhaber, vorzeitig pensionierte Oberlehrer, Witwen ohne Mutterschaft, Kriegsversehrte aus dem Ersten Weltkrieg und Bibelforscher. Leute also, die ohne Dobermann hilflos waren. Ich rannte sogleich in die Küche, um den neuen Wurf in Augenschein zu nehmen, doch anstelle von einem halben Dutzend quicklebendiger Dobermänner gab es nur einen einzigen mageren Welpen, der fröstelnd Astas Nähe suchte.

Da guckst du, was, sagte die Rätzebäuerin, alle ersäuft, es ist nämlich Schluß mit den Dobermännern, wir hören auf mit der Zucht.

Ich hockte mich auf die Ofenbank und nahm mir vor, auf Rätzebauers Sohn zu warten.

Da kannst du lange warten, sagte die Bäuerin, der ist eingerückt. Sie setzte sich ans Fenster und stopfte Socken, einen großen Berg voll dicker alter Männersocken. Es roch nach Schweiß und eingetrockneter Ackererde; es roch, fand ich, nach Krieg.

Ich sprang von der Ofenbank und rannte davon, rannte wie von Sinnen heimwärts, und ich hatte das Gefühl, als käme der Krieg hinter mir her.

Die Kühe auf Rätzebauers Koppel hoben nicht einmal den Kopf, als ich an ihnen vorübersauste. Sie kauten träge vor sich hin, träge und stumpfsinnig und sommermüde. Daß Krieg war, berührte sie nicht; er lag außerhalb ihrer Welt.

Daheim war keiner da, nur meine schöngeistige Tante Frieda, die immer da war und folglich nicht zählte. Sie hatte mir Schlippermilchplinsen gebacken, die gut für den Teint sein sollten, wie sie aus Erfahrung wußte, aber ich mochte jetzt keine.

Ich hatte erwartet, meine Eltern in Aufregung, zumindest aber in Besorgnis vorzufinden, statt dessen waren sie unterwegs nach Bautzen, einen Ranzen besorgen für meinen Schuleintritt. Denn, so erklärte mir meine Tante Frieda, wer weiß, wie lange es noch Ranzen gibt, da muß man hinterher sein, sonst kriegt man nichts mehr ab, und sie ließ mich einen Blick in ihre Einkaufstasche werfen, die voller Hosenknöpfe war.

Eigentlich, sagte sie, war ich nach Seife aus, aber die kriegt man schon nicht mehr en gros, und sie fischte mit Daumen und Zeigefinger einen Hosenknopf aus der Tasche und biß darauf. Horn, sagte sie, echte Friedensware, nachher ist es nur noch Pappe.

Es war mir nicht klar, wozu meine freiledige Tante Frieda diese Unmengen von Hosenknöpfen benötigte, aber ich fragte sie nicht danach. Allmählich begann ich mich an die Eigentümlichkeiten dieses Tages zu gewöhnen, und es hätte mich auch nicht verwundert, wenn meine Eltern anstatt mit einem Schulranzen mit einem Sack voller Glaskugeln heimgekommen wären. Krieg hatte, wie ich inzwischen von meiner Tante Frieda wußte, in erster Linie mit *kriegen* zu tun. Das beruhigte mich zunächst.

KAPITEL VIII

Ostern trat ich in die Volksschule zu Spreetal ein, wo ich von Anfang an mit überraschenden Leistungen aufwartete.

Ostern sollte ich in die Schule eintreten, und wenn auch noch ein halbes Jahr Zeit war bis dahin, so bot dieses Ereignis doch schon genügend Gesprächsstoff und drängte alle anderen Begebenheiten in den Hintergrund. Zeitweise vergaßen wir sogar, daß Krieg war. Nur manchmal kam ein Echo von ihm in unserem Dorfe an, und die es erreichte, trugen von Stund an schwarze Sachen. – Das erste Echo traf schon im Oktober ein. Per Post. Ein unscheinbarer, eingeschriebener Brief, und jeder wußte bereits, was drinstand, noch bevor er ausgetragen war. Nur die Rätzebäuerin, für die er bestimmt war, wußte es nicht. Meine kluge Tante Eva aber hatte es zuallererst gewußt, aus dem Londoner Rundfunk, den sie jetzt mit besonderem Eifer hörte, weil er verboten war: Es waren drei U-Boote gesunken im Kanal zwischen Dover und Calais, auf dem einen war Rätzebauers großer Sohn gewesen. Sie waren mit Wasserbomben vernichtet worden, und sechs Mann hatte es an die englische Küste angeschwemmt. Tot. Der Wasserdruck hat ihnen die Lungen zerfetzt, erklärte meine Tante Eva, das geht schneller als ertrinken.

Ich dachte an die Dobermänner, an Rätzebauers großen Sohn dachte ich nicht. Ich hatte schon vergessen, wie er aussah, nur daß er mir einen Dobermann versprochen hatte, das wußte ich noch.

Er war immer so zimperlich als Junge und hatte Angst vor kaltem Wasser, sagte meine Mutter, wer weiß, wie sein Ende war. Und sie band sich eine dunkle Schürze um und ging zur Rätzebäuerin. Immer, wenn so ein Echo in unserem Dorf ankam, band sie sich nun diese bedrückende Schürze um.

Sonst ging alles seinen gewohnten Gang. Wir kochten unseren Eintopf wie eh und je, vielleicht etwas häufiger als sonst, doch noch erträglich. Wir machten noch immer unsere Familienausflüge ins Böhmische, wo es billiger war, aßen in der Quarkschenke unseren Sonntagskuchen, der jetzt Marken kostete, aber immer noch wie im Frieden schmeckte. Wir litten noch nicht unter den Verknappungen, die überall zutage traten, denn wir hatten seit jeher knapp gelebt.

In Weisens Schreib- und Witzblattladen erschien jetzt wöchentlich ein Modeheftchen mit dem Titel «Kleider und Westen – aus alten Resten», eine Anleitung zum sparsamen Schneidern, die uns ebenso verwunderte wie ergötzte, denn alles, was dort als Neuheit angepriesen wurde, hing bei uns bereits im Kleiderschrank. Nein, wir mußten uns noch nicht umstellen. Wir hatten außerdem Heidrun, die Ziege, und waren nicht einmal angewiesen auf die durchsichtige blaue Milch, die es jetzt in der Molkerei auf Marken gab und die wir Leiermilch nannten. Dadurch war die alte Milch im Rang gestiegen und hieß jetzt *gute* Milch, war aber wesentlich schlechter als zuvor. Es gab auch eine neue Zuckersorte, die war in jeder Apotheke erhältlich – in Tablettenform. Sie ersetzte die fehlende Süße im Kompott, im Pudding und im Kuchen, nur für Lutschbonbons war sie gänzlich ungeeignet. Lutschbonbons waren überhaupt das einzige, wofür es keinen Ersatz gab.

Als schließlich sogar Eier ersetzt wurden durch eine feinkörnige, safrangelbe Masse, die nach Zahnarzt roch, schafften wir uns drei Legehühner an.

Die neue Seife jedoch, eine widerwärtige, graubraune Mixtur aus Sand und Lehm, schlicht und deutsch Tonseife genannt, mußten wir hinnehmen, wie sie war. Wir hatten zwar noch einen Seifenhund, echte Friedensware, Schnuffel mit Namen, der hatte eine lila Hängezunge und duftete angenehm nach Flieder, doch zum Waschen war er uns zu schade. Er stand in unserem Küchenfenster, damit ihn jedermann bewundern konnte. Kurz vor dem Kirmesfest war er dann verschwunden, und meine Tante Frieda roch jetzt angenehm nach Flieder.

Mehr spürte ich vorläufig noch nicht vom Krieg.

Nur wenn ich an Wünschefleischers Wurstladen vorbeikam, wurde ich jedesmal daran erinnert. Hinter dem Ladentisch stand jetzt meine zukünftige Schwiegermutter, eine vergrämte Witfrau, und verkaufte lustlos Markenfleisch. Ich sah dann immer zu, daß ich schnell weiterkam.

Auch wenn ich die Rätzebäuerin auf der Viehweide hantieren sah, ein schwarzer Strich zwischen den schwarzgefleckten Kühen, schlug ich einen weiten Bogen drumherum.

Noch konnte man dem Krieg ausweichen.

Am besten gelang uns das, wenn wir von meinem bevorstehenden Schuleintritt sprachen. Als Weihnachten vorüber war, sprachen wir nur noch davon. Es sollte ein Fest werden wie zu Friedenszeiten.

Im Januar begannen wir schon Marken zu sparen.

Im Februar verschickte mein Vater Einladungen an alle meine Paten, selbst an Philipp und Sawatzkes, die nur ein paar Häuser entfernt von uns wohnten.

Im März trafen dann die Zusagen ein.

Die erste kam von Oheim Blasius und erfreute meinen Vater ganz besonders, denn er wertete sie als Zeichen gönnerhafter Zuwendung, während meine Mutter darin nur ein Zeichen purer Gefräßigkeit sah. Über diesen Punkt konnten sich meine Eltern nie einig werden. Eines jedoch stand fest: Oheim Blasius war in den sechs Jahren, die seit meiner Taufe verstrichen waren, zu erheblichem Ruhm und Ansehen gelangt. Von ihm erschienen in regelmäßiger Folge geniale Artikel in den lokalen Tageszeitungen, die stets mit der Gewölbetechnik römischer Thermen begannen und mit einem Aufruf zum Winterhilfswerk oder zur Reichsstraßensammlung endeten. Auch war er längst Direktor der Landständischen Oberschule geworden, wie mein Vater es vorausgesagt hatte, und seine Antrittsrede, ein marktschreierisches Bekenntnis zum Nationalsozialismus, war sogar im Völkischen Beobachter abgedruckt worden. Meine kluge Tante Eva nannte es das verlogenste und kaltblütigste Gestammel, das ihr je unter die Augen gekommen sei, und Blasius den heuchlerischsten und gefährlichsten Zeitgenossen, den sie kenne.

Lieber zehn Sawatzkes unter den Nazis, sagte sie, als einen Blasius! Ein Sawatzke glaubt wenigstens daran.

Diesen Blasius nun hatte mir mein Vater als Gönner zugedacht, denn, so erklärte er meiner Mutter, ein Blasius in der Hand ist besser als zehn Sawatzkes auf dem Dach.

Von Sawatzkes kam dann auch die Absage, mit der mein Vater schon gerechnet hatte, denn den Vorfall am Oppacher Berg konnten wir uns gegenseitig nicht verzeihen. Überdies war mein Onkel Hugo seit Kriegsbeginn eingerückt. Freiwillig. Er war jedoch nur bis in die Kreisstadt gekommen, dort hatte man ihn zum Heimatdienst abgestellt, eine Begebenheit, die meiner Tante Clara so peinlich war, daß sie überall herumerzählte, ihr Mann sei für höhere Zwecke zurückgehalten worden. Dafür wären drei ihrer Töchter im Fronteinsatz, während die jüngste, die Langemarckstudentin, es vorgezogen hätte, deutsche Mutter zu werden. Clara selbst marschierte jetzt verbiesterter denn je mit ihrer Kinderschar einher, sang, sammelte, warb, opferte und kämpfte für den Krieg und half darüber hinaus an jedem Vormittag bei der Deutschen Reichspost aus, eine Strafe, die sie sich freiwillig auferlegt hatte – zur Selbstkasteiung, wie mein Vater boshaft behauptete, denn es war schon eine makabre Angelegenheit, Briefträger zu sein in einer Zeit, in der es mehr eingeschriebene Briefe gab als andere.

So kam es, daß sie uns ihren eigenen Absagebrief zustellte. Mein Vater ließ ihn jedoch wieder zurückgehen, da das Porto fehlte.

Diese Sawatzkes, sagte er, waren eine totale Fehlkalkulation, und er strich sie von der Liste meiner Paten.

Und weil er gerade dabei war, strich er auch noch Onkel Karl, meinen Taufpaten zur Linken. Dieser Onkel, ein nachgeborener Bruder meines Vaters, von Steinschlag-Collatzens Sohn Fridolin im fünfzehnten Ehejahr mit Hofebauers Großmagd gezeugt, unterschied sich von meinem Vater nicht nur durch die Prägung der Nase, sondern auch durch die Prägung der Weltanschauung. Während mein Vater eine schöne, gerade Nase hatte und damit nach dem Grundsatz verfuhr, sie aus allem rauszuhalten, hatte sein Bruder eine urgewaltige Nase, eine Hakennase sozusagen, die vom Steinschlag-Collatz auf ihn überkommen war und die er in alles hineinsteckte. Und wie jener war er schließlich darauf gestoßen, daß auf der Welt so manches zu verändern sei und daß es dabei auch auf einen Collatz ankäme. So war er Kommunist geworden. Sozialdemokrat wäre uns allen lieber gewesen, das war wenigstens nicht ganz so radikal, aber gleich das ganze Eigentum abschaffen, fanden wir hart. Trotzdem hatte ihn mein Vater zum Taufpaten genommen, denn noch verwirrt von dem häufigen Wechsel der Führungsparteien in den vorangegangenen Jahren, hatte er auch das Dritte Reich nur für ein kurzes Zwischenspiel angesehen und es für möglich gehalten, daß uns danach noch dieser Onkel von Nutzen sein konnte. Statt dessen aber war das Zwischenspiel zu einem gewaltigen Drama herangereift, und mein Onkel hatte sehen müssen, daß er mit heiler Haut außer Landes kam. Hin und wieder trudelte noch ein Lebenszeichen von ihm ein, dann nichts mehr.

So strichen wir ihn einfach aus.

Dieses Ausstreichen vollzog sich in einem einzigen beiläufigen Satz, den mein Vater an meine Mutter richtete, als sie gerade dabei war, das Collatzsche Familienbild mit Onkel Karl in der Mitte von der Wand zu nehmen. Auf Karl, sagte er und blies blauen Tabaksqualm gegen das Bild, bis mein Onkel dahinter verschwand, auf Karl, sagte er also, brauchen wir auch nicht mehr zu rechnen.

Mit dieser Feststellung, eingeschoben zwischen zwei Zigarettenzüge, brachte mich mein Vater um einen weiteren Paten und enthob mich der mühseligen Pflicht, ihm einen ganzen Tag lang gefallen zu müssen. Als dann auch noch von Onkel Rudi, meinem Taufpaten zur Halblinken, eine Absage kam, weil er inzwischen eingerückt war, was wir im Trubel der Vorbereitungen ganz und gar vergessen hatten, blieben von der stattlichen Zahl meiner Paten nur Blasius und Philipp übrig. Denn auch Alfonso, auf dessen Wiederkehr ich Tag für Tag wartete, hatten meine Eltern längst von der Patenliste gestrichen. In seiner Kammer lag jetzt Einquartierung, ein Karussellbesitzer aus Laubegast und ein Musiklehrer aus Neustadt.

Der Karussellbesitzer, ein spindeldürrer, hochgeschossener Mann, hatte die beleidigende Angewohnheit, nach jeder Mahlzeit Zeichen in seine Verpflegung zu ritzen, um sicher zu sein, daß ihm keiner etwas wegaß. Bei dieser Beschäftigung pfiff er meist das Engelandlied oder machte Witze über Chamberlain. Er hätte so gern an die Westfront gewollt – dort sei alles kultivierter und der Krieg schon so gut wie gewonnen –, war aber der Ostfront zugeteilt worden, wo der Krieg erst beginne, wie er aus sicherer Quelle wisse. Das verdarb ihm zuweilen die Laune. Er saß dann griesgrämig in unserer Küche herum und versuchte, mit meiner Mutter in Streit zu kommen, was ihm jedoch nie gelang, da sie ihm in allem nach dem Munde redete. Das verdroß ihn erst recht, und er ließ seinen Groll darüber jedesmal an mir aus und bezichtigte mich, von seiner Wurst genascht zu haben, was mich anfangs aufs tiefste empörte, mit der Zeit jedoch gleichgültig ließ und schließlich dazu brachte, es tatsächlich zu tun, da er nicht müde wurde, meiner Mutter ausführlich den

Trick zu beschreiben, mit dessen Hilfe ich an die gezeichnete Wurst herankommen konnte.

Der andere, der Musiklehrer aus Neustadt, hatte weder an die West- noch an die Ostfront gewollt und machte meine Mutter auch nicht dafür verantwortlich, daß er nun in diesem gottverfluchten Nest als Nachschub festhing. Er war stets von gleichbleibender freundlicher Langeweile, nannte mich Rosmarie und spendierte mir jeden Abend einen sauren Drops aus seiner Marschzuteilung. Dafür benutzte er dreimal täglich unseren Volksempfänger zum Abhören des Wehrmachtsberichtes und schöpfte daraus jedesmal aufs neue die heitere Zuversicht, daß der Krieg bereits zu Ende sei, bevor er an die Front käme. Er gab uns das Versprechen, mich nach dem Kriege in Klavier und Geige zu unterrichten, was besonders meiner Mutter sehr gefiel.

Ich aber mochte beide nicht, den Schulmeister ebensowenig wie den Engelandfahrer. Mich ärgerte die dreiste Selbstverständlichkeit, mit der sie sich in Alfonsos Kammer breitgemacht hatten. Sie tranken schamlos den letzten Tropfen von Alfonsos Seelenmedizin, benutzten meine Katzenmilchschüssel als Rasiernapf und die ungefüllt gebliebenen Wundertüten als Abortpapier und lachten schallend über die darin verborgenen Mahn- und Erbauungssprüche. Nur der Bauchladen blieb verschont vor ihnen, er stand, umwickelt mit Kartoffelsäcken, in der Nische unter der Bodentreppe. Sie gingen jeden Tag daran vorbei und sahen ihn nicht. Das war das einzige, was mir an den beiden gefiel. Sonst hatte ich nichts im Sinn mit ihnen, und es paßte mir auch nicht, daß mein Vater sie als Ersatz für die gestrichenen Paten zu meinem Schuleintritt eingeladen hatte. Es machte mir nur auf erschreckende Weise bewußt, daß niemand mehr mit Alfonsos Rückkehr rechnete. Das vergällte mir von vornherein das ganze Familienfest, und ich sah dem Ereignis lustlos und voller Widerwillen entgegen.

Es war ein schöner, aber hinterhältiger Vorfrühlingstag, der mitten aus einem heiteren Himmel kurze, kalte Schauer schickte. Wir gingen zuerst in die Kirche, den Segen holen. Ich schritt gelassen, ohne innere Anteilnahme, wie meine Tante Frieda besorgt feststellte, neben meinen Eltern her. So konnte mich auch nichts enttäuschen, weder die überaus große Zuckertüte, die bis zur Hälfte mit Holzwolle ausgestopft war, noch mein zerstreuter Onkel Philipp, der mir in verschwenderischer Großzügigkeit noch einmal die Teerfabrik geschenkt hatte, die mir schon seit der Taufe gehörte. Selbst die lapidare Feststellung meiner Tante Frieda, daß nun der Ernst des Lebens begänne, konnte mir nichts anhaben. Für mich hatte der Ernst des Lebens an dem Tage begonnen, an dem wir Bella begraben hatten. Von da an wußte ich, daß es einen Anfang gab und ein Ende, und ich war mit einem Schlage aus verschwenderischer Zeitlosigkeit in die Zeit hineingestellt, die alles einmalig und unwiederbringbar macht und jenen tiefen Sinn in sich birgt, den meine Tante Frieda den Ernst des Lebens nannte.

Fern läuteten schon die Kirchenglocken, wir legten einen Schritt zu. Der Himmel sah aus wie Leiermilch, und mittendrin schwamm die Sonne, ein blasser, zerlaufener Butterklecks. In der Kirchgasse stießen wir auf die Mudlagk-Wendehalssche Familie mit Christine in der Mitte. Waldemar Wendehals zog den Hut und grüßte freundschaftlich, und Christine lächelte uns zu und knickste tief, bis die vergoldete Spitze ihrer Zuckertüte den Weg aufkratzte, und trat mich dann kurz und hart ins Schienbein, während ihre Mutter meinen außergewöhnlich schönen Lederranzen lobte und mir wohlwollend durchs Haar strich. Dann waren sie vorüber, und wir gingen in angemessenem Abstand hinter ihnen her. Eigentlich hätten wir zuerst grüßen müssen, sagte meine Mutter, da sieht man wieder mal, was Bildung ist.

Ach was, entgegnete mein Vater, die haben ja nur die Teerfabrik gegrüßt, uns haben die gar nicht gemeint.

Da genoß ich es zum ersten Male, Besitzerin der Teerfabrik zu sein, und ich nahm mir vor, mich von nun an nie mehr von Christine Wendehals ins Schienbein treten zu lassen. Dennoch erschreckte es mich, als meine Mutter die schmeichelhafte Prophezeiung aussprach, daß wir zwei Gleichrangigen gewiß zusammen auf eine Schulbank kämen. Ich wollte nicht neben diesem Mädchen sitzen, um alles in der Welt nicht. Ich fürchtete mich vor ihrer hinterhältigen Freundlichkeit, auf die ich immer wieder hereinfiel, und ich grübelte den ganzen Weg bis zur Kirche darüber nach, wie ich dieses Unheil von mir wenden könnte.

In der Kirche waren die besten Plätze schon weg, als wir ankamen, und die Orgel setzte gerade ein. Vorn in der ersten Reihe hockten die Abc-Schützen, rechts die Mädchen, links die Knaben.

Ich setzte mich neben ein kleines, stämmiges Mädchen, eines von den Fixkötern, mit unreiner Abstammung und Rinnsteingeruch. Meine Mutter gab mir von der Empore herab ein Zeichen, daß ich den Platz wechseln solle, denn ich saß neben Bierstuben-Wandas vorletztem Fehltritt.

Bierstuben-Wanda – das war die freiledige Kellnerin vom oberen Kretscham. Sie war nicht gerade schön, aber ungeheuer fruchtbar und hatte sich zum Verdruß aller ehrenwerten Frauen im Dorfe das Mutterkreuz buchstäblich im Schlaf verdient. Am meisten aber verübelte man ihr die unverschämte Gelassenheit, mit der sie jedem neuen Fehltritt entgegensah, und die beleidigende Maulträgheit, mit der sie es zuwege brachte, alle ehrenwerten Männer im Dorfe gleichermaßen der Vaterschaft zu bezichtigen. So hielt es meine Mutter wohl nicht für ausgeschlossen, daß ich neben meiner schwarzgezeugten Schwester saß, und da auch die anderen Mütter in Bierstuben-Wandas Fehltritten die Halbgeschwister ihrer Kinder zu erkennen glaubten, war der Platz neben diesem Mädchen frei geblieben. Keine wollte sich die Blöße geben, die einzige zu sein, die in einfältiger Ahnungslosigkeit von all dem nichts gewußt hatte.

Nun aber hatte ich mich hier niedergelassen, und an der Art, wie ich dasaß, erkannte meine Mutter, daß ich nicht gewillt war, einem Wechsel zuzustimmen, und ließ mich fortan in Ruhe. Damit du es nur weißt, sagte das stämmige Mädchen, ich heiße Lore, und meine Brüder haun dir die Hucke voll.

Ich schenkte ihr eine Lakritzenstange aus meiner Zuckertüte, die schob sie sich hinters Ohr und verlangte noch eine für ihr anderes Ohr. Die gab ich ihr und einen Gummiaffen noch dazu, dann fand ich es an der Zeit ihr mitzuteilen, daß mir die Teerfabrik gehörte und daß wir zwei Soldaten hätten, die mich bei Tag und bei Nacht bewachten.

Die Teerfabrik schien keinen großen Eindruck auf Lore zu machen, sie sagte nur, Lakritzenbude wäre besser. Die Soldaten hingegen beschäftigten sie noch während der ganzen Predigt, und am Schluß sagte sie, na wenn schon, meine Brüder haun dir trotzdem die Hucke voll.

Ich kannte ihre Brüder, sie waren schon uralt und längst im Jungvolk. Von ihnen stammte die heroische Äußerung, daß sie für den Führer barfuß durchs Feuer gehen würden. Mit diesen Brüdern war also nicht zu spaßen, und ich gab vor, einen Dobermann zu besitzen, einen großen, scharfen aus Rätzebauers Zucht. Das wirkte. Sie hatte nun nichts mehr dagegenzusetzen, sie zuckte nur die Schultern und sagte, meinetwegen. Das gab mir Mut zu der Frage, ob sie mit mir auf einer Schulbank sitzen wolle. Sie sagte wieder nur meinetwegen, aber freundlicher diesmal, wie mir schien.

Es regnete, als wir aus der Kirche traten, kleine magere Tropfen, aus diesem wäßrigen Leiermilchhimmel. Vor dem Portal standen Leute mit Blumen und Geschenken, die meisten waren für Wendehals' Christine. Der Rest war für mich und Pinkerts Jule, die anderen bekamen nur Karten und gute Wünsche. Bierstuben-Wandas Lore bekam überhaupt nichts, nur einen Klaps vom Kirchendiener, weil sie sich weigerte, ihren Opfergroschen in die Büchse zu werfen. Später bekam sie dann noch einen Klaps von ihrer Mutter, weil sie den Groschen doch noch eingeworfen hatte. Sie tat mir ein bißchen leid, aber ich ließ es mir nicht anmerken. Ich fürchtete, daß sie dann wieder maulfrech gegen mich werden würde. Sie lief immer hinter mir her, wie ein Hund, den ganzen Weg bis zum Schulhaus. Ich ließ sie dicht herankommen, dann trat ich ihr kurz und unauffällig gegen das Schienbein, wie ich es mir von Christine Wendehals abgesehen hatte. Ich wollte wissen, ob sie immer noch ihre Brüder gegen mich zu Felde führen würde, nun, da ich mir einen Dobermann zugelegt hatte. Sie aber tat etwas, das ich überhaupt nicht erwartet hatte, sie gab den Tritt an Pinkerts Jule weiter, die laut aufheulte. Dafür bekam sie noch einen Klaps von Bierstuben-Wanda, die es sich mit Pinkerts Semmelladen nicht verderben wollte. Sie blieb danach ein paar Schritte lang zurück und weinte still in sich hinein, und ich dachte, daß es nun für alle Zeiten aus sei zwischen uns und daß sie sich nun nicht mehr neben mich setzen würde, doch als wir das Schulhaus betraten, war sie wieder an meiner Seite. So blieb es eine ganze Schulzeit lang.

Sie hatte mich mit dem Instinkt des Unterlegenen als Leittier anerkannt, wie mein Vater diese merkwürdige Freundschaft zwischen Lore und mir zu begründen pflegte.

Wir setzten uns nebeneinander auf diese kalten glatten Stühle, die nach Bohnerwachs und Tinte rochen, ein neuer, fremder Geruch, den es nirgends sonst gab, ein aufdringlicher Hinweis auf Ordnung, Sauberkeit und Fleiß, der uns mehr erschreckte als ermutigte.

Der Rektor der Schule, ein kleiner, drahtiger Mann, der das ergraute Haar im forschen Landjugendschnitt trug, hielt eine Rede, die von Anfang bis Ende mit Heil- und Siegesrufen vollgestopft war, was mich ein wenig verwunderte, denn ich hatte erwartet, etwas über die Schule zu erfahren und nicht über die erfolgreiche Landung unserer Truppen auf Jütland.

Ich fand mich erst damit ab, als er den grandiosen Satz verkündete, daß er uns zu Helden erziehen würde und nicht zu gelehrten Memmen. Das gefiel mir. Das war Pfeffer. Das gefiel auch Bierstuben-Wandas Lore, denn es enthob uns der lästigen Pflicht, die Schule als Lernanstalt zu betrachten.

Es wurde uns mit einem Male wieder bewußt, daß Krieg war. Wir hatten es beinahe vergessen. Die Echos, die von ihm ankamen, waren längst zur Gewohnheit geworden, kurzlebige Abendbrotgespräche, die anderntags schon von einem neuen Echo überrollt wurden. Wir hatten uns gedankenlos dem Krieg angepaßt, mit jener stupiden Trägheit, die es möglich macht, Ungeheuerliches in Alltägliches umzuwandeln. So hielt ich den Krieg lange Zeit für eine Selbstverständlichkeit, für einen unumgänglichen Abschnitt im Leben.

Mit fünf, dachte ich, beginnt der Krieg, mit sechs die Schule, mit vierzehn wird man konfirmiert. Das Ganze nennt sich Lebenslauf.

Der Rektor sprach laut und lange, er hatte eine erstaunlich volle Stimme, eine Wind-und-Wetter-Stimme, der nichts Einhalt gebieten konnte. Wir hörten erschöpft zu, und als er zu dem großen Schlußakkord ansetzte, der mit der stolzen Verheißung ausklang, daß der Sieg unser sein würde, standen wir alle auf, wir hatten begriffen, daß man einen solchen Satz nur stehend entgegennehmen konnte, und Wendehals' Christine erhob sogar die Hand zum Führergruß.

Wenn du willst, sagte Bierstuben-Wandas Lore, haun der meine Brüder die Hucke voll.

Ich wußte seit einer Stunde schon, daß ihre Brüder niemals Wendehals' Christine die Hucke vollhaun würden und daß immer nur Lore es war, die von allen die Hucke voll bekam, aber ich nickte trotzdem. Es tat gut, jemanden gefunden zu haben, der die Feindschaft mit einem teilte. Ich zupfte sie beim Hinausgehen an den Zöpfen. Sie hatte dünne braune Zöpfe, die bis in die Spitzen hinab geflochten waren, kümmerliche Rattenschwänze, die Bierstuben-Wanda in schnoddriger Hilflosigkeit zu Affenschaukeln hochgebunden hatte, was ungeheuer komisch aussah und Lore den Spitznamen Affenarsch eingebracht hatte.

Wenn du willst, sagte ich, komme ich morgen auch mit Affenschaukeln, Ehrenwort!

Sie wollte. Ich sah es an ihren Augen, die kurz aufleuchteten und wieder versanken hinter verschwollenen Lidern, kleine, warme Lichter, die mehr mitteilten als der unfreundliche Mund. Ich gab ihr den «Letzten» mit auf den Weg, einen kurzen, unerwarteten Schlag, den man schnell wieder loswerden mußte, wie die Regel eines Kinderspieles besagte, dann zerrte mich meine Mutter von ihr weg, und ich hörte noch, wie Lore sich zum Troste zurief, wer den Letzten behält, hat Glück in der Welt!

Am Nachmittag sollte Blasius kommen. Er war die wichtigste Person vom ganzen Schuleintritt, denn, so erklärte mir mein Vater, man kann noch so viel lernen, es ist alles für die Katz, wenn man keinen Blasius hat, und er ging zum Glasschrank und holte Steinschlag-Collatzens Barttasse heraus, einen verschnörkelten, goldumrandeten Henkeltopf mit einem fächerartigen

Einsatz, auf dem beim Trinken der Schnurrbart aufgelegt wurde. Dieser Topf war mit der schlichten Inschrift versehen: *Dem deutschen Mann mit starkem Bart ziemt diese Tasse eigner Art, damit zu Hausfraus Wohlgefallen nicht Tropfen auf das Vorhemd fallen.*

Mein Vater stellte die Tasse auf Blasius' Platz, und meine Mutter maß sie kurz mit den Augen und sagte seufzend, die wird ihm passen, in die geht mindestens ein halber Liter.

Na wenn schon, erwiderte mein Vater, man muß auch mal was investieren.

Wir holten Blasius vom Obermarkt ab. Er kam mit dem Eiler, er legte Wert darauf, daß auch wir diesen klapprigen roten Omnibus, der zweimal täglich über unseren Marktplatz holperte, hier wendete und wieder zurück in die Kreisstadt fuhr, so nannten. Auf keinen Fall duldete er, daß wir Omnibus dazu sagten. Er war ein eifriger Verfechter deutschen Sprachtums und hatte kämpferische Artikel wider das Welschtum, das Küchenlatein und das Kellerfranzösisch geschrieben, die in regelmäßiger Folge in unserer Lokalzeitung erschienen und von der gesamten Verwandtschaft mit viel Respekt und wenig Sachverständnis gelesen wurden. Lediglich meine kluge Tante Eva zeigte ein umgekehrtes Verhältnis dazu und las sie mit viel Sachverständnis und wenig Respekt und gelangte so zu der kühnen Behauptung, mein Oheim habe auf stümperhafte Weise von den Aufklärern des achtzehnten Jahrhunderts abgeschrieben. Sie bezeichnete die Artikel als die gelungenste Witzserie, die ihr seit langem unter die Finger gekommen sei, und lachte schallend über die Empfehlung meines Oheims, anstelle von Schuhreparatur Schuhwiederherstellung zu sagen. Sie unterbreitete meinem Oheim in einem Brief den Vorschlag, sich Bläser oder Blasmeier zu nennen. Auch war sie die einzige in unserem Verwandtenkreis, die mit selbstsicherer Beharrlichkeit das lateinische Wort Omnibus verwendete, das nichts anderes als «mit allen» hieße, eine gute und treffende Bezeichnung für ein Ding, das Personen und Jegliches von einem Ort zum anderen befördere. Von ihr erfuhren wir außerdem, daß selbst das schlichte Wort «Nase» französischen Ursprungs war, was bereits die

Sprachreiniger des achtzehnten Jahrhunderts bewogen hatte, dafür das abscheuliche deutsche Wort Gesichtserker in Umlauf zu bringen.

Gott sei Dank hat sich unsere Sprache derartige Eseleien nie lange gefallen lassen, pflegte meine kluge Tante Eva ihre Darlegungen abzuschließen, und wir wußten hinterher nie, ob wir nun Omnibus oder Eiler sagen sollten, bis mein Vater die befriedigende Lösung fand, in Evas Gegenwart das lateinische Wort Omnibus, in Blasius' hingegen das deutsche Wort Eiler zu verwenden.

Am Tage meines Schuleintritts aber kamen wir damit in arge Bedrängnis, denn meine Tante Eva hatte es fertiggebracht, zu diesem Zeitpunkt migränefrei zu sein. So konnte sie unserer Familienfeier wider Erwarten beiwohnen. Mein Vater, dessen Lebensregel es war, Auseinandersetzungen jeglicher Art zu umgehen – eine Haltung, die er mit dem eindrucksvollen Wort *neutral* bezeichnete –, fürchtete nicht ohne Grund, daß Eva sich eigens zu dem Zwecke migränefrei gehalten hatte, um sich mit Blasius nach Strich und Faden zu zerstreiten. Da er sich weder Blasius' Gunst noch Evas Teerfabrik verscherzen wollte, sah er der Familienfestlichkeit mit einem Gefühl des Unbehagens entgegen, was darin zum Ausdruck kam, daß er sich, bevor wir Blasius abholten, eine halbe Flasche Magenbitter aus Kempe und Co.s Schnapsfabrik einverleibte.

Nun standen wir also am Marktplatz, mein Vater, meine Mutter und ich, und harrten voll Bangnis der kommenden Dinge, und meine Mutter zupfte mir noch einmal das Kleid zurecht, ein verpflichtendes Knickskleid mit Lochstickerei und Perlenbesatz. Und während sie mich darauf hinwies, beim Knicksen ebenso lieb zu lächeln wie Wendehals' Christine, hörten wir schon von ferne den Eiler. Er schob sich schnaufend die Gasse zum Obermarkt hinauf, kam auf halber Höhe vor Pinkerts Semmelladen zum Stehen, legte krachend den ersten Gang ein, fuhr mühsam wieder an und erreichte endlich den Marktplatz. Außer Nasenweinholds Schwiegersohn, der Fronturlaub hatte, und dem meschuggen Tschoschke-Paul stieg nur noch mein Oheim Blasius aus. Ich machte den erwarteten Knicks, obwohl ich Knickse nicht ausstehen konnte, und es gelang mir sogar ein kleines verlogenes Wendehalssches Lächeln, das meine Mutter sehr erfreute.

Oheim Blasius aber achtete weder auf den Knicks noch auf das Lächeln, sein Blick ging vielmehr über mich hinweg zu den Umgebindehäusern hin, die den Marktplatz umzingelten, verweilte dort, lauernd, wie auf dem Sprung, kehrte dann zu uns zurück, und meine Mutter wußte schon, wonach er suchte, noch ehe er es ausgesprochen hatte.

Dorle ist jetzt in Essen, sagte sie, ferngetraut mit einem Fliegerleutnant. Und mit einem gehässigen Eifer, der jede Hoffnung tötete, tat sie meinem Oheim kund, daß Dorle bereits zum dritten Male deutsche Mutter wurde.

Es gab zwei Dinge im Leben meines Oheims, an denen er mit unbelehrbarem Eifer festhielt und die ihm beide nicht bekamen: meine Tante Dorle und fettreiche Kost. Jedesmal, wenn ihm eines von beiden vergällt worden war, tröstete er sich mit der Antwort, die Diogenes einst einem griechischen Jüngling gegeben haben soll, als dieser ihn befragte, ob er heiraten oder ledig bleiben solle.

Das ist egal, hatte der große Weise erwidert, beides wirst du am Ende bereuen – eine Antwort, die meinen Oheim sehr befriedigte, denn sie gab ihm die Möglichkeit, jeden Verlust als Gewinn zu betrachten, und so glückte ihm sogar ein Lächeln, als er meiner Mutter erwiderte, daß ihn nichts mehr erfreue als Dorles Eheglück.

Danach erst gewahrte er mich, lobte nachträglich den Knicks und fand, daß Rabel kein Name für mich sei.

Ein deutsches Mädel, sagte er, heißt Brunhilde oder Ingeborg, keineswegs aber Rabel. Und nachdem er mit arischer Genugtuung vermerkt hatte, daß meine Kopfform die charakteristische Flachschädeligkeit der Ostgermanen aufwies, schlug er meinen Eltern vor, mich Gotelinde zu nennen.

Spätestens in diesem Augenblick entdeckte ich, daß er eine häßliche, quäkende Stimme hatte, die ihm wie ein Frosch im Halse saß, und ich nahm mir vor, ihn nie mehr mit einem Knicks zu erfreuen.

Die Gasse vom Niedermarkt herauf kamen Pinkerts Leute mit ihrem Schuleintrittsbesuch, und mein Vater stellte mit Frohlocken fest, daß nicht annähernd ein Blasius darunter war.

Ja, ja, sagte er, Paten und neubackene Semmeln wollen mit Bedacht ausgesucht sein, man kann sie nachher nicht mehr umtauschen.

Blasius verzog den Mund und lächelte, und auch das Lächeln gefiel mir nicht.

Wie gut, sagte er, daß dieser Bauchladenmensch nicht mehr da ist, er taugte nicht zum Paten – ein durch und durch verkommenes Subjekt. Arbeitslager, sagte er, Wasser und Brot, Zwangserziehung, drakonische Strafen, das ist die richtige Medizin für einen wie ihn.

Zu meinem Entsetzen nickte mein Vater bei jedem Wort, und als Blasius geendet hatte, ließ er uns wissen, daß auch er nie anders darüber gedacht habe. Das war sogar meiner Mutter zuviel, und sie faßte mich am Arm und sagte: Der meint es ja gar nichts so, der redet es nur so dahin.

Sie vergaß dabei, daß ich mich noch in dem Alter befand, in dem man alles so meint, wie man es sagt, und alles so nimmt, wie es gesagt wird. Nun aber war eine Sache gesagt worden, die ganz anders gemeint war. Das begriff ich nicht. Ich machte mich von meiner Mutter los und ging alleine weiter, ich hörte noch, wie sie mich zurückrief, aber ich drehte mich nicht mehr nach ihr um. Ich hatte eine Erfahrung zu verarbeiten.

Diese Erfahrung beendete das archaische Zeitalter der Übereinstimmung von Gesagtem und Gemeintem. Sie war nicht plötzlich über mich gekommen, nicht an diesem Tage, sie war Stück für Stück in mich hineingewachsen, schon mit der verwirrenden Wahrnehmung, daß Waldemar Wendehals' Lächeln das Gegenteil meinte von Freundlichkeit und daß selbst Tränen etwas anderes sein konnten als Weinen; sie war nun zu der Erkenntnis herangereift, daß es nicht mehr darauf ankam, was gesagt wurde, sondern was gemeint war, eine Erkenntnis, die mich mehr beunruhigte als tröstete, die aber notwendig war, um mich mit der Welt wieder in Einklang zu bringen.

Daheim warteten schon die Gäste, und meine schöngeistige Tante Frieda empfing mich mit einem Festgedicht und einem Häkelleibchen für kalte Tage. Das Gedicht hatte sieben Strophen und war wie das Leibchen selbstgefertigt. Ich nahm beides wortlos entgegen mit jener beunruhigenden Gelassenheit, die ich seit dem Morgen mit mir herumtrug. Ich klatschte auch nicht, als das Gedicht zu Ende war, obwohl alle klatschten, selbst unsere Soldaten, die doch andernorts Tante Friedas Schöpfungen lauthals belachten. Später, das wußte ich, würde ich immer noch Gelegenheit dazu haben, denn mit der naiven Hemmungslosigkeit des Laien, der nie an seinen Werken zweifelt, gelang es meiner Tante stets aufs neue, uns ihre Reimereien zu Gehör zu bringen. – Mein Vater sprach an diesem Tage nicht mehr von Alfonso; er spürte mit dem Instinkt des umsichtigen Gastgebers, daß dieses Thema Grund zu Streitigkeiten in sich barg, und da es ihm auch nicht ratsam schien, den fehlenden linken Patenflügel oder gar das umstrittene Wort Omnibus ins Gespräch zu bringen, kam er schließlich auf die Lage Großbritanniens zu sprechen. Sie war hoffnungslos, wie jeder wußte, ein Thema also, zu dem es nur eine Meinung gab, die mein Vater in jenem triumphalen Satz zusammenfaßte, den er aus der Zeitung hatte und der weder Anlaß zu Familienzwist noch zu sonstigen Streitereien bot: «Englands Schicksalsstunde naht.» Diesen Satz, gegen den niemand ankonnte, ergänzte mein Oheim Blasius noch durch die nähere Bestimmung des Zeitpunktes, den er für Juni festlegte, vielleicht auch schon früher, sagte er, denn jetzt, wo wir Dänemark besetzt haben, ist es nur noch eine Sache von Tagen, und mein Vater nickte erleichtert, denn niemand, nicht einmal meine kluge Tante Eva, die nach Streit auf der Lauer lag wie Kirchbauers Katze nach frischgeschlüpften Küken, nicht einmal sie konnte da widersprechen.

Lediglich mein geschwätziger Onkel Philipp streute an dieser Stelle die unpassende Bemerkung ein, daß von Sieg zu Sieg alles knapper würde, nur die Lügen, fand er, würden von Mal zu Mal fetter. Ich spürte es mehr am Ton als am Wort, daß Streit in der Luft lag, und wenn auch bis jetzt noch alles friedlich verlief, so konnte es doch schon im nächsten Augenblick losgehen.

Ich wurde hellwach, Streit war etwas, was unseren Familienfesten stets erst die richtige Würze gab.

Er kam dann auch, nur nicht so laut wie sonst und auch nicht so derb, dafür aber hielt er länger an und war feindseliger.

Meine kluge Tante Eva nämlich, die sich vorgenommen hatte, mit Blasius über das Deutsch der Deutschen zu streiten und mit wachsendem Mißbehagen die Ablenkungstaktik meines Vaters zur Kenntnis nahm, änderte kurzerhand ihr Vorhaben und entschloß sich zu einem Streit über das Englisch der Engländer, das mein Oheim zwischen zwei Zigarrenzügen ein primitives Gemisch aus keltischen Sprachrückständen, französischer Mundart und verschlamptem Latein genannt hatte. Und nachdem er den verblüfften Zuhörern auseinandergesetzt hatte, daß Englisch überhaupt keine Sprache sei, sondern ein widerliches Gebräu von Worten, war er zu der Schlußfolgerung gelangt, daß ein Land, welches keine Sprache habe, auch keine Kultur haben könne – eine grandiose Entdeckung, die, so gestand er uns, nur der unbestechliche Blick der Feindschaft zutage gefördert habe.

An dieser Stelle nickten alle, sogar der Karussellbesitzer, der so gern an die Westfront gewollt hatte, weil es dort so kultiviert war.

Nur meine Tante Eva, die jeden Abend Radio London hörte und fünf Bände Shakespeare im Bücherschrank hatte, nickte nicht, sondern nannte meinen Oheim einen unübertroffenen Ignoranten, einen geschickten Demagogen und vielversprechenden Karrieristen. Da wir wie immer, wenn Eva beleidigend wurde, nur die schmeichelhaften Beiworte verstanden, begriffen wir nicht, worüber sich der Oheim so erzürnte. Er schäumte schier vor Wut, rannte, die Hände auf dem Rücken, in der Stube auf und ab und beruhigte sich auch nicht, als mein Vater ihm gut zuredete und den Ehrenplatz an der Tafel einräumte. Selbst die Beteuerung meiner Tante Frieda, kein böses Wort vernommen zu haben, vermochten ihn nicht zu beschwichtigen. Er wollte von Eva hören, daß ihm Unrecht getan worden war. Die aber sagte seelenruhig, mit unverhohlenem Triumph in der Stimme: Und Shakespeare? Wohin mit ihm, wenn England keine Kultur hat?

Es war, als hätte mein Oheim nur auf diesen Einwand gewartet. Er vergaß darüber ganz die Schmähungen, die ihm angetan worden waren, nahm nun auch den Ehrenplatz ein, ließ sich von meinem Vater eine neue Zigarre reichen, holte tief und genußvoll Luft und schleuderte dann meiner Tante Eva jene umwerfende Behauptung ins lauernde Gesicht, daß Shakespeare ein Deutscher sei. Jedenfalls so gut wie. Denn, so fragte er, wer hat wohl diesen schon wenige Jahrzehnte nach seinem Tode so schmählich vergessenen Briten wiederentdeckt und der Welt geschenkt? Waren es nicht wir – Lessing, Wieland, Goethe und Schlegel? Wo, in Dreiteufelsnamen, wäre Shakespeare denn heute ohne uns? Darauf wußte selbst meine kluge Tante Eva keine Antwort. Blasius stellte es mit sieghafter Genugtuung fest.

Aber Eva gab sich so schnell nicht geschlagen. Sie führte nun die Malerei ins Feld, was ohne Zweifel ein noch größerer Fehler war, wie sie zu spät erkannte. Denn Blasius mußte sich nicht einmal anstrengen, als er sagte, der einzige große Künstler Englands sei Hans Holbein gewesen, des gefräßigen Heinrich des Achten genialer Hofmaler. Und mit einem schadenfrohen Lächeln fügte er hinzu: War er nicht auch ein Deutscher?

In diesem Augenblick muß in ihm der Gedanke herangereift sein, jene kolossale Artikelserie mit der verwirrenden Überschrift: «Die Engländer, die Unkultur und wir» zu verfassen, die von da an regelmäßig in unserer Wochenzeitschrift erschien, immer im Anschluß an den Roman «Die Herrin vom Ostlandhof», dessen Fortsetzungen meine schöngeistige Tante Frieda jedesmal herausschnitt und zu einem dicken Buch zusammenband. Auf diese Weise blieben uns auch Blasius' Artikel erhalten. Sie waren – wie alles, was er schrieb – falsch, aber überzeugend. Er bediente sich dabei jener raffinierten Methode, Fakten und Zahlen einzuflechten, die zwar unwiderlegbar, jedoch völlig aus dem Zusammenhang herausgerissen sind und so jene Halbwahrheiten ergeben, die so leicht zu glauben sind.

Auch meine kluge Tante Eva fiel darauf herein. Sie war wohl nicht gefaßt gewesen auf soviel verlogene Schläue. Sie saß klein und sehr verlassen am unteren Ende der Tafel, die Migräne begann sie zu plagen, machte ihr Gesicht spitz und fahl und unsagbar leidend, aber sie gab noch immer nicht auf. Ihr war Hogarth eingefallen – Hogarth, der unbestritten Engländer gewesen war und ein großer Maler dazu, und nun wollte sie sehen, wie mein Oheim es zuwege brachte, diesen Hogarth deutsch werden zu lassen. Aber der tat ihr den Gefallen nicht; er gab vielmehr zu, daß Eva recht hatte, was uns alle sehr verwunderte, am meisten Eva selbst, und sagte dann, als Eva schon glaubte, ihn übertrumpft zu haben: Gerade mit Hogarth können sich die Engländer nicht hervortun! Wer hat denn ihre Unkultur, ihre grenzenlose Raffsucht, ihre Völlerei, Dummheit und Grausamkeit schärfer gegeißelt als er? Und frohlockend, im sicheren Gefühl, Eva nun endgültig zum Schweigen gebracht zu haben, fuhr er fort: Wie sehr deckt sich doch dessen Aussage mit der meinen!

Darauf fand Eva keine Worte mehr, sie war besiegt, sie wußte es, aber sie lächelte. Sie ließ sich von meiner Mutter ein Glas Wasser reichen und löste darin ihr Migränepulver auf. In ihren Gebärden lag etwas von der stillen Überlegenheit großer Verlierer. Es bestand kein Zweifel, sie war klüger als Blasius, aber jener wußte mehr. Er saß breit und sehr zufrieden in Steinschlag-Collatzens Ohrenstuhl und genoß seinen Sieg.

Wir hatten noch immer nicht Kaffee getrunken, der Streit war uns dazwischengefahren, und erst jetzt fiel meinem Vater ein, daß der Kuchen fehlte. Meine Mutter hatte auf sein Geheiß nur eine Bäbe backen dürfen, die stand nun in der Mitte des Tisches, auf der großen weißen Festtagsdecke, und sah sehr verloren aus. Den Kuchen sollte ich bei Pinkerts holen, ganz allein und ohne Merkzettel.

Mein Vater hatte lange darüber nachgedacht, wie er Blasius unaufdringlich und ohne Protzerei meine vielgepriesene Intelligenz beweisen könnte. Führergedichte, wie ich sie sonst immer aufzusagen pflegte, waren ihm für diese Zwecke zu alltäglich und vor allem zu primitiv, und so war er schließlich auf den Einfall mit dem Kuchen gekommen – ein Einfall, der zwar originell war, jedoch wie die meisten Einfälle meines Vaters an den unvorhergesehenen Widrigkeiten unvorhergesehener Umstände scheiterte.

Zunächst ging alles wie geplant. Mein Vater hielt eine kurze Ansprache, erwähnte die Kriegszeiten, die schweren, die unvermeidbare Einführung der Reichsbrotkarte, und daß es ihm trotzdem gelungen sei, genügend Marken zusammenzusparen, um eine Kaffeetafel wie im Frieden herzurichten. Und nach einer geschickt eingeführten Pause, während der die Gäste enttäuscht auf die Bäbe blickten, bat er jeden, seine Kuchenbestellung bei mir aufzugeben, die ich dann im Kopfe behalten und ohne etwas durcheinanderzubringen – hier hielt er noch einmal inne und sah Blasius vielsagend an – bei Pinkerts einlösen würde, sofern die gewünschte Sorte vorrätig sei. Deshalb stelle er es jedem Gast anheim, noch eine Ersatzbestellung bei mir aufzugeben.

An dieser Stelle wurden die Gesichter wieder hoffnungsvoll. Mein Oheim Blasius rief mich als erster heran und bestellte acht Streifen Kuchen, je zwei von einer Sorte, davon vier mit und vier ohne Zuckerguß und ebenso viele Ersatzstücke, denn, so erklärte er meinem verdutzten Vater, es gehe ihm dabei nicht so sehr um den Verzehr als vielmehr um das Experiment. Darauf bestellten auch die anderen ihren Kuchen bei mir, einem jeden ging es, wie man stets beteuerte, in erster Linie um das Experiment. Schließlich mußte mein Vater Einhalt gebieten, denn die Marken reichten nicht mehr aus.

Es hatte aufgehört zu regnen, der Grauschleier über den Wiesen war verschwunden, und es war jetzt warm und freundlich draußen. Den Weg entlang bis zu Pinkerts Bäckerladen standen Pfützen, prächtige Drecklachen, die in allen Regenbogenfarben schillerten. Ein paar von den Fixkötern panschten mit bloßen Füßen darin herum.

Einer von ihnen, es war Eselhofmanns Adrian, kam hinter mir her und wollte wissen, ob mein Oheim Blasius für Toilette das deutsche Wort Scheißhaus verwende. Ich antwortete nicht, ich zählte mir halblaut die Kuchenstücke auf, die ich bringen sollte: zwei Mohn, zwei Eierschecke, einen Kranz für den Englandfahrer und als Ersatz fünf Streusel, drei Bienenstich für Tante Frieda oder alles Quark, für Eva nur einen Wiener Königskuchen oder gar nichts, eine Bismarckeiche und zwei Mohn für Onkel Philipp, ansonsten Dreiersemmeln, scharf gebacken, ein Milchhörnchen für meine Mutter, zwei Zucker, ein Stück Fleck für meinen Vater. Bis dahin konnte ich es schon ganz vorzüglich, bei Blasius' vertrackter Bestellung aber hatte mich Eselhofmanns Adrian unterbrochen, und ich verlor den Faden und mußte wieder von vorn beginnen.

Es hatten nun auch die anderen Fixköter ihre Pfützen verlassen und streunten im Rudel hinter mir her. Sie nannten mich abwechselnd Schleifenaffe-Lackschuhaffe und zupften mich an den Zöpfen. Ich blieb weder stehen noch drehte ich mich um, veränderte auch das Tempo nicht, ein Tip, den mein Vater mir gegeben hatte für den Fall, daß Nasenweinholds verdammter Spitz hinter mir her sein sollte. Ich ging also unbeirrt weiter und murmelte meine Bestellung vor mich hin. Das machte Eindruck auf sie, wie ich erleichtert feststellte. Sie ließen auf einmal ab von mir und hörten aufmerksam zu. Ich blieb nun auch bei Blasius' vertrackter Bestellung nicht mehr stecken, schaffte es ohne Unterbrechung bis zum allerletzten Ersatzstück und zog daraus den voreiligen Schluß, daß nun nichts mehr schiefgehen könne. – Pinkerts Pflichtjahrmädel, ein knochiges, hochaufgeschossenes Geschöpf aus dem Warthegau, das sich immer noch im Wuchs befand, hatte Ladendienst und verlangte mit dem verbiesterten Pflichteifer unbedeutender Leute zuerst die Reichsbrotkarte zu sehen. Die Tatsache, daß wir so viele Marken zusammengehortet hatten, schien sie weit mehr zu beeindrucken als mein phänomenales Gedächtnis. Sie schüttelte immer wieder den Kopf und sagte dann, während sie die Kuchenstreifen vom Blech herunterschnitt: Da könnt ihr aber mampfen!

Sie schlug die Stücke sorgfältig in Pergamentpapier ein und riet mir, ja langsam zu gehen, damit ich um Gottes willen nicht hinfalle. Ich tat ihr den Gefallen bis zur Scharfen Ecke, dann rannte ich, was das Zeug hielt. Ich hatte Angst vor den Fixkötern, die mich immer noch belauerten, wie mir Pinkerts Vitrinenspiegel verraten hatte. Ich wußte, daß mir so leicht keiner folgen konnte, wenn ich die Flucht ergriff. Meine langen, dürren Beine hatten die vielgepriesene Flinkheit deutscher Windhunde. Mit diesen Beinen, die Wendehals' Christine in einem

Anfall von Neid krummschäftige Türkensäbel genannt hatte, war ich sogar den Pimpfen entkommen. Ich hatte darin schon einen gewissen Grad der Vervollkommnung erreicht, schlug Haken und Kurven, bremste im vollen Lauf, scherte seitlich aus und ließ die Verfolger kopfüber an mir vorüberschnellen, verschwand in Häusern, die Hinterausgänge hatten, oder sprang, wenn es sich ergab, auf vorüberfahrende Pferdefuhrwerke auf.

An diesem Tage aber machte ich die Erfahrung, daß selbst die beste Taktik keinen Sinn hat, wenn sie der Gegner nicht zur Kenntnis nimmt. Die Fixköter blieben an der Rinnsteinkante stehen und sahen grinsend zu, wie ich im Zickzack quer über den Obermarkt sauste, und als ich endlich verwundert innehielt, wandten sie sich gelangweilt ab und zogen wieder zu ihren Regenpfützen.

Nur Eselhofmanns Adrian wartete, bis ich herangekommen war, und sagte dann: Flitzen kannst du wie Hinkebeins bucklige Omama!

Ich war mir nicht ganz sicher, ob das ein Lob sein sollte, fand aber, daß Adrian dabei sehr freundlich auf mich herunterblickte, und ließ mich schließlich überreden, auf einen Sprung Katz und Maus mit ihm zu spielen.

Weil du so gut flitzen kannst, entschied Eselhofmanns Adrian, darfst du die Maus sein.

Dieser Vorschlag gefiel mir sehr, er war nicht nur außerordentlich entgegenkommend, sondern zeigte mir auch auf unmißverständliche Weise, daß Adrian Frieden mit mir schließen wollte.

Wenn ich dich aber kriege, fuhr er fort, dann fresse ich dich auf mit Haut und Haaren.

Wir sausten sogleich los, und es wäre um ein Haar alles gut gegangen, wenn ich nicht auf den Kuchen hätte Rücksicht nehmen müssen, der sich aus dem Einwickelpapier gelöst hatte und schon bei dem kleinsten Grabensprung in der Tasche auf und nieder hüpfte. So kam es, daß mich Adrian kurz vor dem ersten Schlupfloch erwischte, und da er allen Ernstes gewillt war, mich mit Haut und Haaren aufzufressen, was ich seinem gierigen Blick entnahm, machte ich ihm das überstürzte Angebot, sich mit Philipps Bismarckeiche zu begnügen, die ohnehin zermanscht war.

Na schön, sagte er, aber bloß, weil du's bist, sonst fresse ich nur Mäuse.

Mir wurde himmelangst, als er seine großen, gelben Schneidezähne entblößte, und ich war froh, daß ich so gut davongekommen war.

Jetzt bist du die Katze und ich die Maus, schlug Adrian vor. Ich schüttelte den Kopf, es widerstrebte mir im tiefsten Innern, Adrian mit Haut und Haaren aufzufressen, er war so ungeheuer speckig ringsum, und seine Sachen rochen scharf nach Ziegenbock.

Dann eben nicht, sagte Adrian, dann eben wieder wie vorhin, und er schleckte sich mit sichtlichem Genuß die Reste der Bismarckeiche von den Dreckpfoten.

Das wollte ich gleich gar nicht, daß Adrian noch mal von meinem Festtagskuchen fraß, und ich willigte nun doch ein, Katze zu sein, und Adrian, der Freund, kam mir ein zweites Mal entgegen und erließ mir das abscheuliche Auffressen und schlug mir statt dessen vor, ihn in eine Mausefalle zu sperren, eine neue und originelle Variante im alten Katz-und-Maus-Spiel, die sofort meine Zustimmung fand.

Ich merkte gleich zu Beginn der Jagd, daß ich es mit einer alten, trägen Maus zu tun hatte, die weder flitzen noch Sprünge machen konnte, und kurz vor Lichtelwilhelms Lampengeschäft hatte ich sie schon erwischt, und die Maus, die auf einmal zu sprechen begann mit Adrians belfernder Stimme, sagte: Nun bin ich gefangen in der bösen alten Mausefalle, nun mußt du mir Speck geben, süßen, vergifteten Mäusespeck, den fress' ich auf, und dann verreck' ich.

Und ehe ich mich's versah, hatte er sich ein Stück von Tante Friedas Bienenstich aus der Tasche gegriffen, das schob er quer in den Mund und schlüpfte damit in den eisernen Fahrradständer vor Lichtelwilhelms Geschäft, der eine gewisse Ähnlichkeit mit einer Mausefalle nicht verleugnen konnte. Dort blieb er hocken und fraß meinen Festtagskuchen, und als er damit fertig war, streckte er die Arme durch die Streben und bettelte erneut nach Speck, brüllte und spektakelte dabei so lange, bis ich ihm aus Furcht, von Lichtelwilhelm entdeckt zu werden, ein Stück von Blasius' Zuckerkuchen in den Rachen stopfte. Das verschlang er mit derselben unverschämten Gier wie zuvor Tante Friedas Bienenstich. Sein Geschrei hatte auch die anderen Fixköter herbeigelockt. Sie umringten mich wie einen Glückslosverkäufer und wollten alle Maus sein. Ich hatte noch nie so im Mittelpunkt gestanden, und aus Dankbarkeit dafür machte ich sie allesamt zu Mäusen. Sie drängten sich sogleich um die Mausefalle, knufften, schubsten, quetschten sich in dem engen Dreieck und hielten so lange darin aus, bis sie Speck von mir bekommen hatten, süßen Mäusespeck, mit dem verschwanden sie in irgendeinen stillen Winkel, wo sie ihn ungestört verzehren konnten, um sich dann von neuem in die Mausefalle zu stürzen. Dieses phantastische Spiel hätten wir noch eine Ewigkeit lang gespielt, wenn nicht der Kuchen zur Neige gegangen wäre. Es lag nun nur noch meiner Mutter Milchhörnchen in der Tasche, das keiner mochte, weil es ganz verludert aussah.

Mir wurde auf einmal angst, und ich begann zu heulen. Aber die Fixköter trösteten mich und lasen die Kuchenrändel zusammen, die sie in der Fülle des Angebots verschmäht hatten und die nun überall herumlagen. Die packten sie wieder in das Pergamentpapier und beteuerten mir hoch und heilig, daß der Verlust kaum zu merken sei. Sie brachten mich noch bis vor die Haustür, klopften mir auf die Schulter, versprachen, bei passender Gelegenheit wieder mit mir zu spielen, und stoben dann in alle Himmelsrichtungen auseinander.

Meine Mutter kam mir im Hausflur entgegen und riß mir in banger Ahnung die Tasche aus der Hand. Ich folgte ihr in die Küche und sah zu, wie sie hastig das Einwickelpapier auseinanderschlug. Bis zu diesem Augenblick hatte ich immer noch die Hoffnung gehabt, sie würde nichts merken, aber als ich sah, wie sich ihre Miene bei jedem abgenagten Kuchenstück, das sie zutage förderte, mehr und mehr versteinerte und beim Milchhörnchen schließlich vollends erstarrte, wußte ich, daß alles entdeckt war.

Großer Gott, rief sie aus, das kann doch wohl nicht sein, daß es bei Pinkerts nur noch Rändelkuchen gibt!

Mein Vater, der sich schon nach mir auf die Suche gemacht hatte, jedoch nur den Fixkötern begegnet war, die ihm mit kuchenverschmierten Mäulern ihren Gruß entboten hatten, ahnte sofort den Zusammenhang, als er in die Küche trat und das verluderte Milchhörnchen sah.

Diese Fixköter, verfluchten, donnerte er los, über ein wehrloses Kind herzufallen, diese Mausebande! Er betrachtete kopfschüttelnd die Kuchenreste, ordnete sie nach Sorte und Stückzahl und stellte dann mit Genugtuung fest, daß ich den Auftrag ordnungsgemäß ausgeführt hatte.

Sogar Blasius' vertrackte Bestellung, sagte er stolz und deutete auf einen Berg verkümmerter Kuchenränder, sogar die hat sie im Kopfe behalten, und schließlich ging es nicht um den Verzehr, fuhr er mit Blasius' Worten fort, sondern um das Experiment. So gesehen, ist es gelungen.

Ach was, gelungen, fuhr Blasius auf, der von dem Verlust am härtesten getroffen war, was nutzt denn ihre ganze Klugheit, wenn sie so dämlich ist!

Nun drängten sich auch die anderen um den Küchentisch, und nachdem sich ein jeder davon überzeugt hatte, daß seine Bestellung zwar eingetroffen war, jedoch in einem Zustand, der jede weitere Verwendung unmöglich machte, schlossen sich alle der Meinung meines Oheims an.

Nur meine Tante Frieda nicht.

Meine Tante Frieda verfügte nämlich über die bewundernswerte Gabe, aus jeder Not eine Tugend zu machen. Selbst für die Tatsache, daß sie noch immer ohne Freier war, hatte sie einen tugendsamen Grund. Außer dieser Gabe und einem Goldhamster besaß sie nichts, nicht einmal ein eigenes Leben. Sie lebte immer nur von unserem Leben mit.

So hatte sie es sich schon bei meiner Taufe in den Kopf gesetzt, etwas Besonderes aus mir zu machen, ein Genie womöglich oder eine Jahrmarktssensation oder einfach nur eine Heilige. Daher ging ihr meines Oheims Urteil zutiefst gegen den Strich.

Wie kann man nur so reden! sagte sie und maß meinen Oheim, der beinahe ihr Schwager geworden wäre, mit einem Blick, der ihn mehr beschämte als Evas spitze Zunge. Sie wartete noch, bis auch die anderen betroffen schwiegen, dann ließ sie uns wissen, daß ich nicht aus Dummheit, sondern aus purer Gutherzigkeit so gehandelt hätte.

Und wieviel mehr wert, sagte sie, ist doch ein gutes Herz als ein kluger Kopf.

Danach tat sie das Vernünftigste, was man in einem solchen Falle tun kann, sie band sich eine Schürze um und buk Schlippermilchplinsen, eine ganze Pfanne voll.

Nun wußte ich es: Ich war nicht gerade klug, aber ich hatte ein gutes Herz.

Mit diesem guten Herzen und der freundlichen Zuneigung aller Fixköter im Ort sah ich meiner Schulzeit frohen Mutes entgegen.

KAPITEL IX

Schon in dieser Zeit setzte ich mich entschieden gegen Ungerechtigkeit und Unterdrückung zur Wehr.

Lehrer Imhoff, der vor kurzem noch Israel geheißen hatte und von allen nur Isegrim genannt wurde, war ein Mann, den ich von Anfang an nicht leiden konnte. Obwohl er groß und breitschultrig war, ähnelte er doch auf abstoßende Weise meinem Oheim Blasius. Er hatte dieselbe miese Angewohnheit, beim Reden über einen hinwegzusehen, als sei man Luft oder ein Stück Unrat. Und wie mein Oheim Blasius, so befand auch er schon am ersten Tag, daß Rabel kein Name sei, sondern ein widerwärtiges Wortgebilde aus dem Abfalleimer jüdischen Sprachtums. Er nannte mich fortan nur Collatz, wie er alle aus der Klasse beim Familiennamen nannte – außer Wendehals' Christine und zuweilen Pinkerts Jule, deren Name ihm zwar auch mißfiel, was er aber vergaß, wenn Pinkerts Jule ihm einen Gruß vom Bäckerladen überbrachte. Er war genauso gierig auf Kuchen wie mein Oheim Blasius und litt wie jener an chronischen Magenbeschwerden. Seine Haut war weißlichgrau wie Roggenmehl und machte sein Gesicht fahl und ausdruckslos. Am meisten aber verübelte ich ihm den kolossalen Schlüsselbund, den er stets mit sich herumtrug und wahllos durchs Klassenzimmer schleuderte, wenn er auf eine Frage nicht die erwartete Antwort bekam. Meistens sauste er auf Lore nieder, die immer wieder aufs neue überrascht war von soviel prasselnder Ungerechtigkeit. Aber sie heulte nie, sie zuckte jedesmal nur kurz zusammen. Das bewunderte ich an ihr. Sie war hart und zäh und geübt im Hinnehmen von Schlägen. Immer war sie auf schicksalhafte Weise in irgendeine Prügelei verwickelt, und immer fiel ihr auf schicksalhafte Weise der Sieg zu. Sie war das unwiderlegbare Beispiel dafür, daß Ausdauer sicherer zum Erfolg führt als Stärke. Denn stark war sie nicht, ihre stämmige Gestalt täuschte es nur vor. Sie war eher schwach, schwabbelig sogar an manchen Stellen wie Bierstuben-Wanda, und am Reck hing sie wie ein Spanferkel am Fleischerhaken. Sie konnte auch nicht rennen, die x-förmige Struktur ihrer viel zu kurzen Beine hinderte sie daran. Aus diesem Nachteil und der Fähigkeit, Hiebe mannhaft einzustecken, erwuchs ihr der Sieg aus jeder noch so gewaltigen Prügelei. Sie trug immer die meisten Beulen und Schrammen davon, doch sie hielt wacker durch, schlug noch um sich, wenn die anderen schon geflüchtet waren, und ihre Stimme, hell und unbeschädigt, gellte ihnen hinterher: Na wartet, euch geb' ich Saures!

Nein, zimperlich war Lore nicht, und wenn sie sich gegen Isegrims Schlüsselbund nicht zur Wehr setzte, dann nur, weil sie Klassenerste werden wollte, Bierstuben-Wanda zuliebe, der es jedoch schnuppe war, während ich, die ich diesen Drang nicht in mir verspürte, nur darauf bedacht war, Isegrims Schlüsselbund zu entgehen. Ich ließ ihn nicht aus den Augen, wohin er ihn auch tat, aufs Tafelbrett, unters Schreibpult oder in die Hosentasche; ich belauerte ihn mit argwöhnischem Eifer, hellwach, immer auf dem Sprung, immer in der Lage, ihm auszuweichen.

Diese Tätigkeit nahm mich so in Anspruch, daß ich darüber den ganzen Unterricht verpaßte. Und Lore, die still neben mir saß, verbissen, ehrgeizig, die sich kein Wort entgehen lassen wollte, Lore, plump und arglos, bekam die Schlüssel jedesmal ins Genick. Ihr fassungsloser Blick gab mir stets eine Sekunde lang das Gefühl von Schuld, und ich nahm mir vor, das nächste Mal nicht mehr auszuweichen und Lore Deckung zu geben, aber schon, wenn der Schlüsselbund wieder vorn auf dem Katheder lag, hatte ich meinen Vorsatz vergessen. So kam es, daß ich nicht Erste wurde und auch nicht Zweite, sondern Dritte von hinten, und erst als ich Isegrim mitteilte, daß jener gewaltige Blasius, dessen geniale Artikel er mit betriebsamen Eifer sammelte, mein vielgeschätzter Oheim sei, rückte ich um drei Plätze auf, während Lore, die außer einem germanischen Vornamen nichts aufweisen konnte, was Isegrim erfreut hätte, über den vierten Platz von hinten nicht hinauskam.

Es mag ihrem Ehrgeiz und ihrem ausgeprägten Sinn für Gerechtigkeit zuzuschreiben sein, daß sie eines Tages Einblick in Christines Schulhefte verlangte. Es war ihr nicht entgangen, daß Isegrim unter Wendehals' Christines Arbeiten stets eine Eins setzte, ohne sie gründlich durchzusehen. Er verließ sich dabei auf die äußerst bequeme und durch Generationen bestätigte Erfahrung, daß kluge Leute immer kluge Kinder zeugen und dumme Leute dumme, so wie weiße Schafe in alle Ewigkeiten nur weiße Schafe hervorbringen und schwarze Schafe schwarze.

Nur Lore wollte sich damit nicht abfinden. Sie forderte hartnäckig, Christines Hefte einzusehen, und als ihr das Christine unter Geheul verweigerte und Isegrim Lore für ihr unverschämtes Ansinnen auf die Strafbank setzte, wo sie einen ganzen Vormittag lang «Ich war garstig» schreiben mußte, reifte in ihr der verwegene Entschluß, ihre Beschwerde in der Villa Mudlagk und Wendehals zu Gehör zu bringen.

Wenn du willst, sagte sie zu mir, kannst du mitkommen, sonst nehme ich meinen Bruder mit.

Sie wollte immer irgendeinen ihrer Brüder zu irgendeiner Sache mitnehmen, aber nie war zum gegebenen Zeitpunkt irgendeiner ihrer Brüder irgendwo aufzutreiben.

Also ließ ich mir Zeit mit der Zusage.

Wirst sehen, sagte sie, mein Bruder wartet schon vor Lichtelwilhelms Laden.

Ich war sicher, daß ihr Bruder nicht vor Lichtelwilhelms Laden auf sie wartete und daß sie mir den Schokoladenkäfer anbieten würde, wenn ich noch eine Weile zögerte. Auf den Schokoladenkäfer gierte ich schon lange. Er stammte aus Frankreich, von einem ihrer Soldatenväter. Sie schleppte ihn Tag für Tag mit sich herum, er hatte schon keine Fühler mehr und lahmte auf einem Bein. Sie wollte ihn für Isegrims Geburtstag aufheben, und ich hatte ihr vorgeschlagen, den Käfer, der von Tag zu Tag an Ansehen und Wohlgeruch verlor, gegen drei nestwarme Eier aus unserem Hühnerstall einzutauschen. Doch nie war Lore auf diesen Handel eingegangen. Nun, da ihr mein Schweigen unerträglich wurde, kam sie von selbst darauf zurück. Den Brummer, gab sie bekannt, als wir an Lichtelwilhelms Laden vorübergingen, vor dem außer dem meschuggen Tschoschke-Paul und Nasenweinholds Spitz niemand wartete, den Brummer, sagte Lore, den kriegt der, der mit zu Piepehals und Lackarsch kommt.

So gelangte ich in den Besitz des Käfers, den ich auf der Stelle und vor Lores Augen aufaß, und da ich ein gutes Herz hatte, wie ich seit meinem Schuleintritt wußte, tat es mir nachher leid, und ich versprach Lore die Eier, die ich ihr von jeher für den Käfer zugedacht hatte.

Danach machten wir uns auf den Weg.

Du hättest deinen Dobermann mitnehmen sollen, sagte Lore, oder ist der immer noch zur Freite?

Ich nickte. Ich hatte ihr weisgemacht, der Dobermann sei zum Decken unterwegs, denn sie erkundigte sich in einer Tour nach ihm.

So viele Hündinnen gibt es doch gar nicht, sagte Lore nachdenklich.

Der deckt jetzt auch Schäferhündinnen, erklärte ich ihr, weil die Schäferhunde alle eingezogen sind.

Das wußten wir von Isegrim, daß auch Schäferhunde Kriegsdienst zu leisten hatten, und ich war froh, daß mir das so schnell eingefallen war. Dagegen konnte Lore nichts sagen. Sie sah mich nur zweifelnd an, und ich beschloß, den Dobermann demnächst auch einrücken zu lassen, am besten an den Westwall. Zur Bewachung. Das klang glaubhaft. Später sollte er dann gefallen sein. Es waren schon so viele gefallen, warum sollte nicht auch ein Dobermann gefallen sein. Dann war er unwiderruflich weg, und ich hatte mit einem Schlag Ruhe vor Lores Fragen.

Sie fing schon wieder damit an. Ich weiß nicht, sagte sie, Dobermann und Schäferhund, ist das nicht Blutschande?

Mit Stammbaum nicht, behauptete ich, nur ohne. Ich war mir da nicht sicher, deshalb sagte ich es mit fachmännischer Bestimmtheit. Das wirkte. Sie fragte nun nichts mehr, sie lief jetzt still neben mir her, und je näher wir der Wendehalsschen Villa kamen, desto stiller wurde auch ich.

Ich wünschte brennend, ich hätte den verdammten Käfer nicht gegessen und wäre lieber daheim geblieben. Lore merkte es und sagte: Damit du es nur weißt, wer auskneift, ist ein Scheißkerl!

Es war zu spät, um auszukneifen. Mechthild Wendehals hatte uns schon entdeckt. Sie stand am Einlaßtor und winkte uns zu. Sie hatte wieder dieses begehrenswerte Flitterengelkleid an und einen bunten Wachsblumenkranz im Haar. Und während sie uns ins Haus geleitete, teilte sie uns verschämt mit, daß sie Geburtstag habe und daß wir ihre ersten Gäste seien.

So ein Mist, sagte Lore enttäuscht und wollte schon kehrtmachen, doch Mechthilds Mutter kam uns mit ausgebreiteten Armen entgegen und hieß uns freundlich eintreten.

Ich hatte die Wendehalssche Villa noch nie von innen gesehen. Nur im Traum. Im Traum war ich schon durch alle Räume gegangen, und jeder Raum hatte eine andere Farbe gehabt.

Wenn ich nicht irre, bist du die Nichte von Clara Sawatzke, sagte Mechthilds Mutter zu mir, und als ich es bestätigte, strich sie mir übers Haar und lobte mich für diese unabänderliche Tatsache. Das spornte mich an, ihr kundzutun, daß ich überdies auch noch die Nichte von Philipp Matthes, dem Teerfabrikanten, sei.

Ja richtig, die Teerfabrik, erinnerte sich Mechthilds Mutter. Es schien ihr wieder einzufallen, daß es außer der Knopffabrik auch noch andere Fabriken im Orte gab. Sie nickte anerkennend, und ich hätte sie gern noch wissen lassen, daß ich auch der zukünftige Besitzer jener vielgeschätzten Teerfabrik sei, aber Lore fuhr dazwischen und gab bekannt, daß sie Bierstuben-Wandas uneheliche Tochter sei, und ohne Umschweife erklärte sie, daß sie nicht zum Geburtstag, sondern zur Beschwerde hergekommen sei.

Lore hatte neben ihrem ausgeprägten Gerechtigkeitssinn einen nicht minder ausgeprägten Wahrheitssinn, der bei ihr zuweilen jedoch in Taktlosigkeit umschlug, so daß sie es beispielsweise für notwendig hielt, Nasenweinholds Frau bei jeder Gelegenheit darauf hinzuweisen, daß sie einen Buckel hatte, was jene selbst längst wußte.

Ich befürchtete, sie könnte auch jetzt wieder auf so eine Wahrheit stoßen, und wandte mich verlegen ab.

Frau Wendehals aber hörte Lore sehr ernst und aufmerksam zu, unterbrach sie nicht ein einziges Mal, tobte auch nicht, wie ich es erwartet hatte, sagte nur, als Lore mit ihrer Beschwerde fertig war, daß sie der Sache nachgehen würde, und dann – anstatt uns wegzuschicken – forderte sie uns zum Bleiben auf.

Die Geburtstagstafel war schon festlich gedeckt. In der Mitte stand eine riesengroße Schokoladenbäbe mit Lichtern ringsherum, und am Ende der Tafel saß, allein und in sich zusammengesunken, der mächtige Leberecht Mudlagk und klaubte Rosinen aus dem Festtagskuchen. Neben ihm, im weißen Flitterengelkleid, stand Christine und klopfte ihm bei jeder Rosine mit einem silbernen Kaffeelöffel auf die Finger, und Leberecht Mudlagk, der Herr des Hauses, zog die Finger ein und wimmerte wie ein kleines Kind.

Ich ging hin zu ihm und gab ihm die Hand, knickste tief und demütig, wie es mir meine Tante Clara beigebracht hatte, und hielt dabei nach Waldemar Wendehals Ausschau, denn in meiner Vorstellung gehörten die zwei so untrennbar zusammen wie ihre Namen auf dem Firmenschild, und ich fürchtete, der gestrenge Waldemar Wendehals könnte auch jetzt in der Nähe sein. Ich entdeckte aber nur Sigismund durchs offene Fenster, verheult und dreckverkrustet unter dem Magnolienbaum, mit dem Holzgewehr auf dem Rücken und ohne Stiefel, nur in Strümpfen, kurzen Tiroler Bommelkniestrümpfen. Da wußte ich, daß Waldemar Wendehals wieder zu einem großen Aufmarsch war.

Wie lieb von dir, sagte Leberecht Mudlagk und tätschelte meine Hand, wie lieb, daß du an mein Jubiläum gedacht hast. Du bist die einzige, die es noch niemals vergessen hat.

Erst als Christine ihm auseinandersetzte, daß nicht er, sondern Mechthild es war, die ein Jubiläum beging, ließ er meine Hand wieder los, sackte zurück in den Armstuhl und schlief ein.

Es war die merkwürdigste Geburtstagsfeier, die ich je erlebt hatte. Die große Festtagstafel schien nur für Leberecht Mudlagk gedeckt zu sein. Niemand sonst ließ sich daran nieder, selbst Mechthild nicht. In der Veranda, die hinter dem Empfangsraum lag und nur durch eine Glaswand von diesem abgetrennt war, hatte man die Geschenke aufgebahrt, Kisten, Kartons und Schachteln in schnurgerader Reihe, verschnürt und verpackt und mit Schleifen und Blumen besteckt wie Kindersärge. Keiner durfte sie berühren, keiner durfte ihnen zu nahe treten. Jeder, der kam, legte sein Paket stumm daneben, überprüfte kurz, ob es sich behaupten konnte neben den anderen, schob es, wenn es sich ergab, in eine günstigere Position und trat dann schnell wieder zurück, und jedesmal bekundete Mechthild dieselbe überschwengliche Dankbarkeit.

Am meisten befremdete es mich, daß unter den Gästen kein einziges Kind war, wenn man von Christine und Sigismund absah, die einfach dazugehörten wie ein unerläßliches Möbelstück.

So hatte sich Mechthild außer der halben NS-Frauenschaft auch noch die halbe Wehrmacht des Ortes zum Geburtstag eingeladen, alles hohe Offiziere und solche, die es werden wollten, das Beste also, was sich unter den gegebenen Umständen hatte auftreiben lassen. Karussellbesitzer und Musiklehrer waren nicht darunter, und so verstand es sich von selbst, daß Mechthild keine sauren Drops aus der Marschzuteilung, sondern dicke schwarze Fliegerschokolade geschenkt bekam. Und während

Mechthild sich bei allen mit einem artigen Gedicht bedankte, schob sich Christine an Lore und mich heran und zischelte uns die unflätigen Worte «Kläffersäcke – Arschablecke» ins Ohr.

Ich wußte, daß Christine ihren Sprüchen stets einen hinterhältigen Knicks nachfolgen ließ, und sprang geschickt beiseite, und Christines Fuß, diesmal nicht im wetterfesten Trommlerschuh, sondern in leichter Korksandale, prallte hart an Mudlagks Armstuhl. Sie verzog den Mund ein bißchen, aber sie heulte nicht, und Leberecht Mudlagk, der kindhaft tief entschlummert war, schlug verwirrt die Augen auf und erkundigte sich bei Christine, ob der Kirchenchor schon eingetroffen sei.

Kirchenchor, höhnte Christine, und sie tippte sich mit dem Zeigefinger an die Stirn.

Leberecht Mudlagk aber, anstatt mit der Faust auf den Tisch zu schlagen, wie ich es von dem mächtigsten Mann des Ortes erwartet hätte, lächelte – ein ergebenes, um Nachsicht bittendes Lächeln, das mich mehr bestürzte als Christines Dreistigkeit. Nur Lore, die nie erfahren hatte, wer Leberecht Mudlagk dereinst gewesen war, verkündete mit respektloser Offenheit, daß der alte Mann im Armstuhl ganz schön meschugge sei.

Daraufhin führte uns Frau Wendehals still aus dem Zimmer.

Wir spielten dann im Kinderzimmer Schwarzer Peter und aßen Eiswaffeln dazu, bis es uns über wurde und Sigismund den Vorschlag machte, im Mädchenzimmer U-Boot-Krieg zu spielen.

Das Mädchenzimmer, das dem Kinderfräulein Elfriede gehörte, wies eine erstaunliche Ähnlichkeit mit Alfonsos Dachstube auf. Das gleiche eiserne Bettgestell, die gleichen verwaschenen Rüschen ringsherum, der gleiche klotzige Kleiderschrank neben der Tür.

Nur der Geruch, der von der Waschkommode ausging und den ganzen Raum durchzog, war mir fremd, ein seltsames Gemisch aus getrockneter Feldkamille und Biomalz. Elfriede, das Kinderfräulein, nahm jeden Morgen Biomalz zur Kräftigung, wie Mechthild uns verriet. Dennoch, Elfriede war davon nicht stark geworden. Der Heldentod ihres Bräutigams hatte sie nicht aufgerichtet, sondern umgeworfen. Man hatte ihr drei Tage

Sonderurlaub gewähren müssen, und Sigismund charakterisierte dieses unheroische Verhalten mit dem vernichtenden Wort *memmenhaft*.

Wir nahmen einen Löffel Biomalz zur Kräftigung, und Christine fand im untersten Kommodenfach noch einen Riegel Alpenmilchschokolade, den ließen wir reihum gehen. Dann entdeckte Mechthild Briefe, gebündelt und mit einer Schleife verschnürt. Sie rochen stark nach Feldkamille. Christine zog den ersten heraus, es war der letzte, und er begann: «Mein lieber Spatz, nun werd' ich bald auf Urlaub kommen. Mutter soll das Zickel schlachten, habe morgen meine fünfte Feindfahrt, danach ist erst mal Ruhe ...»

Das war langweilig. Kein Wort von Liebe, nichts von Heldentaten. Wir legten die Briefe enttäuscht ins Fach zurück.

Sigismund bereitete inzwischen den U-Boot-Krieg vor und gab bekannt, daß er Kapitänleutnant Prien sei und wir ihm einen ehrenvollen Empfang zu bereiten hätten. Er schritt, die rechte Hand mit der offenen Handfläche schräg an der Schläfe, die Längsfront des Zimmers ab und meldete stolz, daß seine Beuteziffer auf einundfünfzigtausend Bruttoregistertonnen gestiegen sei. Daraufhin ernannte er beide Schwestern zu feindlichen Minen. Lore und mich erklärte er zu deutschen Unterseebooten und sich selbst zum Minensuchboot, das uns vorausfuhr und die feindlichen Minen unschädlich machte.

Scheißspiel, sagte Lore gelangweilt und wedelte sich mit Elfriedes Tanzstundenfächer das Gesicht. Sie hätte viel lieber feine Dame gespielt, ein Spiel, das auch mir besser gefiel. Und da sie gewagt hatte, einen Gedanken auszusprechen, den außer Kapitänleutnant Prien alle längst gedacht hatten, überrumpelten wir gemeinsam den Kapitänleutnant und banden ihn mit Elfriedes Unterröcken am Bettpfosten fest. Er spuckte und strampelte vor Wut und Empörung und nannte uns allesamt Volksverräter und Spielverderber, und erst als Lore ihm klarmachte, daß sich ein Kapitänleutnant in Gefangenschaft nicht so gebärde, schickte er sich seufzend in sein Los.

Wir hatten dann Ruhe vor ihm und konnten prächtig spielen. Nur hin und wieder, wenn dem Kapitänleutnant die Würdelosigkeit seiner Lage bewußt wurde, strampelte er mit den Beinen und schrie nach Vergeltung. Lore beschwichtigte ihn jedesmal mit einem Löffel Biomalz und dem Versprechen, eine ganze U-Boot-Flotte zu seiner Befreiung auszurüsten.

Es wurde nichts mehr mit der U-Boot-Flotte, denn Frau Wendehals gab uns mit einem Gongschlag zu verstehen, daß der Geburtstag zu Ende sei.

Wir banden Sigismund los und brachen hastig auf. Elfriedes verknotete Unterwäsche und die leere Flasche Biomalz warfen wir ins oberste Kommodenfach, und Sigismund schrieb mit blauer Schulkreide auf die Rückseite von Elfriedes Kippspiegel: *Wir dulden keine Memmen unter uns!* Das beruhigte unser Gewissen und machte so etwas wie Helden aus uns.

Wie gut ihr schon ohne Kinderfräulein auskommt, lobte Frau Wendehals und gab jedem von uns einen Splitter Fliegerschokolade. Wenn ihr euch immer so vertragt, könnt ihr gern öfter miteinander spielen.

Sie trug mir noch einen Gruß auf für die Teerfabrik und strich mir liebevoll übers Haar. Lore strich sie nur übers Haar. Erst draußen, vor dem schmiedeeisernen Gartentor, wurde uns bewußt, daß auch sie uns keinen Einblick in Christines Schulhefte gewährt hatte.

So eine Gemeinheit, schimpfte Lore, lädt uns zum Geburtstag ein und schenkt uns auch noch Schokolade, dabei wollte ich nichts weiter als Gerechtigkeit.

Ich hätte ihr gern etwas zum Trost gesagt, aber mir fiel nichts Passendes ein, und so pfiff ich nach meinem Dobermann und antwortete statt seiner, und diesmal gelang mir sogar ein schönes, kraftvolles Gebell, das Lore sehr bewunderte.

Da kann man wirklich Angst kriegen, sagte sie, richtig scharf und bissig, schade, daß du nicht auch solche Zähne hast.

Wir unterhielten uns dann den ganzen Weg bis nach Hause über das prächtige Gebiß von Lores Großmutter, echte Friedensware noch.

Erst als wir uns trennten, sagte Lore zu mir: Eines ist raus, Kinderfräulein werden möchte ich mal nicht!

KAPITEL X

**Mein Kampf galt besonders
der Willkür eines Lehrers
gegen eine proletarische Mitschülerin.**

Am nächsten Tag kam Christines Mutter in die Schule. Mitten in die Deutschstunde. Wir sprachen gerade über die vorschriftsmäßige Verdunkelung und das Wehrmachtswunschkonzert. Themen, die in den höheren Klassen zu Aufsätzen verwertet wurden.

Pinkerts Jule meldete sich wie immer zu Wort und gab ein neues Thema an: Die Einführung der Reichsbrotkarte und die zusätzliche Arbeit in den Bäckereien. Sie erhielt daraufhin von Isegrim eine Belobigung für gute Mitarbeit, gleich danach aber einen Tadel für unüberlegte Antworten, da sie im Übereifer auch noch die Reichsfettkarte und die zusätzliche Arbeit in den Fleischereien als Aufsatzthema vorgeschlagen hatte. Man konnte schließlich nicht über jede Reichsnährmittelkarte einen Aufsatz schreiben.

Gerade da betrat Frau Wendehals den Klassenraum, und Isegrim, der von diesem Besuch ebenso überrascht war wie wir, unterbrach den Unterricht an dieser Stelle und ließ uns zur Begrüßung ein Gedicht aufsagen. Wir konnten aber nur Führergedichte im Chor und die erste Strophe von «Deutscher Rat», und so winkte Frau Wendehals bescheiden ab und hieß uns setzen.

Mir fiel die schwarze Elfriede ein und ihre verwüstete Kammer, und Lore, der Ähnliches durch den Kopf ging, knuffte mich in die Seite und sagte: Paß auf, jetzt kriegen wir die Hucke voll.

Frau Wendehals aber lächelte uns zu und bat Lore, aus der Bank herauszutreten.

Dieses Mädchen hier, sagte sie, verdient höchste Anerkennung. Wenn alle so ehrlich und aufmerksam wären ... Sie stockte, sie hatte gemerkt, daß unserem Lehrer diese Rede nicht gefiel, und so zog sie kurzerhand Christines Schulhefte hervor und legte sie wortlos aufs Katheder. Sie hatte alle Fehler, die von Isegrim übersehen worden waren, mit roter Tinte zweifach unterstrichen und wagte sogar, ihm eine Zensurenkorrektur vorzuschlagen.

Das war mehr, als Lore sich je unter Gerechtigkeit vorgestellt hatte. Der alte Isegrim, flüsterte sie mir zu, jetzt wird er geschlachtet! Sie gluckste vor Aufregung, und über ihr Gesicht bis hin zum Haaransatz breiteten sich rote Flecke aus. Es war ihr noch nie im Leben widerfahren, daß ihr von irgendeiner Seite Recht zugesprochen wurde; sie hatte es auch gar nicht erwartet. Nun stand sie da und wußte nicht, wie man sich in einem solchen Falle verhält.

Auch der alte Isegrim wußte es nicht, schüttelte nur immer den Kopf und wunderte sich über seine eigene Unzulänglichkeit. Nein, wie ist es nur möglich, staunte er, wo ich mich doch unentwegt bemühe, gerecht zu sein.

Damit wir uns nicht falsch verstehen, unterbrach Christines Mutter ihn, es geht mir nicht darum, Ihnen vorzuhalten, daß Sie meine Tochter begünstigen. Ich möchte Sie vielmehr bitten, sich mehr als bisher mit ihr zu beschäftigen, damit sie eines Tages die Zensuren auch zu Recht verdient, die Sie ihr jetzt schon so großzügig zugestehen.

Zu unser aller Verdruß klingelte es in diesem Augenblick zur Hofpause, die wir sonst immer voller Ungeduld herbeisehnten, und Isegrim, der Gemaßregelte, ließ uns in Dreierreihen antreten und trieb uns eilig hinaus.

Es war ein ungeschriebenes Schulgesetz, daß keiner während der Hofpause die Dreierkolonne verlassen und gar durch Geschwätz aufhalten durfte. Eingereiht in den Schülerstrom, war es üblich, in ununterbrochenem, gleichförmigem Wandel den Schulhof auf einer Ellipsenbahn zu umkreisen, in deren Brennpunkten jeweils eine Aufsichtsperson stand und darüber wachte, daß keiner dieses Gesetz durchbrach. Wer austreten mußte oder Übelkeit verspürte, hatte vorher Meldung zu erstatten.

An diesem Tage erstattete fast die ganze Klasse Meldung – außer Pinkerts Jule und Wendehals' Christine, die sich zu einer Zweierreihe zusammenschlossen und einsam weiterkreisten, bis die höheren Klassen nachdrängten und die Lücke wieder füllten, während die anderen im Vorraum zu den Mädchenaborten Lore aufgeregt umschwirrten und zum neuen Brennpunkt machten.

Lore aber, der es nicht gegeben war, Brennpunkt zu sein, bahnte sich schroff einen Weg durch das Gedränge und riegelte sich im Abort ein, bis die Hofpause vorüber war und es zur nächsten Stunde klingelte.

In der nächsten Stunde hatten wir Heimatkunde, ein Fach, in dem sich alles unterbringen ließ, was in anderen Fächern Abfall war: die Vorzüge der deutschen Tonseife zum Beispiel oder Berchtesgaden, die Wahlheimat des Führers, sogar die Milcherträge im Protektorat Böhmen und Mähren hatten auf unerklärliche Weise darin Platz gefunden und verknüpften sich auf ebenso unerklärliche Weise mit den Aufgaben der deutschen Landjugend im Krieg.

Neben der Wandtafel hing die Europakarte, gespickt mit bunten Glaskopfstecknadeln, die die deutschen Frontlinien markierten und uns zu jedem Wochenbeginn bekanntgaben, wie Deutschland gewachsen war. Sie hing dort schon seit unserem Schuleintritt, aber ich kam mit ihr nicht zurecht, denn alles, was ich darauf sah, war deutsch: von Wien bis Kopenhagen, von Paris bis Warschau. Europa war nur ein schmaler Streifen ringsherum, zerstochen von den bunten Glaskopfstecknadeln und weit an den Kartenrand zurückgedrängt. Am meisten jedoch verwirrte es mich, daß ich unser Dorf nicht fand auf dieser deutschen Europakarte, nicht einmal als Punkt, denn dort, wo es hätte sein müssen, zog sich eine rotgestrichelte Linie entlang, die in der Anmerkung als alte böhmische Landesgrenze bezeichnet war. Ich suchte alle Punkte auf der Landesgrenze ab, bis ich dahinterkam, daß es uns gar nicht gab im Weltmaßstab. Wir waren so klein, so unscheinbar und ganz und gar bedeutungslos, daß ein einziger Strich aus der schraffierten Grenzlinie ausreichte, uns allesamt zu verdecken. Das war niederschmetternd, und ich schenkte der Europakarte von Stund an keine Beachtung mehr.

An diesem ungewöhnlichen Tag nun rief Isegrim Lore an die Europakarte und ließ sich von ihr die «dichtbesiedeltsten» deutschen Gaue zeigen. Er war sehr freundlich und noch ein wenig fahler als sonst. Daß Lore soeben eine Schlacht gewonnen hatte, war nicht ohne Zeichen an ihm vorübergegangen. Er nahm den Schlüsselbund vom Katheder und legte ihn weitab aufs Fensterbrett – eine durch und durch versöhnliche Geste, wie ich mit Genugtuung feststellte. Selbst als Lore die «dichtbesiedeltsten» deutschen Gaue nicht aufzeigen konnte, da sie mit der Europakarte ebensowenig zurechtkam wie ich, lächelte er nachsichtig und bat Christine Wendehals nach vorn, die vor Ungeduld schon mit dem Finger schnippste. Sie kannte sich mit erschreckender Sicherheit auf dieser vertrackten Landkarte aus und konnte nicht nur die «dichtbesiedeltsten» deutschen Gaue zeigen, sondern erfreute Isegrim auch noch mit der lückenlosen Aufzählung der «schwachbesiedeltsten» östlichen Nachbargebiete und bewies damit, daß sie uns allen in Fleiß und Wissen um mindestens drei Unterrichtsstunden voraus war, während Lore mit ihrem hilflosen Schweigen genau das Gegenteil bewiesen hatte.

Nun, liebe Lore, sagte der alte Isegrim da, und seine Freundlichkeit war verletzender als sein Zorn, um alles Mißtrauen aus der Welt zu schaffen, schlage ich vor, daß du von heute an deine Zensierung selbst übernimmst. Da du mit anderen so streng zu Gerichte gehst, wirst du wohl auch dich gerecht beurteilen, möchte ich meinen!

Das war der Augenblick, in dem Lore erkannte, daß nicht sie, sondern Christine Wendehals den Sieg davongetragen hatte, und mit gesenktem Haupt schlurfte sie in ihre Bank zurück. Lehrer Imhoff aber, der alte Isegrim, schrieb Christine eine schäbige Zwei ins Klassenbuch und nahm Lore damit jede Möglichkeit, eine noch erträgliche Zensur für sich zu beanspruchen.

Der alte Isegrim. Geschlachtet worden war er also nicht, wie Lore in voreiliger Freude angekündigt hatte. Er wies seit jenem Tage lediglich einige geringfügige Verhaltensänderungen auf, eine gewisse hämische Milde zum Beispiel anstelle von strafender Gerechtigkeit und eine fast schon verschwenderische

Gleichgültigkeit Lore gegenüber. Sooft sie sich auch zu Worte meldete, der alte Isegrim sah es nicht. Nur wenn sie einmal nichts wußte und vor Scham tief in ihre Bank hineinrutschte, rief er sie nach vorn und unterzog sie einer ausgiebigen Prüfung. Und jedesmal fragte er sie mit dieser hämischen Milde nach der Zensur, die sie glaubte, für diese Leistung verdient zu haben.

Ich gab ihr den Rat, dreist auf einer Eins zu beharren – er scheiterte jedoch an Lores maßlosem Gerechtigkeitssinn und einer gewissen Schwerfälligkeit, den Gegner mit seinen eigenen Waffen zu schlagen.

Mein Vorschlag schließlich, den alten Isegrim zu überlisten und sich immer dann in die Bank zu ducken, wenn sie mit Sicherheit die Antwort wüßte, fand bei Lore ebenfalls keinen Anklang, denn sie verfügte weder über das erforderliche Mindestmaß an schauspielerischer Begabung noch über die nötige Portion Unverfrorenheit, um andere hereinzulegen.

So blieb ihr nur der harte Weg der Ehrlichkeit.

Lehrer Imhoff aber, der alte Isegrim, schrieb ihr mit scheinheiligem Bedauern eine schlechte Note nach der anderen ins Zensurenbuch, und meine Freundin Lore zog daraus die bittere Lehre, daß selbst Gerechtigkeit zu Unrecht werden kann, wenn sie in die Hände eines Isegrim gerät.

KAPITEL XI

So war es meinem unermüdlichen Eifer zu verdanken, daß besagtem Lehrer schließlich eine Maßregelung zuteil wurde.

Als das Schuljahr fast zu Ende war, hatte Isegrim Geburtstag, und Lore kam auf die Eier zurück, die ich ihr versprochen hatte, drei große, nestwarme Hühnereier.

Man kann nicht wissen, sagte sie, vielleicht stimmen ihn die Eier freundlicher.

Sie hatte noch immer den Ehrgeiz, Erste zu werden.

Alle, die diesen Drang verspürten, machten Isegrim zum Geburtstag ein Geschenk, eine Sitte, die im Lauf der Jahre zu einem ungeschriebenen Schulgesetz geworden war wie etwa das eintönige Wandeln auf dem Schulhof oder der Kinobesuch an jedem Monatsanfang.

Der Kinobesuch war von allem noch das Beste. Wenn die Wochenschau nicht gewesen wäre, über deren Inhalt wir Isegrim regelmäßig Bericht erstatten mußten, wäre er fast zu einem Genuß geworden. Immerhin, ohne Wochenschau hätten wir außer diesen Echos nichts mitgekriegt vom Krieg, die Wochenschau lieferte ihn uns nach, stückweise zwar und in Konserven, aber immer noch groß genug für unser kleines Kino. Das Gedröhn schwerer Geschosse, nur ab und zu unterbrochen vom jähen Aufheulen angreifender Stuka, füllte den Raum zum Bersten und drang bis auf die Straße hinaus. Jeder, der vorbeikam, wußte dann, daß in der Schauburg wieder die Wochenschau lief.

Also wie ist's, drängte Lore, krieg' ich nun die Eier oder nicht?

Wir gingen gemeinsam den Bahndamm entlang, um Tee zu sammeln. Das Sammeln von Heilkräutern, Bucheckern und Kastanien gehörte zu den oft besprochenen Aufgaben der deutschen Landjugend im Krieg. Wir lieferten wöchentlich ab, an jedem Sonnabend auf dem Schulhausboden. Dort wurde der Tee gewogen, sortiert und zum Trocknen ausgebreitet. Das Wiegen und Sortieren besorgten die Schüler der höheren Klassen, die streng darüber wachten, daß keiner mehr Punkte erreichte als sie selbst. Daß wir dennoch an der Spitze lagen, Lore und ich, verdankten wir Eselhofmanns Adrian, der mir seit dem Katz-und-Maus-Spiel eine gönnerhafte Gewogenheit entgegenbrachte, die so weit ging, daß er immer, wenn er unseren Tee abwog, zehn Punkte aufschlug und mir in Abwesenheit von Zeugen den Tip gab, den Tee von unten her ein wenig anzufeuchten, was das Gewicht beträchtlich in die Höhe schnellen ließ. So bestand für uns die berechtigte Hoffnung, in diesem Sommer Punktsieger zu werden. Punktsieger wurden nicht nur vom Rektor der Schule persönlich ausgezeichnet, sondern kamen auch in die Tageszeitung, unmittelbar hinter die Gefallenenanzeigen. In die Spalte *Lokales*. Zwischen die Mitteilung zum Beispiel, daß ein

Schwarzschlächter aus Eibau gefaßt werden konnte und als Volksschädling vom Sondergericht I beim Landgericht Dresden zum Tode verurteilt worden war, und den Hinweis, daß alle Mädel von Spreetal und Umgebung am zweiundzwanzigsten Juni um zweiundzwanzig Uhr vor der Molkerei Aufstellung nehmen zur großen Sonnenwendfeier auf dem Stadtberg. Dort ungefähr hätte dann auch die stolze Notiz Platz gefunden, daß zwei Spreetaler Mädel, Lore Gnauck und M. Collatz – meinen Vornamen schrieb man aus Sparsamkeitsgründen und einer gewissen etymologischen Unsicherheit nie aus –, daß zwei Spreetaler Mädel also Kreissieger im Teesammeln geworden seien.

Lore erhoffte sich davon eine Aufwertung ihrer Heimatkundezensur.

Wenn wir Punktsieger werden, sagte ich zu ihr, brauchst du keine Eier mehr, das wäre glatt Verschwendung.

Aber Lore bestand darauf. Entweder du rückst die Eier raus, raunzte sie, oder ich sag's meinen Brüdern.

Seit ich meinen Dobermann an den Westwall geschickt hatte, fing sie wieder mit ihren Brüdern an, und ich sah mich von Zeit zu Zeit gezwungen, ihr mit meinem Oheim Blasius zu drohen, dessen bloße Namenserwähnung Isegrim veranlaßt hatte, mich um drei Plätze aufrücken zu lassen. Ein solcher Oheim hatte selbstredend auch die Macht, jemanden um drei Plätze heruntersetzen.

Am Bahndamm rollte langsam der Nachmittagszug vorbei mit ein paar Fronturlaubern in den Coupés und Tschoschke-Pauls feixendem Gesicht über einer heruntergekurbelten Fensterscheibe. Und unter jeder Scheibe, das ganze Eisenbahnabteil entlang, Buchstaben, fast körpergroß und alles andere verdeckend: *Räder müssen rollen für den Sieg!* Und Tschoschke-Pauls feixendes Gesicht über dem Ausrufezeichen.

Churchills Vater, sagte ich, Lord Randolph oder wie er hieß, war geisteskrank und irgendwie entartet. Mein Oheim hat es aufgedeckt und macht eine Serie draus.

Na und, erwiderte Lore, soll er doch.

Vielleicht, gab ich zu bedenken, könntest du Isegrim damit erfreuen.

Doch Lore schüttelte den Kopf. Eier sind besser, sagte sie mit Eigensinn.

Ich hätte ihr die Eier gern gegeben, aber wir besaßen keine Hühner mehr. Mein Vater hatte sie beim Skat verspielt, kein Grund zur Beunruhigung zwar, wenn man bedachte, daß er sogar schon einmal unsere Ziege verspielt und ein Vierteljahr später mitsamt ihrem Jungzickel zurückgewonnen hatte. Gewinn und Verlust bildeten ein wechselvolles Auf und Nieder im Leben meines Vaters. So hatte er vorzeiten auf rätselhafte Weise einen Tabakladen besessen, der ihm auf ebenso rätselhafte Weise wieder abhanden gekommen war.

Nichts ist tötender, pflegte mein Vater zu sagen, als die lähmende Gewißheit ewiger Unveränderlichkeit.

So gesehen waren auch die Hühner nicht verloren, nur zur Zeit legten sie ihre Eier in Nasenweinholds Stall.

Also gut, versprach ich, du sollst die Eier haben. Mir war in diesem Augenblick der Gedanke durch den Kopf geschossen, daß wir zwar die Hühner, nicht aber die Eier verspielt hatten, und so faßte ich den Entschluß, Nasenweinholds Leute in aller Form und Höflichkeit auf diesen Umstand hinzuweisen und die Eier von ihnen zurückzufordern.

Nestwarm und blütenweiß, verlangte Lore.

Braun, berichtigte ich, Rhodeländer legen nur braun, und höchstens mal zu Ostern bunt.

Lore bedauerte, daß nicht Ostern war, denn braun, fand sie, braun sähe ganz beschissen aus.

Braun, beharrte ich, oder keine!

Die Bahngleise entlang kam Tschoschke-Paul, wir erkannten ihn schon von weitem. Er hatte einen unverwechselbaren Gang, einen Wellenliniengang, der jedem physikalischen Gesetz von der Bewegung der Körper widersprach. Er ging immer nur mit dem rechten Bein, das er steif und weit nach vorn schob, während er das linke bei jedem Schritt tief einknickste und wie ein lästiges Anhängsel hinter sich her schleifte. Die linke Hand hielt er bei dieser Art der Fortbewegung stets auf dem Rücken über der Gesäßtasche, die Handfläche nach außen gedreht und leicht gekrümmt. Die Schultern, von denen die rechte höher war als die linke, befanden sich nicht lotrecht über den Füßen, sondern blieben weit hinter ihnen zurück, so daß es aussah, als würde Tschoschke-Paul bei jedem Schritt nach hinten wegkippen. Aber er kippte nie weg. Nicht ein einziges Mal tat er uns diesen Gefallen, obwohl wir immer wieder mit der gleichen lüsternen Spannung darauf warteten.

Paul, Paul, Paul, hast 'n schiefes Maul, riefen wir ihm vom Bahndamm zu, und Paul schlenkerte mit der rechten Hand zum Zeichen, daß er unseren Gruß vernommen hatte. Mehr tat Tschoschke-Paul nie. Wir hätten es gern gesehen, wenn er uns mit Steinen beworfen oder wenigstens gedroht hätte, es zu tun, doch Tschoschke-Paul brachte uns auch um dieses Vergnügen. Er grinste nur mit seinem schiefen Mund, und Lore grinste zurück und erkundigte sich mit scheinheiliger Anteilnahme nach seiner Braut. Dann war ich an der Reihe und fragte, wann denn endlich die Hochzeit sei, Kirchbauers Pferdekutsche stünde schon bereit.

Es war das alte Spiel, wir griffen immer wieder darauf zurück, sonst ließ sich nichts anfangen mit Tschoschke-Paul, höchstens, daß er aufhörte zu grinsen. Wenn wir von Eulitzens Lenchen anfingen, hörte er schlagartig auf zu grinsen. Sein Gesicht wurde dann fast menschenähnlich, die sonst so glatte Stirn kräuselte sich in Falten, sein Blick schweifte nicht mehr leichthin ab in schwerelose Sommerfernen, und es sah aus, als würde er ernsthaft mit sich zu Rate gehen.

Es ist nicht recht von dir, sagte Lore, daß du Lenchen so lange schmachten läßt.

Tschoschke-Paul nickte schuldbewußt.

An dieser Stelle war das Spiel stets zu Ende. Tschoschke-Paul galoppierte dann jedesmal wie ein verwunschener Königssohn, der soeben erfahren hat, daß seine Braut seit hundert Jahren auf ihn warte, davon. Uns blieb dann einen eintönigen Sommersonntagnachmittag lang das boshafte Vergnügen, uns vorzustellen, wie es wäre, wenn Tschoschke-Paul und Eulitzens Lenchen miteinander Hochzeit hielten, denn Eulitzens Lenchen war ebenso meschugge wie Tschoschke-Paul, nur nicht so laienhaft nachweisbar. Man brauchte schon eine gewisse Erfahrung, um herauszufinden, was mit Lenchen los war.

Im Gegensatz zu Tschoschke-Paul trug Eulitzens Lenchen niemals eine so unnatürliche Heiterkeit zur Schau. Ihr Gesicht sah eher aus, als sei sie eben von einer Schreckensbotschaft heimgesucht worden. Vor allem die Augen mit den wimpernlosen, ewig verquollenen Lidern verleiteten zu diesem Eindruck, der noch verstärkt wurde durch eine Vielzahl hektisch geröteter Flecke auf Lenchens Stirn und Wange. Jeder, der Lenchen zum ersten Male sah, mußte annehmen, sie habe gerade bitterlich geweint und stünde im Begriff, gleich wieder damit anzufangen. Das rotbraune Haar, das tief im Nacken zu einem deutschen Knoten zusammengedreht war, der die Größe einer ausgereiften Kastanie kaum überschritt, hing an den Seiten wirr herab und verlieh ihrer kindhaften Gestalt einen Anflug von Hilflosigkeit und Gehetztsein.

So kam es, daß jeder im ersten Augenblick Lenchen für ganz normal hielt.

Wer sie aber länger kannte, wußte, daß sie eine panische Angst vor Gänsen, Bombenflugzeugen und Arbeitsmaiden hatte. Die Angst vor Gänsen schleppte sie schon ein Vierteljahrhundert mit sich herum, die anderen Ängste waren neu dazugekommen. Es genügte bereits eine so harmlose Ankündigung wie: Vorsicht, Lenchen, die Bomber kommen, um sie außer Rand und Band geraten zu lassen. Sie stolperte dann, die Schürze vorm Gesicht, in irgendeine Himmelsrichtung davon. Wir setzten ihr jedesmal mit erbarmungslosem Eifer hinterher, und jedesmal überkam uns danach einen Augenblick lang das beschämende Gefühl, etwas getan zu haben, was mindestens ebenso frevelhaft war wie das Ausplündern von Vogelnestern zur Brutzeit, aber immer wieder, wenn es sich ergab, plünderten wir ein Vogelnest aus oder quälten Eulitzens Lenchen.

Immer diese Lore, schimpfte meine Mutter, als ich vom Teesammeln kam, hast du denn keinen besseren Umgang?

Mit *besseren Umgang* meinte sie in der Regel Wendehals' Christine oder wenigstens Pinkerts Jule.

Das kannst du mir glauben, fuhr sie fort, eine feine Freundschaft ist das nicht.

Hm, sagte ich, stimmt.

Was heißt denn stimmt, fragte meine Mutter. Immer, wenn ich ihr recht gab, wurde sie mißtrauisch.

Weil Bierstuben-Wanda dasselbe sagt, antwortete ich und fand, daß es nicht einmal gelogen war, wenn ich Wandas Äußerung, daß Lore zu keiner vernünftigen Arbeit mehr zu gebrauchen sei, seit sie sich mit mir herumtreibe, ja, daß sie mit geradezu aufsässiger Unbescheidenheit dieselben Vergünstigungen für sich fordere, die auch mir zuteil wurden, wenn ich diese Äußerungen Wandas also dahingehend auslegte, daß sie in mir so etwas wie einen Aufwiegler und Neiderreger sah, kam es auf dasselbe raus: Eine feine Freundschaft war das nicht.

Sieh mal an, sagte meine Mutter gekränkt, wir sind ihr wohl nicht gut genug, die hält sich wohl für wunder was, seit sie den Leutnant hat.

Mit dem Leutnant war es schon lange aus, aber ich ließ meine Mutter in dem Glauben. Irgendwie, fand ich, ging ein Glanz davon aus, der auch Lore zugute kam. Und da sagte meine Mutter auch schon, und sie schien ganz und gar vergessen zu haben, daß sie es gewesen war, die mir einen besseren Umgang empfohlen hatte, sagte nun: Und wenn die zehnmal einen Leutnant hat, so fein ist die noch lange nicht, daß du für ihre Tochter nicht gut genug wärst.

Es wunderte mich nicht, daß Bierstuben-Wanda, der diese Freundschaft ebenso mißfiel, fast aufs Wort genau dasselbe sagte, als sie von mir erfuhr, wie sehr sie in diesem Punkt mit meiner Mutter übereinstimme.

Und wenn du zehnmal die Teerbude erbst, sagte Wanda da, so fein seid ihr noch lange nicht, daß Lore für dich nicht gut genug wäre.

Von da an legten beide Mütter Wert darauf, daß unsere Freundschaft erhalten blieb.

Mit diesem einfachen Trick war ich einem Gesetz auf die Spur gekommen, das ich schon öfter mit Erfolg angewandt hatte, beim Stammbuchbildertausch zum Beispiel, wenn ich mich von den Bildern, die ich gern loswerden wollte, besonders schwer trennte, oder beim Verkauf von Winterhilfsabzeichen, wenn ich immer nur die letzten drei anbot und die anderen zwanzig Stück in der Manteltasche behielt.

Es war das zuverlässige und seit Urzeiten bewährte Gesetz von Angebot und Nachfrage, das sich, wie ich nun erprobt hatte, auch auf so ideelle Bereiche wie Freundschaft und Herkunft anwenden ließ. Nur bei der Eierbeschaffung, auf der Lore mit hartnäckigem Eifer bestand, erwies es sich als völlig unbrauchbar. Denn dieses Gesetz, so zuverlässig es auch war, funktionierte nur in der Wechselwirkung zwischen Angebot und Nachfrage. Nasenweinhold aber hatte keinen Grund, mir die begehrten Eier anzubieten, und so beschloß ich, davon Abstand zu nehmen und Nasenweinhold unverblümt darauf hinzuweisen, daß die Eier, die seine gewonnenen Hühner legten, nach Fug und Recht uns gehörten und daß mein Vater mich geschickt hätte, sie einzutreiben. Doch dieses Vorhaben scheiterte, noch bevor ich das erste Wort herausgebracht hatte, denn Nasenweinholds buckliges Weib rief mir schon von weitem zu, daß ich, falls ich Steinschlag-Collatzens verdammtes Balg sei, meinem Vater ausrichten solle, die Hühner seien so zäh gewesen, daß selbst ihr anspruchsloser Spitz sie nur mit Widerwillen verzehrt hätte.

Von all den Möglichkeiten, die mir die Eierbeschaffung hätten vermiesen können, war ich auf diese überhaupt nicht vorbereitet gewesen, und so sagte ich nur «hm» und ließ mich auf Nasenweinholds Wäschesteg nieder.

Die Kirchturmuhr vom Oberdorf verkündete die sechste Abendstunde, verspätet wie immer, der große Zeiger stand schon auf der Eins, erst da holte sie zum Schlage aus und brachte dann, zögernd und nach langem Anlauf, den ersten Ton hervor, ein dünnes, trockenes Gerassel, das mich an Husten und Heiserkeit erinnerte und mir jedesmal eingab, dies sei ihr allerletzter Schlag gewesen.

Ich saß auf dem Wäschesteg und lugte zu der Uhr hin, und ich nahm mir vor, die Eier zu erbetteln, wenn sie den letzten Schlag nicht schaffen sollte. Aber sie schaffte den letzten Schlag wie immer, und ich war froh darüber und sehr erleichtert, denn mehr, fand ich, konnte Lore weiß Gott nicht von mir verlangen. Da kam Eselhofmanns Adrian am Spreeufer entlang mit einem

Handkorb voll Karnickelfutter, und als er mich entdeckte auf Nasenweinholds Wäschesteg, steuerte er geradewegs auf mich zu und erkundigte sich mit unverhohlener Gier, was ich wohl in meiner Tasche hätte. Ich schob sie ihm wortlos zu mit der schadenfrohen Gewißheit, diesmal nicht von ihm zum Katz-und-Maus-Spiel aufgefordert zu werden, denn in der Tasche war nichts, nur Luft bis obenhin und ein paar Krümel Brot vom letzten Einkauf.

Nanu, sagte Adrian und sah mich lauernd an, da soll wohl erst was rein?

Ich dachte, daß es nicht schaden könnte, wenn ich Adrian die ganze vertrackte Geschichte erzählte, vom Schokoladenkäfer an. Und Adrian, der Freund, hörte aufmerksam zu, begriff, daß ich mich in einer Zwangslage befand, wußte besser als ich, daß es so was wie eine Ehrenschuld war, die ich Lore gegenüber abzutragen hatte, erkundigte sich nebenbei, ob ich noch die Mundharmonika besäße, die silberne von Sigismund, sagte dann, als ich es bestätigt hatte, daß er mir die Eier heranschaffen würde und daß es eine ganz vortreffliche Mundharmonika sei.

Erst die Eier, beharrte ich, dann die Mundharmonika.

Adrian nickte – eine Sekunde zu früh, wie ich mit Genugtuung feststellte, und diese Sekunde war es, die mir verriet, daß Adrian mehr an dem Handel gelegen war als mir. Das alte Gesetz von Angebot und Nachfrage, hier galt es wieder, und ich nutzte es mit der rücksichtslosen Tüchtigkeit des Bevorteilten aus und verlangte nun die doppelte Stückzahl an Eiern, nestwarm und blütenweiß, wie Lore es mir aufgetragen hatte.

Und als Adrian schwieg und sich nachdenklich am Hinterkopf kratzte, stand ich auf und wandte mich zum Gehen, eine Geste, die andeuten sollte, daß mir nun nichts mehr an den Eiern gelegen sei.

He, rief Adrian da, so warte doch, du kriegst die Dinger ja!

Ich wehrte ab. Die Gier hatte mich plötzlich gepackt, eine maßlose Sucht, den größtmöglichen Gewinn aus der Sache zu schlagen, und so teilte ich Adrian mit, daß ich mich nicht dazu überwinden könne, die Mundharmonika herauszugeben, und daß Ehrenschuld nur was für Pimpfe und Skat spielende Männer sei.

Dann ging ich.

Adrian aber setzte mir hinterher wie einer, dem soeben die Chance seines Lebens davongeeilt war, und ich achtete darauf, daß der Abstand zwischen uns nicht allzu groß wurde, denn ich wollte den Augenblick nicht verpassen, in dem er sich entschloß, meine Forderung zu überbieten. Er entschloß sich schon unter der ersten Spreebrücke und bot mir mit einem Seufzer sieben nestwarme, blütenweiße Hühnereier zum Tausch. Ich fand, daß sieben Eier genug waren für eine Mundharmonika, die nicht mehr richtig spielte, und daß ich mir Adrians Gunst verscherzen könnte, wenn ich sein Entgegenkommen gar zu sehr mißbrauchte.

Also gut, lenkte ich ein, sieben Stück, weil du's bist!

Mit dieser Formel pflegte mein Onkel Philipp jeweils seine Geschäfte abzuschließen, eine ebenso raffinierte wie erfolgreiche Floskel, die jedem Beteiligten das beruhigende Gefühl gab, den anderen übers Ohr gehauen zu haben.

Auch Eselhofmanns Adrian strahlte bis über beide Ohren, als er vernahm, welch besonderem Umstand er es zu verdanken hatte, daß der Handel doch noch zustande kam.

So gelangte ich in den Besitz von sieben Hühnereiern, die Adrian aus Kirchbauers durchlässigem Hühnerstall holte, während die Kirchturmuhr heiser die siebente Abendstunde verkündete, die Stunde der verlassenen Gehöfte und belebten Weiden, die Stunde der Kühe und Melkerinnen, die beste Stunde also für ein Geschäft wie das unsere.

Adrian fand viel zu schnell die Einstiegsstelle in Kirchbauers Hühnerstall, und er war auch viel zu schnell mit den Eiern wieder zurück, als daß er mir hätte weismachen können, dies alles tue er zum ersten Mal. Selbst Kirchbauers scharfer Dobermann schien längst daran gewöhnt zu sein, er lag träge an der Kette und hob lediglich den Kopf, zum Zeichen, daß er Adrian wahrgenommen hatte.

Solche Eier, prahlte Adrian und schob sie vorsichtig in meine Tasche. Solche Kolosse von Eiern, da wird der alte Isegrim aber jubeln. Er grinste, und einen Augenblick lang war mir, als hätte ich ein Glucksen vernommen, ein schadenfrohes, hintergründiges, und ich sah mir die Eier genauer an, mißtrauisch, von allen Seiten nun, aber sie waren ohne Fehl und Tadel, blütenweiß und nestwarm, wie ich sie gefordert hatte.

Na also, sagte Adrian, oder stimmt was nicht.

Nein, es stimmte alles. Die Eier waren wirklich prächtig, und sie nahmen sich auch ganz prächtig aus auf Isegrims Geburtstagstafel. Lores Wangen glühten vor Stolz und Freude, denn sie hatte das beste Geschenk von uns allen. Selbst Pinkerts Jule fiel dagegen ab mit ihrer Tüte Weizenmehl, und Wendehals' Christine erst recht, die außer drei Zigarren nur ein Stück Vorkriegsseife aufgetrieben hatte, dessen Duft alles Eßbare überflutete und mit einem widerwärtig-süßlichen Aroma versah, so daß sich Isegrim mit einer Geste des Bedauerns entschloß, dieses Geschenk vom Gabentisch zu entfernen. Lores Eiern hingegen räumte er den Ehrenplatz an der Tafel ein, und an der Art, wie er Jules Weizenmehl den Eiern zuordnete, errieten wir, daß er an Rührkuchen oder Eierplinsen dachte. Wir sangen dann das Lied von den blauen Dragonern, das wir immer sangen, wenn einer Geburtstag hatte, und als wir bei der dritten Strophe angelangt waren, fiel Isegrim zum ersten Male auf, daß Lore eine schöne hohe Stimme hatte, und sie durfte allein und vor der ganzen Klasse das Lied zu Ende singen und bekam dafür eine Eins.

Es war Lores erste Eins, und sie sprach auf dem Nachhauseweg von nichts anderem als von dieser Eins und von den vielen Einsen, die nun folgen würden in Rechnen und Schönschrift und vielleicht sogar in Heimatkunde. Nur in Leibesübung, das gab sie zu, da war sie schwach, da vermochten auch die Eier nichts. Aber sonst, sagte sie, sonst sollt ihr alle mal sehen, wie Bierstuben-Wandas Lore jetzt abzieht!

Sie zog nicht ab. Irgend etwas war nicht in Ordnung mit den Eiern, ich merkte es schon anderntags, noch bevor Lore diese Sechs bekam, die jegliche Hoffnung auf Beförderung endgültig zunichte machte. Ich merkte es an Isegrims bittersüßem Blick, als er den Klassenraum betrat, und an der Art, wie er den Schlüsselbund vor sich aufs Katheder schleuderte. Nur Lore merkte es nicht. Sie saß kerzengerade in ihrer Bank und harrte der Einsen, auf die sie mit den Eiern einen Anspruch erworben zu haben glaubte. Selbst als Isegrim dann die Sechs unter ihre sorgfältig angefertigte Schönschrift setzte, hielt sie das für nichts weiter als einen verspäteten Geburtstagsscherz und ging arglos nach vorn und bat um Berichtigung.

Lore Gnauck, sagte Isegrim da, du bist nicht nur dumm und faul, du bist zu allem Ärgernis auch noch unverschämt! Und er wies ihr nach, daß die Schönschrift im großen und ganzen zwar sauber, jedoch ohne die notwendige Einsicht in die so oft besprochenen Erfordernisse der Zeit angefertigt war, an deren oberster Stelle die Sparsamkeit stand: sparen, sparen und nochmals sparen, ein wichtiger Beitrag der deutschen Schuljugend zum Sieg. Betrachtet man sich dagegen dein Heft, fuhr Isegrim fort, so offenbarst du in deiner Niederschrift einen geradezu verschwenderischen Umgang mit Papier. Er hielt ihr Heft steil in die Höhe und ließ uns triumphierend den breiten Rand sehen, den Lore frei gelassen hatte. Allein dafür, sagte er, verdientest du eine entsprechende Zensur in Heimatkunde, wenn du sie nicht schon hättest!

Erst da begriff Lore, daß ihr die Eier den erhofften Dienst versagten, ja, daß sie sogar auf verhängnisvolle Weise Schuld an dieser Niederlage waren.

Ich konnte mir das alles nicht erklären, denn es waren prächtige Eier gewesen, und daß sie aus Kirchbauers Hühnerstall stammten, wußte keiner außer Adrian und mir, und so nickte ich nur, als Lore mir zuflüsterte: Er wird sie unterwegs zerquetscht haben, das wurmt ihn nun so ungeheuer und macht ihn gallegrün vor Wut.

Ich hielt das für eine gute Erklärung, nur die richtige war es nicht. Die richtige erfuhr ich daheim beim Abendbrot zwischen der zum hundertsten Male abgegebenen Erklärung meines Vaters, daß er diese schwindsüchtige Wurstbrühe als Kraftgetränk nicht anerkenne, und der Bekanntgabe meiner Tante Frieda, wer aus dem Dorfe wieder alles gefallen war.

Hättest du die Hühner noch, sagte meine Mutter da, würde ich dir ein Gelbei reinschlagen, aber du hast sie ja verjubelt und verspielt!

Vergiß deine Rede nicht, entgegnete mein Vater, da fällt mir gerade ein, im Dorfe sollen Bruteier in Umlauf sein, von Kirchbauers weißer Glucke, irgend jemand hat das ganze Gelege ausgeplündert.

So, sagte meine Mutter nur, Bruteier, na und? Sie schien von dieser Neuigkeit nicht allzuviel zu halten, und es ärgerte sie, daß sich mein Vater mit einer so banalen Mitteilung über ihre Vorwürfe hinwegsetzte. Meine Tante Frieda aber, die jede Gelegenheit benutzte, um zu Wort zu kommen, mengte sich mit dem belehrenden Eifer ewig Ungefragter ein und wies darauf hin, daß es sich in diesem Falle nicht um Bruteier, sondern um angebrütete Eier handele, ein Unterschied, der von meinem Vater mit der Feststellung «aufgeschlagen stinken beide» aus der Welt geschafft wurde.

Und wer, fragte meine Mutter, sollte es wohl auf solche Eier abgesehen haben?

Darüber habe ich auch schon nachgedacht, antwortete mein Vater, und wenn es kein Spaßvogel gewesen ist, dann war es sicherlich ein Dummkopf. – Er schlürfte seine Brühe und fand, daß sie so immer noch besser schmeckte als mit einem Ei von Kirchbauers brütender Henne.

Und während sich meine Tante Frieda über die fatale Wirkung von angebrüteten Eiern in einem Rührkuchen ausließ und mein Vater zu dem abschließenden Urteil gelangte, daß Bruteier kein appetitliches Nahrungsmittel seien, hatte ich die beschämende Tatsache zu verarbeiten, daß mich Eselhofmanns Adrian wieder einmal hereingelegt hatte.

KAPITEL XII

Mit meiner ehrlichen, aufrechten Gesinnung errang ich allerorten Sympathie und Wohlwollen.

Jeden Tag geht ein Jahr zu Ende, jeden Tag beginnt ein neues Jahr – eine Erkenntnis, auf die ich am letzten Schultag stieß, als ich dahinterkam, daß für mich wieder ein Jahr herum war und nicht erst am Silvesterabend, wenn mich meine Mutter mit dem hintergründigen Lächeln eines Doktor Allwissend darauf hinwies, daß ich das letzte Mal in diesem Jahr zu Bette ginge.

Das Jahr war für mich von nun an in dem Augenblick zu Ende, in dem ich meine Zeugnisse in den Händen hielt, und es begann erst wieder nach den großen Ferien mit dem Fahnenappell auf dem Schulhof.

Das Jahr ging jeden Tag zu Ende.

Für unseren Lehrer Isegrim endete es mit dem dreißigsten Januar, dem Tag der Machtübernahme und Reichsgründung, dem Tag der wehenden Fahnen und großen Reden, dem Tag, von dem mein Vater behauptete, er mache besoffener als der allerletzte Fusel aus Alma Nickels Kaufmannsladen.

Für meine Tante Clara endete und begann das Jahr stets mit des Führers Geburtstag, beim großen Fackelumzug durch den Eichengrund, und jedesmal rang sie gerade mit der Frühjahrsgrippe, von der sie um diese Zeit mit lästiger Regelmäßigkeit heimgesucht wurde, und immer gelang es ihr im letzten Augenblick, der Grippe Herr zu werden, denn eine deutsche Frau ergab sich nicht.

Für meine Eltern war das Jahr im September herum, und sie sagten Kriegsjahr dazu und taten es ab ohne Fahnenzug und Fackelgeleit.

Und das Jahr der Rätzebäuerin ging mit einem Geburtstag zu Ende, den einer zurückgelassen hatte, den es nicht mehr gab, ein Jungbauer und Hundezüchter, der mir einen Dobermann schuldig geblieben war.

Das Jahr ging für Sigismund zu Ende mit der Pimpfenprobe, wenn wieder ein neuer Jahrgang in die HJ aufgenommen wurde und Sigismund voller Ungeduld feststellte, daß er noch immer nicht alt genug dafür war.

Und nur für meinen Onkel Philipp endete das Jahr, wie es sich gehörte, am einunddreißigsten Dezember, wenn er es mit einer Flasche Vorkriegsschnaps aus Kempe und Co.s Restbeständen zum Teufel schickte.

So hatte ein jeder von uns sein eigenes Silvester und seinen eigenen Spruch dazu, und das war das Wichtigste, was ich in diesem Jahr gelernt hatte.

Gelernt hatte ich überdies noch sechsundzwanzig Buchstaben, die, nach einer undurchschaubaren Ordnung aneinandergereiht, das Alphabet ergaben, während sie, in sinnvoller Unordnung einander zugesellt, Worte erzeugten, die sich nicht nur auf Papier aufmalen ließen wie sinnlose Kringel, sondern vom Papier auch wieder zurückverwandelbar waren in Worte, eine Technik, die mich äußerst faszinierte. Das erste, was ich damit entzifferte, war das Firmenschild über Onkel Philipps Teerfabrik mit der verschlüsselten Inschrift: Fa. Ph. Matthes und Co., wobei ich in eigenmächtiger Handhabung das Fa. zu Familien erweiterte und das Co. zu Collatz und daraus den voreiligen Schluß zog, daß ich nicht nur an Onkel Philipps Unternehmen beteiligt war, sondern auch noch an Pickelhaupt und Co.s Latschenfabrik sowie an C.C. Jäger und Co.s Baumwollweberei, bis mich mein Onkel Philipp auf diesen Irrtum aufmerksam machte und ich von ihm erfuhr, daß ich vorerst an nichts weiter beteiligt war als mütterlicherseits an dem Namen Matthes.

Gelernt hatte ich in diesem Jahr auch noch die Kunst, auf ein und dieselbe Frage die unterschiedlichsten Antworten zu geben, je nachdem, wer die Frage an mich richtete. Erkundigte sich der Rektor der Schule in einer Vertretungsstunde nach meinem größten Wunsch, so konnte es darauf nur eine Antwort geben: der Sieg des Führers über die Plutokraten, während ich dieselbe Frage, gestellt von meinem Onkel Philipp, stets mit dem Besitz der Teerfabrik beantwortete und meinen Oheim Blasius schließlich wissen ließ, daß mir nichts mehr am Herzen läge, als dereinst so klug und tüchtig zu werden wie er. Und nur meiner Mutter gestand ich, daß mein größter Wunsch es war, mich wieder einmal richtig an Wünschefleischers Wurst und Schinken satt zu essen.

So stellte ich außer meiner Mutter alle aufs trefflichste zufrieden, ein jeder lobte meine vernünftige Antwort und pries meine durch und durch deutsche Gesinnung.

Diese Kunst der feinen Anpassung beherrschte ich auch bei der heiklen und überaus komplizierten Zeremonie des Grüßens, zu der außer einem bestimmten Maß an Takt und Einfühlungsvermögen auch noch ein gutes Gedächtnis gehörte, denn es wäre mir als Akt der Böswilligkeit ausgelegt worden, hätte ich den Ortsgruppenführer plötzlich mit «Grüß Gott» und den pensionierten Pfarrer vom Oberdorf mit schräg erhobenem Arm gegrüßt. Ich fand auch schnell heraus, daß die schwarzen Mütter im Ort lieber ein schonungsvolles «Guten Tag» hörten als den deutschen Gruß, und aufpassen mußte ich nur bei denen, die in der Zeitung hochgemut bekanntgegeben hatten, daß sie in stolzer Trauer seien.

Nur meinem Onkel Philipp konnte ich es niemals recht machen, bis ich dahinterkam, daß er auf offener Straße anders gegrüßt sein wollte als daheim, und meine Tante Eva gar verschmähte jeden Gruß und liebte nur ein achtungsvolles Kopfnicken.

Weniger Schwierigkeiten bereitete mir dagegen das Grüßen von Soldaten. Ich beschränkte mich ohne Ausnahme auf ein gedämpftes «Sieg Heil» und erntete dafür meist ein belustigtes Kopfnicken, einen forschen Gegengruß, einen gleichgültigen Blick oder ein paar saure Drops aus der Marschzuteilung.

Nur einmal erwiderte einer meinen Gruß mit einem unflätigen Ausdruck, und ich wurde ein paar Tage lang den Verdacht nicht los, dieser Mensch sei ein feindlicher Spion gewesen oder aber geisteskrank.

Außer diesem unverschuldeten Mißerfolg brachte mir meine Freundlichkeit nur Lob und Wohlwollen ein im Dorf. Selbst meine Tante Clara fand, daß ich immer mehr nach Sawatzkes Schlag geriet. Dennoch, die Zeugnisse, die mir am letzten Schultag zuteil wurden, waren mehr nach Collatzens Schlag geraten, und nur in den Leibesübungen erhoben sie sich weit über Collatzsches Mittelmaß.

Damit kannst du höchstens noch Führerin im Be-de-em werden, sagte mein Vater enttäuscht, aber niemals was Gescheites.

Und Lore, deren Zeugnisse eine geradezu lähmende Wirkung auf den Betrachter ausübten, so daß selbst Bierstuben-Wanda einen Augenblick lang in den Zustand völliger Starre verfiel, mußte sich von meinem Vater sagen lassen, daß sie damit höchstens noch deutsche Mutter werden könnte.

Mit dieser Feststellung, eingeschoben zwischen zwei Zigarettenzügen, ging für mich ein Jahr zu Ende, und zwischen diesem Ende und dem neuen Anfang lag der Sommer, dieser schmale Fetzen Zeitlosigkeit, der mir noch verblieben war. Er fiel, gleich den Zeugnissen, nicht gut aus in diesem Jahr. Er hatte, wie meine schöngeistige Tante Frieda es ausdrückte, zuviel Lohe und zuwenig Mark. Die Neudorfer Linde verlor ihr Laub, noch ehe sie Samen angesetzt hatte, und die böhmische Kartenfrau sah darin ein schlechtes Zeichen und prophezeite ein weiteres Jahr Krieg und das Eicheldaus dazu, und jeder, der ein bißchen was davon verstand, wußte, daß das Eicheldaus das Blatt des Bösen war.

KAPITEL XIII

Meine Haltung Kriegsgefangenen gegenüber war stets voller Mitgefühl und Anteilnahme.

Dieser Sommer nun. Er war betäubend heiß und übermäßig laut, und was das schlimmste war: Lore fehlte darin. Sie war kinderlandverschickt nach Norderney, dafür war unser Dorf zum Platzen voll mit Kinderlandverschickten aus Hamburg und Kiel, aus Bremen, Düsseldorf und Krefeld. Sie schliefen in der Schule und im Maidenlager auf dem Stadtberg und schmetterten den ganzen Sommer lang «Wir sind vom Niederrhein» und «O du schöner Westerwald» und am lautesten «Blaue Jungs». Sie nannten unsere Kuhställe Milchfabriken und die Spree Pinkelrinne, und jeden Tag nahmen sie ein Stück mehr von unserem Dorf in Besitz und von unserer Sprache, von der sie behaupteten, daß ein Nußknacker sie dereinst erfunden hätte. Sie ließen sich von uns immer wieder «Rätzebauers Runkelrüben» vorsprechen und «Pinkert-Bäckers Plunderhörnchen», bis sie es genauso rollend aussprachen wie wir. Dafür vermachten sie uns das Wort «Schiet». Schiet war die Hitze, und Schiet war der Regen, und der allergrößte Schiet war, daß wir so abseits vom Kriege lagen.

Die Jungs schwärmten von Udet und Mölders, und eine Messerschmitt war schneller als zehn Spitfires. Sie hatten alle schon ein Dutzend Luftangriffe miterlebt, und wenn sie davon erzählten, klang es, als hätten sie sich damit ein Daueranrecht auf den Krieg erworben. Sie nannten unsere Sirene Stummen Oskar und die Schauburg Mottenkiste, und wenn ein neuer Film lief, hatten sie ihn längst gesehen und fanden ihn schiet.

Nur «Feuertaufe» sahen sie sich zweimal an, und hinterher spielten sie in Schindler-Bauers Steinbruch die Zerstörung Warschaus durch die deutsche Luftwaffe, und wer es im Kino noch nicht gesehen hatte, der wußte jetzt, wie Polens Hauptstadt aussah. Sie wollten alle Kampfflieger werden oder wenigstens zur Flak, und abends saßen sie vor dem Maidenlager und sangen «Kein schöner Land in dieser Zeit ...»

Sie waren eine prächtige Horde, wenn sie ihre Lieder sangen, und Heldentum war für sie dasselbe wie Zerstörung. Ich bewunderte sie ebensosehr, wie ich sie mied, denn sie hatten mir etwas voraus, um das ich sie gleichzeitig bedauerte und beneidete und das sie selbst Kriegserfahrung nannten. Ich hatte nichts, was sich mit dem hätte messen können, wenn ich von den Echos absah, die unser Dorf in immer kürzeren Abständen erreichten und dafür sorgten, daß Schwarz zur Modefarbe meiner Kindheit wurde. Die Bomberverbände, wenn sie über unser Dorf hinwegflogen, sahen aus wie harmlose Zugvögel, und ich hätte eine deutsche Heinkel einhundertelf niemals von einem englischen Bomber zu unterscheiden vermocht, und der Gedanke, daß sie mich töten könnten aus dieser ungeheuren Ferne, war mir niemals gekommen, und mein Koffer stand auch nicht gepackt am Fußende von meinem Bett, und ich wußte nicht, ob ich mich darüber freuen oder ärgern sollte.

In diesem Sommer nun schwemmte es uns die ersten Evakuierten ins Dorf, Frauen mit Kleinkindern und Säuglingen aus bombengefährdeten Gebieten, Kriegsbräute, Kriegswitwen, Kriegsgetraute und Mütter, die wegen kriegswichtiger Arbeiten nicht abkömmlich waren und uns ihre Kinder den Krieg über zur Aufbewahrung brachten. Die Kinder, wenn sie keine Großtanten oder KdF-Bekanntschaften im Dorf hatten, wurden von

Familien aufgenommen, die sich durch den Krieg verkleinert hatten und den Drang verspürten, ihre ursprüngliche Größe auf diese Weise wiederherzustellen.

Es waren meistens Mädchen, stille schreckhafte Wesen, die an Schlaflosigkeit litten und mitten in der Nacht nach kaltem Tee verlangten. Sie kamen mir vor wie ausgerupfte Blumen, fahl und ohne Leben. Und erst als Pinkerts Jule einen Jungen aus Cuxhaven bekam, einen erstklassigen Faustballspieler und Fanfarenbläser, bat ich meinen Vater, mir auch einen zu besorgen, aber da waren schon alle vergeben, und wir bekamen nur noch eine Volksgenossin aus Hannover, eine ungesprächige, zu Gallenkoliken neigende Person mit einer maulfrechen sechsjährigen Tochter. Sie wurde uns von meiner Tante Clara zugestellt, die jetzt außer der Reichspost und den Reichsnährmittelkarten auch noch die Evakuierten des Reiches auf die Haushalte verteilte, und da mein Vater allen Dingen, die Clara uns zukommen ließ, größtes Mißtrauen entgegenbrachte, hielt er die schweigsame Volksgenossin und ihre Tochter für NS-Spitzel und verbot mir, in ihrer Gegenwart von meinem roten Onkel Karl zu sprechen, den ich ohnehin längst vergessen hatte.

Eines Tages hörte ich, wie die Volksgenossin der maulfrechen Tochter verbot, unseren Volksempfänger Goebbelsschnauze zu nennen. Von da an wurde ich das Gefühl nicht los, daß sie auch uns in gleicher Weise verdächtigte. Zu unser aller Erleichterung weilte sie nicht lange in Spreetal; sie hatte eine Schulfreundin im Erzgebirge ausfindig gemacht und siedelte zu ihr über.

Aber nicht die Evakuierten, die uns eine Ahnung von Krieg und Vernichtung ins Dorf gebracht hatten, waren für mich das Ereignis dieses Sommers, und auch die Kinderlandverschickten nicht, von denen ich erfahren hatte, wie man das Ziel eines feindlichen Luftangriffs vom Himmel ablesen kann, noch bevor die erste Bombe fällt. Es waren auch nicht die Soldaten, die auf Rätzebauers verwaister Pferdekoppel ihre Manöver abhielten und mir zeigten, wie eine Handgranate abgezogen wird.

Das Ereignis dieses Sommers war, daß Kirchbauers Heidi ein Kind bekam. Von Kirchbauers Knecht. Es war nichts Außergewöhnliches, wenn ein Bauernmädchen ein Kind bekam, und daß der Kindesvater gelegentlich ein Knecht war, kam auch bei uns im Dorfe vor und war noch lange kein Ereignis. Zum Ereignis wurde es erst, als sich herausstellte, daß der Knecht Franzose war. Ein Fliesenleger aus der Normandie. Ein Feind also, ein gefangener und besiegter zwar, aber dennoch ein Feind.

Ich hatte bisher den Gefangenen, die unserem Dorf zugeteilt worden waren, keine große Beachtung geschenkt. Sie gehörten zu jenen Selbstverständlichkeiten, die wir mit dem Krieg in unseren Lebensrhythmus aufgenommen hatten, ohne viel darüber nachzudenken. Es waren meist Polen, junge Burschen und Mädchen, die in der Flachsröste arbeiteten und in einer stillgelegten Fabrikhalle von C. C. Jäger und Co. schliefen. Ich sah sie jeden Morgen an unserem Haus vorbei zur Arbeit gehen. Ich hätte sie ansprechen können, so nahe gingen sie an mir vorbei, aber ich tat es nicht. Es war nicht erlaubt, mit ihnen zu sprechen, und ich hätte ihnen auch nichts zu sagen gehabt. Sie waren mir fremd, und die Lieder, die sie sangen, verstand ich nicht.

Manchmal sah ich ihnen zu, wenn sie an warmen Sommerabenden im Flachseteich badeten, einem stinkenden, schlammschwarzen Pfuhl, auf dessen Oberfläche Ölblasen, Flachsabfälle und Entenfedern schlickerten.

Es war der Löschteich der Rösterei, und nur eine schmale Zufahrtsstraße und ein Eisengeländer mit dem Warnschild «Achtung» trennte ihn von der Fabrik. Im Süden reichte Löffelrichters verschlampte Bauernwirtschaft an den Teich heran, der hier die Sommermonate hindurch als Ententümpel und Schweinesiele genutzt wurde. Je nachdem, aus welcher Richtung der Wind kam, wechselten die Gerüche über dem Teich vom stechend Säuerlichen bis hin zum süßlich Fauligen, und wenn der Wind stillstand, roch es stark und aufdringlich nach gedörrtem Flachs, ein die Grenzen des Erträglichen weithin verletzender Gestank von unbestimmbarer Zusammensetzung.

Ich hielt jedesmal die Luft an, wenn ich an dem Teich vorüberging, und in der Spanne zwischen zwei Atemzügen sah ich den Gefangenen zu, wie sie vom Eisengeländer hinab ins Wasser sprangen, und immer sah es aus, als stürzten sie kopfüber auf eine Matte aus Flachs und Schlick, und immer zerriß die Matte, wenn ihre Fingerspitzen sie berührten, und ließ sie ungehindert durch und zog sich hinter ihnen wieder zusammen. Wenn sie dann irgendwo in der Mitte des Teiches wieder auftauchten, durchbrachen sie noch einmal dieses widerwärtige Gespinst und schwammen prustend zurück an den Uferrand. Sie brachten alle Gerüche mit, die der Teich hatte, und aus ihren Haaren tropfte Flachs und Schlick. Sie setzten sich aufs Geländer, eng zusammengedrängt wie Hühner auf der Ruhestange, den Oberkörper ein wenig vorgeneigt, den Kopf schräg nach Westen gedreht, und ließen sich von dem Rest Sonne, den der Tag noch hatte, die Haut trocknen, schlüpften dann in ihre Sachen, die scharf nach Flachs rochen, und gingen heim in ihr Lager. Sie gingen stets in Gruppen, zu viert oder mehr, die Mädchen meist für sich, und wenn sie in die Nähe des Stadtberges kamen, liefen sie schneller. Im Stadtbergwald steckten immer ein paar Pimpfe, die es für ihre völkische Pflicht hielten, ihnen Dreckbatzen oder abgenagte Apfelgriebse hinterherzuwerfen, während wir Kleineren uns damit begnügten, ihnen so kauderwelsche Worte wie: *Matka, matka puffka stoi* zuzurufen, von denen wir nur wußten, daß sie etwas ungeheuer Unflätiges bedeuteten.

Und einmal trat ein winziges Mädchen vor sie hin, eines von den Evakuierten, blaß und spindeldürr, und spuckte ihnen vor die Füße. Alle Polen stinken, rief das Mädchen aus, Polenweiber hinken!

Die Gefangenen gingen weiter, als wäre nichts geschehen, und die paar Leute, die unterwegs waren, gingen auch weiter, als wäre nichts geschehen, nur das Mädchen stand noch eine Weile und genoß seine Tat. Da ging ein Fenster auf und jemand rief heraus: Und wenn es auch nur Polen sind, gespuckt wird nicht! Dann wurde das Fenster hastig wieder zugeschlagen.

Das alles fiel mir ein, als uns die Obermüllerin mit einem Säckchen Mehl die Kunde ins Haus brachte, daß Kirchbauers Heidi ein Kind bekäme von einem Franzosen, und meine Mutter darauf erwiderte: Na, wenigstens von keinem Polen, den würden sie dafür erhängen. Franzosen galten mehr im Ort. Sie mußten nicht in der Flachsröste arbeiten und sprangen auch nicht in den stinkenden Flachseteich. Sie waren meist auf Bauerngehöfte verteilt, und «Matkas» wie bei den Polen gab es unter ihnen nicht. Sie durften an warmen Sommerabenden in unserem Waldbad baden, und Rätzebauers Franzose trug eine Badehose, die sah aufs Haar genauso aus wie die, die Rätzebauers großer Sohn zu Lebzeiten getragen hatte.

Dennoch, sie waren unsere Feinde, und mich überkam bei dem Gedanken, daß bei uns im Dorf ein kleiner Feind geboren werden sollte, ein seltsames Gefühl von Angst und Neugier, und ich wurde mit der Frage nicht fertig, was werden würde, wenn der kleine Feind erfuhr, daß wir seinen Vater gefangengenommen hatten.

Nun halt doch endlich deinen Rand und tratsch es nicht wieder überall herum, sagte meine Mutter da, was du dir auch so zusammenspinnst, das laß bloß keinen hören! Der alte Kirchbauer, der Fuchs, mit dem ist nicht zu spaßen. Das beste ist, du weißt von nichts ...

Meine Mutter hatte drei Sätze, die sie besonders gern und häufig benutzte und die ihr, je öfter sie davon Gebrauch machte, um so stockender über die Lippen kamen. Der erste Satz hieß: Da denke ich genauso!, und er war für alle diejenigen bestimmt, die versuchten, meiner Mutter Gesinnung zu erforschen. Der zweite Satz, der von ihr seltener verwendet wurde, hieß: Das hat ja niemand ahnen können, und der war nur für den engsten Kreis der Familie bestimmt. Der dritte Satz schließlich, den sie beim Ausschalten des Volksempfängers hersagte, war nur für sie allein bestimmt und lautete: Das nimmt bestimmt kein gutes Ende. Nun aber hatte sie einen neuen Satz gefunden, und der war ausschließlich für mich bestimmt und hieß: Das beste ist, du weißt von nichts!

Trotzdem ging ich zu Kirchbauers, als die Zeit heran war, und sah mir den kleinen Feind aus der Nähe an. Ich fand, das war am unverfänglichsten, wenn der Eindruck entstehen sollte, daß ich von nichts wußte. Selbst meine Mutter konnte nichts dagegen einwenden, sie sagte nur: Ausgerechnet zu Kirchbauers, wo wir uns seit Jahr und Tag nicht grün sind.

Der alte Familienzwist, der meine Eltern hinderte, ihren Fuß über Kirchbauers Schwelle zu setzen, war noch nicht in vollem Erbgang auf mich übergegangen, und mit Kirchbauers

Friedhardt war ich zuweilen sogar befreundet. Er saß im Hof auf dem Plumpenstein und rief mir schon von weitem zu, daß keiner daheim sei. Nur ich und mein Neffe, brüllte er, wenn dir das genügt. Und als ich unschlüssig stehenblieb, sprang er auf und führte mich ins Haus.

Wie alle, die auf sich hielten, hatten auch Kirchbauers eine gute Stube. Es war ein niedriger, rechteckiger Raum, der eine dunkle Erinnerung in mir wachrief an Tante Claras Sonntagsstube. Und wie bei meiner Tante Clara, so hing auch hier jenes Bild über der Kredenz, das ich bei ihr immer so bewundert hatte. Doch als ich näher hinsah, entdeckte ich, daß der Hund, dieser prachtvolle Geselle, ausgetauscht war gegen einen mickrigen kleinen Pimpf, und nur der treuergebene Aufwärtsblick war noch derselbe.

Gegenüber der Kredenz, mit der Stirnseite an der Innenwand, stand ein riesengroßes Himmelbett, darinnen lag, von einem weißen Steckkissen zusammengehalten, winzig und sehr verloren, der kleine Feind. Sein Gesicht war fahl und schrumpelig und hatte die eigentümliche Farbe von Leiermilch, die allen Kirchbauerkindern angeboren war. Das enttäuschte mich.

Kirchbauers Friedhardt nahm ihm den Schnuller aus dem Mund und tunkte ihn in ein Glas voll Zuckerwasser.

Da staunst du, was, sagte er, daß ich schon richtig Onkel bin. Ich nickte. Von dieser Seite hatte ich die Angelegenheit noch gar nicht betrachtet, und der Gedanke, daß Kirchbauers Friedhardt über Nacht einen französischen Neffen bekommen hatte, einen Feind, der Onkel zu ihm sagen mußte, war so vertrackt komisch, daß ich laut herauslachen mußte.

Davon schrak der Neffe aus Frankreich zusammen und schlug die Augen auf. Er hatte dunkle Augen, von jener unbestimmbaren Farbe, die allen Neugeborenen eigen ist. Es konnte ein Schwarzbraun sein oder ein weiches Blauschwarz, es konnte auch ein Grau sein oder ein Grün in seiner tiefsten Färbung. Es war noch alles hineinzudeuten in dieses Dunkel, es hatte sich noch nicht festgelegt auf die Farbe, die diesen Augen von Anfang an vorgegeben war. Ich deutete es als schwarzbraun, ich fand, daß ein Feind sich wenigstens in der Farbe der Augen von uns zu unterscheiden habe. Alle Kirchbauers hatten seit Urzeiten blaue Augen, die sie von Generation zu Generation an ihre Erben weitergaben, wobei sich die Farbkraft mit jeder Weitergabe verringert hatte wie bei einem zu oft gewaschenen Fetzen Stoff und nun nur noch dieses kümmerliche Blau hervorbrachte, das mich immer, wenn ich Kirchbauers Friedhardt in die Augen sah, an einen ausgeblichenen Tintenklecks erinnerte.

Dumme Ziege, sagte Kirchbauers Friedhardt da, jetzt hast du ihn aufgeweckt mit deinem dummen Gemecker, und sein Groll galt mehr der Tatsache, daß ich gelacht hatte, als dem Umstand, daß der Neffe davon wach geworden war. Er beugte sich zu ihm hinab und schob ihm gewaltsam den zuckerwassergetränkten Schnuller in den Mund. Der Neffe jedoch widersetzte sich und spie ihn mit verblüffender Halsstarrigkeit wieder aus, räkelte sich im Steckkissen, ballte die winzigen Hände zu Fäusten, kniff die Augen fest zusammen, daß sie zu messerschneidenschmalen Schlitzen wurden, und begann aus vollem Halse zu schreien.

Seine Stimme war überraschend kraftvoll, und ich wunderte mich, daß der kleine Körper unter dem Ausmaß dieser Stimme nicht zersprang.

Wenn er erfährt, daß wir seinen Vater besiegt haben, dachte ich, und seine Großeltern in der Normandie und seine ganze französische Verwandtschaft, wenn er das erfährt, dachte ich, wird er uns alle umbringen und Friedhardt zuallererst.

Er erfuhr es nicht.

Er bekam Löffelrichters versoffenen Pflegesohn zum Vater, und die Hochzeit seiner deutschen Mutter fiel genau auf den Tag, an dem sein französischer Vater in ein Straflager abkommandiert wurde.

Es war ein heißer Spätsommertag, ich watete die Spree entlang und sah, wie sie ihn vom Hofe führten. Ich hätte gern sein Gesicht gesehen, aber er wandte mir den Rücken zu. Sein schwarzbrauner Haarschopf neben Kirchbauers kahlem Schädel war das einzige, was weithin sichtbar war. Sonst war nichts an ihm. Nichts Aufregendes und nichts Außergewöhnliches, nichts, was ihn von uns unterschieden hätte, nichts, was darauf hingewiesen hätte, daß er unser Feind war. Er ging vom Hof, als käme er gleich wieder zurück, er trug nicht einmal andere Sachen als sonst. Er ging in Hemdsärmeln und hochgekrempelter Hose. Am Hoftor blieb er noch einmal stehen und band sich die Schuhe zu. Ich wartete, bis er sich wieder aufgerichtet hatte, ich hoffte immer noch, er würde sich umdrehen und ich könnte sein Gesicht sehen, und erst als das Hoftor hinter ihm zufiel, wandte auch ich mich ab und ging weiter.

Ich lief zur Hängebirke und spielte das alte Spiel. Ich war der gute Soldat und ich war der böse Soldat, mich gab es zweimal, am Ufer und im Wasser. Doch als ich auf mich schoß in die Wellen und sah, wie ich zerfetzte und verging, rannte ich wie besessen davon.

KAPITEL XIV

Die Einstellung meiner Eltern gegen Krieg und Faschismus war beispielhaft in jener Zeit.

Das neue Jahr begann für mich an einem Montag, mit dem Fahnenappell auf dem Schulhof. Der Rektor hielt eine Ansprache wie immer im September, nur kürzer und leiser als sonst; er litt an einer verfrühten Herbstangina. Dennoch hatte er es sich nicht nehmen lassen, uns selbst die ruhmvolle Mitteilung zu machen, daß uns während der Sommerferien ein neuer Feind zugewachsen sei, ein Feind, der in seinem Umfang alle anderen Feinde weit in den Hintergrund dränge und den zu besiegen unsere heiligste Pflicht sei. Er hielt inne und sah uns erwartungsvoll an, und in den Beifall hinein, der von den oberen Klassen losbrach und bis zu uns herunterbrodelte, flüsterte Kirchbauers Friedhardt mir zu, daß sie einen neuen Knecht bekommen hätten, einen Ukrainer, der wirklich was verstünde von Ackerbau und Viehzucht. So erfuhr ich nun, was meine Eltern mir einen ganzen Sommer lang verschwiegen hatten: daß Deutschland wieder einmal gewachsen war und daß uns nun auch noch die Ukraine zugefallen war, die Kornkammer

Europas, wie der Rektor es frohgestimmt nannte. Und der neue Feind, erfuhr ich, hieß Bolschewismus, ein Wort, das mir meine Eltern ebenfalls verschwiegen hatten und das ich in der ersten Niederschrift mit «hartem» P schrieb, weil ich es für einen Teil von Polen hielt, doch als Wendehals' Christine die Glaskopfstecknadeln aus dem zerstochenen Polen herauszog und dicht an den Kartenrand in noch unbeschädigtes Papier spießte, wurde mir auf beängstigende Weise klar, welch gewaltiges Ausmaß dieser neue Feind haben mußte. Ich suchte mir unsere Freunde zusammen auf der Europakarte, ihre Zahl war verschwindend klein unter all den Feinden ringsum, und die Japaner waren überhaupt nicht auffindbar. Das beschäftigte mich, sooft ich mir die Karte ansah, und ich fragte mich, warum gerade wir so viele Feinde hatten in der Welt und so wenig Freunde.

Das ist wie bei den Hunden, erklärte mir mein Vater, es gibt solche und solche ..., und er überließ es mir herauszubekommen, zu welcher Sorte wir gehörten.

Mein Oheim Blasius dagegen war ausführlicher in seinen Äußerungen und teilte allen, die es noch nicht wußten, in einer neuen Artikelserie mit, daß deutscher Fleiß und deutscher Unternehmungsgeist von jeher den Neid der Welt herausgefordert hatten. Und wie vordem die Plutokraten, so seien es jetzt die Bolschewisten, die uns den Krieg aufgezwungen hätten.

Das gefiel mir weit mehr als meines Vaters vieldeutige Erklärung, denn es ließ keinen Zweifel aufkommen an Schuld oder Nichtschuld. Es saß sich besser im Kino unterm Bombenhagel angreifender Stuka oder in der Quarkschenke beim Sonntagsmarkenkuchen mit dem Bewußtsein, nicht schuld an alledem zu sein. Man konnte sich hin und wieder sogar vornehmen, etwas für Deutschlands Rettung zu tun. Der neue Feind sandte uns täglich seine Echos, die zur Folge hatten, daß die Gefallenenanzeigen in der Tageszeitung immer enger aneinanderrückten.

Ich stand jetzt oft vor der Europakarte und forschte den Echos nach, die bei uns ankamen – aus Tula und Stalinow, aus Malawloja und Smolensk. Ich suchte Spaß-Krokodilny. Mein Bräutigam, der Fleischermeister, war dort gefallen, so stand es in der Zeitung. Ich hatte ihn fast schon vergessen gehabt. Wenn ich mir sein Gesicht vorstellte, so war es ein heller Fleck, flächig und konturenlos; nur die Ohren, diese kolossalen Gebilde, waren mir im Gedächtnis geblieben und das Versprechen, mir die verzwickte Kunst des Ohrenwackelns beizubringen. Und dann fiel mir auch wieder die Verlobungswurst ein, dieser große, dicke Ring aus Schweinedarm, von dem ich mir Stück für Stück hatte herunterschneiden lassen und der doch jeden Morgen wieder voll und rund am Fleischerhaken gehangen hatte, als könnte er nie zu Ende gehen. Ich dachte daran wie an ein Geschehen vor hundert Jahren, und dunkel wurde mir bewußt, daß es zu diesem Zeitpunkt noch keinen Krieg gegeben hatte, eine Vorstellung, die mir fast unheimlich war.

Ich stand vor der Europakarte und suchte dieses Dorf mit dem verrückten Namen, der irgendwie zu meinem Bräutigam paßte, und es wollte mir nicht in den Sinn, daß in so einem Dorf jemand ernsthaft gefallen sein konnte. Lehrer Imhoff lobte mich für den Eifer, mit dem ich jetzt täglich die Europakarte studierte, und erteilte mir eine Eins für besonderes Interesse am Unterricht. Dennoch, sosehr ich mich auch bemühte – dieses Spaß-Krokodilny war nicht auffindbar auf der Europakarte, war ebenso winzig und ganz und gar bedeutungslos im Weltmaßstab wie Spreetal, und der Gedanke, daß ein Fleischermeister aus Spreetal, einem Ort, den es gar nicht gab im Weltmaßstab, in den Krieg gezogen war, um in einem anderen Ort, den es ebenfalls nicht gab im Weltmaßstab, zu fallen, hatte etwas so Widersinniges, daß es mir leichtfiel, meinem Oheim Blasius zu glauben, der alle Schuld daran dem neuen Feinde zuschob.

Der neue Feind.

Er hatte viele Namen.

Für meine Tante Eva waren es die Sowjets.

Für meine Mutter die Russen.

Für meinen Vater waren es die Iwans, die ihm im ersten Krieg das Bein zerschossen hatten.

Für meinen Oheim Blasius aber waren es die Bolschewisten.

Mit den Sowjets hätten wir uns nicht verfeinden sollen, pflegte meine Tante Eva an Familiensonntagsnachmittagen zu bekunden, das wird uns noch teuer zu stehen kommen.

Und meiner Tante Frieda fiel dann jedesmal ein, daß Bismarck schon vor den Russen gewarnt hatte und daß Napoleon, der Welteroberer, seinerzeit sogar von den Russen geschlagen worden war. Die russischen Sümpfe, sagte sie, und der russische Winter und überhaupt ...

Mein Vater begnügte sich damit, gelegentlich hinzuzufügen, daß uns die Iwans das vergelten würden – eine Bemerkung, die mich sehr verwirrte, da doch den Artikeln meines Oheims zu entnehmen war, daß nicht wir, sondern die Bolschewisten diesen neuen Krieg entfesselt hatten und daß der Sieg bereits auf unseren Fahnen stünde. Denn, so hieß es bei ihm stets am Schluß, das Recht ist auf unserer Seite, und wo das Recht ist, da ist auch der Sieg!

Zunächst jedoch spürten wir noch nichts vom Sieg, zunächst spürten wir nur den Winter, der in diesem Jahr besonders streng war. Es schien, als hätte er sich mit dem neuen Feind verbündet. Ganz Rußland war eingeschneit, der Krieg drohte im Schnee steckenzubleiben. Wir mußten unsere Skier opfern, damit es weitergehen konnte. Der Reichssportführer teilte es uns in einem Aufruf mit. «Deutsche Sportler», hieß es da, «Jungen und Mädel, es gibt in diesem Winter keine Skiveranstaltung und kein Skivergnügen. Schickt eure Skier an die Front, sie werden dort nötiger gebraucht!»

Wir schickten nicht nur unsere Skier an die Front, wir schickten auch unsere Pelze und Wollsachen an die Front. Wir schickten alles an die Front, was dem Krieg wieder auf die Beine helfen konnte. Der Winter war ein harter Gegner, er forderte Opfer von uns. In der Turnhalle war eine Sammelstelle eingerichtet für unsere Opfer, eine Art Stellplatz, wo sie gemustert, sortiert und für die Front fertiggemacht wurden.

Meine Tante Clara hatte dabei wieder alle Hände voll zu tun. Sie hüpfte zwischen Skiern und aufgestapeltem Wollzeug umher und begnügte sich nicht nur damit, eine Liste der geopferten Sachen und ihrer Spender anzulegen, sondern ging auch noch von Haus zu Haus, kroch auf Dachböden und in Scheunen herum und brachte es auf diese Weise zuwege, Skier und Skistiefel zutage zu fördern von Leuten, die geglaubt hatten, nie welche besessen zu haben.

Eines Tages klopfte sie auch an unsere Tür.

Sie kam, wie sie es nannte, in höherem Auftrag, für einen höheren Zweck, das löschte kleinlichen Streit. In dieser Zeit, sagte sie, wo wir von Feinden rings umgeben sind, sollten wir um so einiger zusammenstehen.

Meine Mutter schob ihr einen Schemel hin und nahm wieder zu einem ihrer Lieblingssätze Zuflucht, der auf alles paßte und sich außerdem noch dadurch auszeichnete, daß er stets tiefste Zufriedenheit hervorrief: Da denke ich genauso!

Auch auf meine Tante Clara verfehlte dieser Satz seine Wirkung nicht, sie nickte zufrieden und ließ sich versöhnt auf den Schemel nieder. Sie hatte für mich eine Sammelbüchse mitgebracht und für meine Mutter eine praktische Anleitung zum Anfertigen von Zehenschützern aus alten Seidenkleidern. Sie verstand es immer auf rationelle Weise, mehrere Zwecke miteinander zu verbinden. Sie war unermüdlich am Werk und kämpfte so zäh und verbissen für den Krieg, daß man glauben konnte, er sei ihre ureigenste Erfindung.

Seidenkleider, sagte meine Mutter und schob die Zehenschützervorlage meiner Tante Clara wieder zu, Seidenkleider habe ich nie im Leben welche besessen, nur eine dunkle Seidenbluse, und die bleibt liegen bis zu Rabels Konfirmation.

Aber sie ist doch gerade erst in die Schule gekommen, wandte meine Tante Clara ein.

Meine Mutter schwieg, und ihrem Schweigen war zu entnehmen, daß sie nicht gewillt war, die Bluse herzugeben.

Soll das etwa heißen, fragte meine Tante Clara, daß du glaubst, bis dahin hätten wir noch nicht gesiegt?

Das soll heißen, warf mein Vater ein, daß du deine Anleitung wieder einstecken sollst, sie hat kein Material dafür.

Doch meine Tante Clara gab so leicht nicht auf, sie hatte ein ganzes Sortiment von Anleitungen bei sich und empfahl meiner Mutter nun das Anfertigen von Brust- und Lungenschützern aus alten Wolldecken.

Aus alten Wolldecken habe ich für Rabel Winterzeug genäht, erwiderte meine Mutter.

Na gut, sagte meine Tante Clara und erhob sich, ich sehe schon, du bist auch so eine, die nicht helfen will, aber siegen, das wollt ihr alle.

Meine Mutter beteuerte, daß sie das nicht wolle, und merkte zu spät, was sie da gesagt hatte. Sie bot Clara eine Tasse Wurstbrühe an, aber Clara lehnte ab. Zuerst möchte ich wissen, wie du das gemeint hast, fragte sie mit einem lauernden, hellwachen Blick, der mich an eine Katze erinnerte, die auf Beute aus war. Du gehörst doch nicht etwa zu denen, die dagegen sind?

Ich bin gegen gar nichts, sagte meine Mutter schnell.

Und auch für gar nichts, ergänzte meine Tante Clara, und ich spürte, daß wieder einmal Streit in der Luft lag wie in alten Zeiten, aber das prickelnde Vergnügen daran wollte sich nicht mehr einstellen, irgend etwas war anders geworden seit damals, der Tonfall, das Thema, vielleicht auch nur der Umstand, daß ich ein Stück älter geworden war. Ich hatte auf einmal Angst, ein Gefühl, das mir früher fremd gewesen war und das erst in mir gewachsen war mit jeder neuen Erfahrung. Mit der Erfahrung, daß Feuer weh tut, wenn man es anfaßt, und daß Ringelnattern zubeißen, wenn man sie wie Schmetterlinge einfangen will. Erst als meine Mutter sich bereit erklärte, aus alten Damenstrümpfen Kopf- und Ohrenschützer anzufertigen, und meine Tante Clara nun doch noch die Brühe trank, wich die Angst und machte einem Gefühl des Unbehagens Platz, das mich fortan immer befiel, wenn ich meiner Tante Clara begegnete.

Dieses Weibsbild, dieses fanatische, sagte meine Mutter, als Clara gegangen war, die bringt es noch zuwege und zeigt einen an, und sie setzte sich an die Nähmaschine und nähte Abend für Abend mit verbissenem Eifer Kopf- und Ohrenschützer.

Trotzdem wollte es nicht mehr richtig vorangehen mit dem Krieg. Die Zeit der schnellen Siege war vorbei. Die Erfolgsmeldungen tropften jetzt zähflüssiger aus dem Radio, und aus der mühelosen Landnahme wurde eine mühelose Beutenahme. Trotz Eis und Schnee, erfuhren wir, hatten wir eine Riesenbeute erzielt: 56806 Gefangene, 960 Panzer und Geschütze, 1189 Flugzeuge, 59 Lokomotiven, 43 Eisenbahnzüge u. a.

Ich fragte meinen Vater, was «u. a.» bedeuten sollte.

U.a., sagte er, das sind die Pakete, die Lores Väter immer von der Front nach Hause schicken.

Und eines Tages bekamen auch wir ein Paket von der Front, ein großes, verheißungsvoll schweres, von dem Musiklehrer aus Laubegast, der bei uns in Quartier gelegen hatte. Meine Tante Clara brachte uns die Sendung ins Haus, ließ meinen Vater ein Schriftstück unterschreiben und verschwand schnell wieder. Endlich hatten auch wir ein Frontpaket, doch als wir es öffneten, war es voller Bücher, Notenhefte und Fotoalben mit Bildern von Schulfesten und Schulausflügen. Obenauf lag ein Schreiben ohne Anschrift, mit dickem Wehrmachtsstempel. Mein Vater faltete es auseinander und las, «... daß der Obergefreite Christian Merckel am 29. Dezember auf einem Verbandsplatz bei Rostow seinen Verwundungen erlegen ist ...», übersprang drei Zeilen und las weiter: «Da keine weiteren Angehörigen auffindbar sind, geht das persönliche Eigentum an den letzten Aufenthaltsort ...»

Der war auch nicht für den Krieg bestimmt, sagte mein Vater und steckte die Nachricht an unseren Glasschrank zu Alfonsos vergilbtem Gruß aus Österreich und der Mitteilung, daß es im Januar 250 Gramm Hülsenfrüchte pro Haushalt gab. Der hätte, sagte mein Vater, viel lieber Geige gespielt. Er packte die Bücher auf den Küchentisch und sah sie der Reihe nach durch, die Notenhefte waren noch leer, und ich konnte sie gut als Schreibhefte verwenden. Die Liederbücher und Fotoalben brachten wir in unsere Dachkammer. Ich fand dann noch auf dem Grund des Pakets eine Mundharmonika und eine Taschenlampe. Die Mundharmonika legte mein Vater beiseite, die Taschenlampe durfte ich behalten. Sie war aus schwarzlackiertem Metall und hatte die Form einer kleinen Eierhandgranate. Ich konnte sie mühelos mit einer Hand umschließen. Wenn ich den Daumenballen gegen einen Metallbügel drückte, ging das Licht in der Lampe an, und sie begann zu quietschen.

Wir wunderten uns, daß sie überhaupt noch funktionierte, denn sie hatte einen Durchschuß an der einen Seite, ein kreisrundes, fingernagelgroßes Loch, durch das man pfeifen konnte.

Meine Mutter nahm mir die Taschenlampe wieder weg und schloß sie im Glasschrank ein. Daß du mit so was spielen kannst, sagte sie, du begreifst wohl überhaupt noch nichts! Sie band sich wieder diese dunkle Schürze um, die ich an ihr nicht leiden konnte und die mich immer an Totensonntage erinnerte, an Friedhofsbesuche, letzte Blumen und Trauermusik.

Er wollte dir doch nach dem Krieg das Geige- und Klavierspiel beibringen, sagte sie, das hast du wohl vergessen.

Ich hatte es nicht vergessen, aber es waren schon so viele weggegangen, und jeder hatte irgendein Versprechen zurückgelassen, es machte mir nichts mehr aus. Ich ging zum Radio und schaltete das Wunschkonzert ein, ich drehte den Knopf auf volle Lautstärke, eine Weile hörte ich nur zu, dann sang ich laut und gellend mit: «... davon geht die Welt nicht unter, sieht man sie manchmal auch grau. Einmal wird sie wieder bunter, einmal wird sie wieder himmelblau ...»

KAPITEL XV

Unsere ganze Fürsorge galt den Unterdrückten und Entrechteten, die unter den Folgen des Krieges besonders zu leiden hatten.

Der Winter dauerte in diesem Jahr bis weit in den März hinein, und als er dann, was keiner mehr für möglich gehalten hatte, doch noch zur Neige ging, hörte meine Mutter endlich auf, Kopf- und Ohrenschützer zu nähen. Der Krieg rückte uns wieder ein Stück vom Leibe, verlor diese bedrückende Strickstubennähe, kam nun in den Frühling hinein, kam, wie es schien, nun doch wieder auf die Beine, die Zeitungen schrieben davon, schrieben vom bevorstehenden Sommerfeldzug und von großartigen Siegen, und beruhigt wandten wir uns wieder naheliegenderen Dingen zu.

Die Gespräche an Familiensonntagnachmittagen drehten sich jetzt nicht mehr um Bismarck und Napoleon und die russischen Sümpfe, sondern um so vertraute Dinge wie die Erweiterung der Teerfabrik zu einer Teer- und Dachpappenfabrik gleich nach dem Krieg – und um die Qualität der neuen Seife, die es seit

Anfang des Jahres auf unsere Waschmittelkarte gab und die sich durch die verblüffende Eigenschaft auszeichnete, daß sie leichter war als Wasser und demzufolge nicht unterging. Sie wurde kurz und treffend Schwimmseife genannt, verbreitete weder Duft noch Gestank und stand im wohltuenden Gegensatz zu der schweren, kratzig-grauen Tonseife. Sie hatte nur einen geringfügigen Fehler: Sie taugte nicht zum Waschen. Dafür schwamm sie ganz hervorragend. Sie schwamm, so gab meine Tante Eva bekannt, aus Gründen der Sparsamkeit, damit man sie gleich wiederfand, wenn sie einem beim Waschen aus den Händen glitt.

Das sag mal lieber nicht in der Schule, riet mir mein Vater, womöglich ist das Feindpropaganda, bei Eva weiß man das nie so recht, die hat ein viel zu großes Radio.

Ich sagte es also nicht in der Schule, aber ich sagte es Lore, und Lore meldete sich mit dieser Erklärung im Heimatkundeunterricht und bekam dafür eine Rüge für gedankenloses Nachgeplapper, denn so arm, wie der Feind uns glauben machen wollte, waren wir noch lange nicht, erfuhren wir von Lehrer Imhoff, und er ließ die Rechenhefte aufschlagen und stellte uns folgende verzwickte Aufgabe, an deren richtiger Lösung wir den wahren Grund für die Einführung dieses Waschmittels erkennen sollten: Wenn ein Stück Schwimmseife fünfmal so leicht ist wie ein Stück Tonseife, und wenn man zum Abtransport von hundert Tonnen Tonseife dreißig Lkw benötigt, und jeder Lkw dabei fünfzig Liter Kraftstoff verbraucht, wie viele Lkw und wieviel Kraftstoff können eingespart werden, wenn man dafür die gleiche Stückzahl Schwimmseife abtransportiert?

Lore hatte es zuerst heraus, aber sie meldete sich nicht. Ich weiß nicht, flüsterte sie mir zu, irgendwie kommt das doch verdammt aufs selbe raus!

Pinkerts Jule hob zaghaft die Hand und teilte Lehrer Imhoff mit, daß ihr großer Bruder eingerückt sei und sie nun für die Backstube einen Kriegsgefangenen bekommen sollten.

Was hat denn das jetzt mit der Schwimmseife zu tun, sagte Lehrer Imhoff gereizt, und er rief Lore nach vorn und befahl ihr, das Geflüsterte zu wiederholen, es könnte doch möglich sein, daß es ausnahmsweise mal was Vernünftiges war.

Einen Augenblick lang zögerte Lore, dann sagte sie laut und ohne den Blick zu senken: Zirkus Sarrasani kommt ins Dorf, und mit Genugtuung stellte ich fest, daß meine Freundin Lore den alten Isegrim zum ersten Mal belogen hatte.

Aber ein Zirkus kam wirklich ins Dorf, nur Sarrasani war es nicht. Es war ein kleiner schäbiger Einmastzirkus mit nicht mehr als drei Artisten und einem halben Dutzend dressierter Hunde, der sich an einem verregneten Montag auf unserer Turnerwiese niederließ, der übriggebliebene Rest eines ehemaligen Wanderzirkus, ein heruntergekommener Familienbetrieb, armselig und verkümmert und sehr verloren auf der weiten Turnerwiese im Windschatten der hohen Turnhalle. Trotzdem war es ein aufregendes Ereignis. Wir hatten noch nie im Leben einen Zirkus gesehen. Er war zu uns hereingedrungen wie aus einer Zeit, die weit hinter uns oder weit vor uns in nebelhafter Ferne lag. Sein Auftauchen mitten im Krieg, unter den schwarzen Müttern und Bräuten, hatte etwas so unerhört Ungebührliches wie etwa ein buntes Kleid auf einer Beerdigung. Das machte ihn so anziehend.

Er hatte nur drei Wagen, drei abgeratterte, klapprige Wohnwagen und ein paar Eisenkäfige auf Rädern für die Tiere. Die Wagen waren gelb gestrichen, in einem grellen, alles durchdringenden Farbton, der sogar an dunklen Regentagen den Eindruck erweckte, die Sonne würde aus irgendeinem Loch auf diesen schäbigen kleinen Zirkus herniederscheinen.

Immer wenn die Schule aus war, rannten Lore und ich zur Turnerwiese, und immer nieselte es, wenn wir ankamen, und immer roch es säuerlich nach Pferdemist und nassen Sägespänen, und der Zirkus war immer noch nicht aufgebaut.

Wir hockten uns auf die Turnhallenstufen, in den dünnen weißen Nieselregen, unter den durchsichtigen Regenumhang, der mir gehörte und bei jeder Bewegung knisterte, polsterten die nassen Steine unter uns mit unseren Schulranzen, saßen so, Schulter an Schulter, und sahen gebannt den Männern zu, die aus ein paar morschen Brettern, Pfählen und Seilen das Zirkusgerüst spitz in die Höhe wachsen ließen. Es wuchs sehr langsam, jeden Tag ein Stück. Die Wiese war schon ganz und gar zertrampelt und zerkarrt, von Wagenrädern und Pferdehufen um und um geackert, und die Bohlen, die über den schlammigen Grund hinwegführten bis an die gelben Wagen heran, versanken jedesmal, wenn einer drüberlief, ein Stück tiefer im Morast.

Es war kein Wetter für Schaulustige und Zirkusbesucher, nur Lore und ich und ein paar von den Fixkötern streunten täglich hier herum. Manchmal, wenn wir Glück hatten, riefen uns die Zirkusleute zu sich heran und übertrugen dem einen oder anderen eine Aufgabe, nicht groß und auch nicht besonders schwierig, aber sehr abenteuerlich: das Bewachen der Käfige während der Tierschau zum Beispiel oder das Hochklettern an irgendeinem Mast, um irgendein verknotetes Seil zu lösen oder einfach nur das Aufpassen auf irgendwelche Gegenstände. Wir taten alles mit dem gleichen erwartungsvollen Eifer, denn alles war neu für uns, ungewöhnlich und auf erregende Weise fremd. Selbst eine so banale Angelegenheit wie das Besorgen einer Schachtel Ramses auf den letzten Raucherkartenabschnitt wurde hier zu einem abenteuerlichen Gang.

Und einmal tat sich ein Fenster auf in einem der gelben Zirkuswagen, und ein uraltes beleibtes Weib beugte sich zu uns heraus, mit einem Mund wie ein Herz, ein winziges, lackrot verpacktes Jahrmarktspfefferkuchenherz. Das schwarze, strähnige Haar, das vor Fett oder Nässe glänzte, war straff nach oben gekämmt zur modischen Hochfrisur, die wir Entwarnungsfrisur nannten, und die alle trugen, die über achtzehn waren und noch nicht ganz achtzig, Papierwickler hoch in den Haarspitzen von bernsteingelben, leicht nach innen gewölbten Zelluloidkämmchen fest zusammengehalten. Sie ließen nur nach vorn etwas Raum und schoben die dünnen Lockenröllchen tief in die Stirn hinein, so daß die Runzeln und Falten darunter kaum noch zu sehen waren – ein uraltes Weib also beugte sich heraus in den Regen und winkte uns zu sich heran.

Es war Mia Rosita Bossa, der Star der Manege. Ihr Bild hing groß an allen Litfaßsäulen, aber wir erkannten sie nicht, und als sie es uns mitteilte, glaubten wir ihr nicht. Mia Rosita Bossa war eine strahlend schöne Spanierin, die Raubtiere bändigte und wilde Pferde einritt, ungestüm und todesmutig. – Mia Rosita

Bossa – schon der Name war wie ein Hauch von Abenteuer, Glanz und Ferne, und niemals konnte er zu diesem dicken irdischen Weib gehören, das uns träge, mit einer ungeheuer schläfrigen Handbewegung aufforderte, den gelben Zirkuswagen zu betreten. Wir stießen uns an und kicherten, und das schwabbeldicke Weib kicherte zurück in einem leisen kinderhellen Ton, den wir nicht erwartet hatten, und sagte freundlich: Da staunt ihr wohl, ihr Urwaldaffen, gell, in Wirklichkeit ist immer alles ganz anders.

In Wirklichkeit hieß sie Rosemarie Bossle, stammte aus dem Schwäbischen und war fünfundvierzig Jahre alt. Der Name paßte zu ihr und das Alter auch, und Lore sagte ungeniert: Wenn ich so alt wäre, würde ich nicht mehr Zirkus spielen.

Ich weiß, sagte Mia Rosita und lächelte.

Sie war nicht enttäuscht darüber oder gar verletzt, sie fand es eher lustig und sehr normal. Sie lächelte auf uns herab mit der Nachsicht und dem Wissen ihrer fünfundvierzig Jahre. Und dick, sagte sie, gell, dick findet ihr mich auch.

Sie stand vor uns in einem schwarzseidenen Unterrock, der weich und leicht über die Schenkel bis zu den Knöcheln hinabfloß und alles Fleisch verhüllte, während oben, über den nackten, mehlweißen Schultern nur ein winziger Frisierumhang lag, spinnwebdünn und nach vorn hin offen, den mächtigen Busen frei lassend, der schon unterm Halsansatz begann und sich breit und formlos in den schwarzen Rockausschnitt hinabwälzte.

Dabei wiege ich nur hundertfünfunddreißig Pfund, sagte sie.

Lore erwiderte nun nichts mehr, und auch ich schwieg, wir sahen uns nur an. Nichts konnte unsere Wertung zurücknehmen: Mia Rosita war alt und dick, die Jahre und das Gewicht bestätigten es auf unwiderlegbare Weise, denn alles, was über hundert Pfund wog, war dick für uns und ohne Form, wie alles, was jenseits der Grenze von vierzig Jahren lag, alt für uns war, und ein paar Jahre mehr oder weniger fielen dabei nicht ins Gewicht. Jung waren nur wir, Lore und ich und der Kreis um uns herum, der einen Radius von zehn Jahren nicht überschritt und schon die Pflichtjahrmädel und Arbeitsmaiden weit an seine Peripherie verwies.

Im Winter, sagte Mia Rosita, habe ich immer zehn Pfund mehr, Winterspeck, wie das so ist, aber im Frühjahr ... sie beugte sich ächzend nach vorn und stieg in einen kirschsaftroten Samtrock, den sie mühsam zur Taille hochzerrte, na also, sagte sie, paßt ja wieder!

Sie rückte einen Tisch beiseite und hieß uns setzen, auf ein kleines schmales Chaiselongue, das voller Kuchenkrümel und Hundehaare war. Balthasar, rief sie in einen Berg von Kissen hinein, Balthasar, du Murmeltier, so wach doch auf, zwei Känguruhs sind da!

Und endlich, als Mia Rosita zum dritten Weckruf ansetzte, tauchte zwischen Kissen und Schlummerrollen der Kopf eines Hundes empor, kleine, aufwärtsstehende Ohren, das linke leicht nach vorn gekippt, halb Spitz, halb Terrier also. Und erst die Schnauze, weder schmal noch breit, beseitigte alle Zweifel und wies ihn eindeutig als Terrier aus, als Lakeland-Terrier, wie Mia Rosita uns wissen ließ. Sie fuhr ihm mit beiden Händen unter die Schnauze und drehte uns sein Gesicht zu. Ist er nicht goldig, fragte sie. Goldig, fand ich, war nicht das richtige Wort, er war eher scheckig und sehr komisch. Er hatte einen rührlöffelgroßen schwarzen Fleck über dem linken Auge, der sich bis zum Ohr hinzog und Lore zu der Bemerkung veranlaßte, er sähe aus wie der Hund von Störtebeker. Soviel ich weiß, sagte Mia Rosita beleidigt, besaß Störtebeker gar keinen Hund.

Dann eben wie der von Räuberhauptmann Karasek, beharrte Lore.

Der Hund befreite sich mit einem einzigen kurzen Ruck aus Mia Rositas Griff, schüttelte sich, als sei es ihm zuwider, von uns begafft zu werden, und kroch zurück auf seinen Kissenberg.

Er hat die Frühjahrsgrippe, erklärte uns Mia Rosita, und den Husten, den hat er schon seit dem ersten Luftangriff auf Düsseldorf. Da ist er einfach weg, auf und davon. Sie setzte sich vor ein kleines verschnörkeltes Spiegeltischchen und begann sich das Gesicht zu schminken. Armer Balthasar, sagte sie dabei in den Spiegel hinein, bist alt geworden und warst einmal ein großer Star! Sie tupfte sich mit den Fingerspitzen Leodor-Creme auf die Runzeln und Fältchen unter den Augen. Bist weit herumgekommen in der Welt, hast allerhand erlebt, nun reicht es dir, und der Zirkus, der hängt dir schon zum Hals heraus, und jeden Morgen kotzt du mir den Wagen voll.

Sie seufzte und stäubte sich mit einer Puderquaste kaffeebraunen Puder ins Gesicht, und verwundert nahmen wir wahr, daß die Falten und Fältchen mit jeder neuen Puderschicht schwächer und schwächer wurden und schließlich ganz verwischten wie Fußstapfen im Schneegestöber. Na also, sagte Mia Rosita zufrieden, wird ja wieder. Sie drehte uns ihr Gesicht zu. Sie sah sich wirklich schon sehr ähnlich, und als sie sich die langen, aufwärtsgebogenen Wimpern anklebte, erkannten wir sie beinahe wieder. Da seht ihr es, ihr Osterlämmer, fuhr sie fort, so ist das auf der Welt, ein bißchen Farbe und ein bißchen Kleister, und schon sind alle Risse zu.

Zu schon, bestätigte Lore, aber nicht weg!

Mia Rosita lachte, ihre Zähne waren unnatürlich weiß und glichen einer Perlenschnur, und ich hatte den Verdacht, daß auch sie nur Blendwerk waren wie alles an ihr, bis auf den Busen und das hohe Lachen, das ungezwungen und ohne jede Künstelei aus ihr herausbrach. Wenn du dich erst eingelebt hast auf der Welt, sagte sie zu Lore, wirst du merken, daß es immer nur darauf ankommt, was man vor dem Vorhang sieht und nicht, was dahinter ist. Sie schob uns über den Tisch einen Markschein zu und schickte uns nach Hustensaft für Balthasar, aber wir gingen nicht gleich, wir blieben noch eine Weile an der Tür stehen und sahen zu, wie sich Rosemarie Bossle mit jedem Farbstrich mehr und mehr in Mia Rosita Bossa verwandelte, den Star der Manege, und endlich, als sie ganz dem Bilde glich, das wir kannten, gingen wir, und jede von uns hatte in diesem Augenblick denselben Wunsch: später einmal Mia Rosita Bossa zu werden.

Der arme Hund, sagte Lore draußen, der kann einem wirklich leid tun, immer nur Hustensaft und Fliegeralarm. Wetten, sie würde ihn am liebsten evakuieren, sie kennt bloß keine Menschenseele hier im Dorf.

Lore besaß die seltene und nicht immer vorteilhafte Gabe, aus jedem noch so verworrenen Gerede den Kern herauszufinden, das Wesentliche, das sich meist hinter Nebensächlichem verbirgt, und so hatte sie gleich erkannt, weshalb Mia Rosita uns zu sich gerufen hatte. Die will, daß wir von selbst draufkommen, sagte sie.

Von da an besuchten wir Mia Rosita jeden Nachmittag, und immer erwartete sie uns schon mit Balthasar. Manchmal, wenn der Regen etwas nachließ, durften wir ihn spazierenführen, und alle, die uns sahen, beneideten uns darum, selbst Wendehals' Christine. Nur mein Vater nicht. Mein Vater, der einstmals Zuchtwart im Deutschen Hundesportverein gewesen war, was er oft und gern erwähnte, betrachtete Balthasar von allen Seiten, von vorn und hinten, von oben und unten – noch nie war ihm ein solches Exemplar unter die Augen gekommen. Lakeland-Terrier, sagte er, daß ich nicht lache! Und auf so was fallt ihr zwei herein. Das ist nicht mal ein Fixköter, ein ganz gewöhnlicher, das ist, wie mich deucht, überhaupt kein Hund, viel eher eine bestimmte Art von Katze. Und erst der Name, mein Vater schüttelte den Kopf, kein Mensch heißt Balthasar, geschweige denn ein Hund! Er bückte sich und schob Balthasar einen Napf voll Ziegenmilch hin, die schleckte er mit katzenhafter Gier in sich hinein, und als er damit fertig war, fuhr er sich mit der Zunge über die Schnauze bis hoch zu den Nasenlöchern und leckte auch noch den letzten Tropfen weg.

Da seht ihr es, sagte mein Vater, kein ausgewachsener Hund säuft Milch, und überhaupt, wer Milch säuft, frißt auch Mäuse!

Was immer Balthasar auch sein mochte, Hund oder Katze, ich fand ihn sehr schön und auf seine Art rasserein, und je mehr mein Vater ihn verspottete, um so schöner wurde er in meinen Augen, und als er gar behauptete, er sei nichts weiter als ein dressierter Faxenmacher und hundealt dazu, wußte ich, daß ich ihn behalten würde.

Noch am selben Tage teilten wir es Mia Rosita mit.

Das habe ich mir gleich gedacht, ihr Affen, sagte sie und stieß uns mit den Köpfen aneinander, schon als ich euch so sitzen sah im Regen. Sie hielt inne und legte mir die Hand auf die Schulter, und deine Eltern, fragte sie, sind die denn auch dafür? Ich nickte. Doch als ich merkte, daß dieses Nicken Mia Rosita nicht genügte, fand ich eine Antwort, gegen die selbst Lore in ihrem

Wahrheitsdrang nichts einwenden konnte und die mir zu der frühen Erfahrung verhalf, daß zwischen Wahrheit und Lüge eine dritte Möglichkeit liegt, die der Wahrheit nahekommt und die Lüge nicht ausschließt. Ich sagte also: Wir hatten früher immer Hunde, mein Vater versteht was davon.

Dann ist es ja gut, sagte Mia Rosita, dann bin ich ja beruhigt. Nur, daß wir uns nicht falsch verstehen, sobald der Krieg vorbei ist, hol' ich ihn wieder ab!

Und wann, erkundigte sich Lore, wird das sein?

Darauf wußte Mia Rosita keine Antwort, was uns sehr beruhigte. Der Gedanke, daß der Krieg einmal zu Ende gehen könnte, war für uns ebenso unvorstellbar wie die Tatsache, daß wir eines Tages erwachsen sein würden. Für uns galt nur der Augenblick, dieser verschwindend schmale Grat zwischen Entstehen und Vergehen; wir hatten noch keine Vergangenheit, wir hatten auch keine Zukunft. Und wenn wir uns mit Lore darüber stritten, wer von beiden später einmal Mia Rosita Bossa sein würde, so galt dieses *später* einer Zeit, die zeitlos war und die nur in unseren Träumen existierte.

Mia Rosita packte Balthasars Sachen in ein rotes Pappköfferchen: Wollschal, Maulkorb, Drahtbürste, Bommelkissen, Regenumhang, Kasperpuppe – und bei jedem Stück, das sie in den Koffer tat, kullerte ihr eine Träne über die gepuderten Wangen und legte schonungslos ihre Falten frei.

Gell, sagte sie, ihr gebt gut acht auf ihn, vor allem bei Fliegeralarm. Sie gab Balthasar noch einen Klaps aufs Hinterteil, dann schob sie ihn sanft zur Tür hinaus, und ohne sich noch einmal umzudrehen, trottete Balthasar hinter uns her. Erst als vom Zirkuszelt nur noch die Mastspitze zu sehen war mit der bunten Wimpelkette obendrauf, setzte er sich auf die Hinterpfoten und machte sich steif. Wir legten ihm den Maulkorb an und trugen ihn die letzten Schritte bis nach Hause.

Mein Vater wußte gleich Bescheid, als er uns sah. Da sind wir also wieder mal auf den Hund gekommen, rief er schon von weitem, auf einen Allerweltshund noch dazu! Er packte Balthasar am Genick und hob ihn mit dem ausgestreckten Arm in die Höhe.

Aber Balthasar nenne ich ihn nicht, sagte er, dann schon eher Bandit oder Baldrian oder meinetwegen auch Augustin.

Wir nannten ihn dann Baldi.

Er schlief in unserer Küche auf dem Kanapee, und jeden Morgen schleckte er auf Katzenart seine Milch in sich hinein, und wenn er damit fertig war, setzte er sich auf die Hinterpfoten und brachte dieses langgezogene, dünne Geheul hervor, das immer erst verklang, wenn wir den Volksempfänger ausgeschaltet hatten.

Weiß der Himmel, wer ihm das beigebracht hat, sagte mein Vater, das grenzt ja schon an Sabotage.

Das Beste aber an Baldi war, daß er auf Kommando Männchen machte und stark und nachhaltig nach Zirkus roch, nach Sägespäne, Pferdeschweiß und dem braunen Puder auf Mia Rositas Gesicht.

Und eines Tages entdeckten wir, daß er bei «allez hopp» in meinen alten Puppenwagen sprang. Das brachte uns auf die Idee, einen Zirkus zu gründen. Wir nannten ihn «Zirkus bunte Wiese». Jeden Nachmittag, wenn das Wetter danach war, probten wir auf dem Bleichplan hinter unserem Haus, und als die großen Ferien begannen, gaben wir die erste Vorstellung. Es kamen viele Gäste, mehr als wir erwartet hatten, Kinder und Erwachsene, und unter ihnen ein halbes Dutzend schwarzer Mütter. Wir spielten dann an jedem Sonntag, und manchmal, wenn wir Lust hatten, auch an einem Wochentag.

So ging der Sommer dahin, und Balthasar war noch einmal ein großer Star, der größte von uns allen, und als es Herbst wurde und auf der Bleichwiese hinter unserem Haus die letzte Gänseblume blühte, starb er, still und ohne Aufsehen.

Wir betteten ihn in Mia Rositas Pappköfferchen und vergruben ihn unterm Holunderbusch, am Rande der abgeblühten Wiese, und Lore warf Kirmesblumen in das Grab, denn es war die Zeit der Kirchweih. Wir dachten an Mia Rosita und an den Sommer, der anders gewesen war als alle Sommer je zuvor, und schmerzhaft deutlich spürten wir, daß etwas zu Ende gegangen war.

Weißt du noch, sagte Lore, wie Baldi mitten in der Vorstellung Pinkerts Jule das Plunderhörnchen wegschnappte?

Ich nickte, ich wußte, daß Lore nichts anderes von mir erwartet hatte, denn von nun an gab es auch für uns eine Vergangenheit, die wie jede Vergangenheit an die beschwörende Formel gekettet ist: «Weißt du noch ...»

Ja, sagte ich, und wie er damit in die Kastenschaukel sprang und es in Seelenruhe auffraß und wie dann alle klatschten.

Hm, sagte Lore, nur Pinkerts Jule heulte.

Wir setzten uns auf die Sommerbank, die dumpf nach abgestandenem Regen roch, und sahen zu, wie mein Vater Erde in das Grab schaufelte und sie mit seinen Holzpantoffeln festtrat.

Balthasar, beschlossen wir, sollte den schönsten Grabstein bekommen, den es je gegeben hatte, mit einem schönen, tiefsinnigen Spruch darauf. Wir dachten lange darüber nach, aber es fiel uns keiner ein, der gut genug für ihn gewesen wäre, denn er sollte auch von der Nachwelt noch verstanden werden.

Wenn das so ist, sagte mein Vater, dann schreibt nur hin: *Hier liegt der letzte Hund begraben, der einen noch zum Lachen bringen konnte*, das, sagte er, wird auch die Nachwelt noch verstehen.

KAPITEL XVI

Den langerwarteten Zusammenbruch des Hitlerregimes erlebte ich mit meinen Eltern auf der Flucht.

Es ging zu Ende.

Ich saß tief in meiner Sofaecke und sah zu, wie es zu Ende ging. Es war sehr still und aufgeräumt in der Küche, und meine Mutter packte die letzten Sachen. Durch das Küchenfenster kam die Sonne, eine gute, freundliche Maiensonne, und ich spürte, wie sie sich mir auf die Hand legte, warm und leicht, und ich nahm die Hand weg und verbarg sie in meinem Schoß.

Vor mir auf dem Tisch lag das Brot, das ich beim Obermüller geholt hatte, das letzte, denn auch der Obermüller packte ein.

Ich hatte das Ochsengespann gesehen hinter der Mühle, den leeren Mühlenhof, der mir auf einmal so groß vorkam, die offenen Ställe, die bis zum Rand gefüllten Katzenfreßnäpfe, und wußte von diesem Augenblick an: Es ging zu Ende. Ich wußte es und blieb dennoch in dieser endlos langen Reihe, die nach Brot anstand, ließ mich stoßen und treten, stieß und trat wieder, schubste, drängelte und kämpfte hartnäckig um meinen Platz wie immer, wie jeden Tag. Dann hatte ich das Brot, es war weich und duftete, und als ich hineinbiß, dampfte es noch. Hinter mir hörte ich die Obermüllerin, ihre rauhe, kantige Stimme: Geht nach Hause, es ist Schluß, wir haben nichts mehr! Und dann eindringlicher, fast beschwörend: So hört doch, es ist aus, macht bloß, daß ihr wegkommt!

Nun saß ich in der Sofaecke, das Brot vor mir auf dem Tisch, und wartete auf das Ende. Ich begriff nicht, wozu meine Mutter noch packte. Die Russen standen schon vor Görlitz, und ab und zu hörten wir Kanonendonner. Noch einen Tag, hatte Sigismund gesagt, dann sind wir Frontstadt. Er war immer hinter mir hergekommen, den ganzen Weg lang, von der Mühle an. Ich wollte ihm ein Stück von meinem Brote geben, doch er nahm es nicht, sah mich nur an mit einem langen vorwurfsvollen Blick, und in seiner Stimme schwang etwas mit von der ansteckenden Hysterie eines Unheilverkünders, als er sagte: Kapierst du nicht, die Russen stehen schon vor Görlitz!

Die Russen.

Ich hatte mir nie Gedanken darüber gemacht, wie es sein würde, wenn es zu Ende ging. Ich hatte überhaupt nicht geglaubt, daß es zu Ende gehen könnte.

Und nun also die Russen.

Das war das Schlimmste, was ich mir vorstellen konnte. Ich hatte einmal russische Soldaten in der Wochenschau gesehen, gefangene, und Kirchbauers Friedhardt neben mir hatte gesagt: Das sind wilde Wölfe.

Seitdem sprachen wir nicht mehr vom Feind, sondern nur noch vom Russen.

Der Russe, wenn er kam, metzelte uns alle nieder oder verschleppte uns nach Sibirien.

Vorher aber, sagte Sigismund, vorher schneidet er allen die Ohren ab.

Er sagte es mit boshafter Genugtuung, denn er hatte große, lästige Ohren, die ihm wie geblähte Segel vom Kopfe abstanden. Mir war es einerlei, was die Russen mit uns machten, so oder so bedeutete es das Ende. Und während ich zusah, wie meine Mutter Stück für Stück von meiner Aussteuer in den übervollen Pappkoffer zwängte, wurde mir auf beklemmende Weise bewußt, daß sich ein Leben nach der Niederlage nicht denken ließ, daß ich immer, wenn ich an später gedacht hatte, die Zeit nach dem Endsieg gemeint hatte. Ich versuchte mich wieder zu erinnern, wie es hätte sein können, wenn ich sechzehn geworden wäre, aber es gelang mir nicht. Ich erinnerte mich immer nur an diesen irren weißen Hut, den ich mir hatte kaufen wollen, und ich kam nicht mehr los davon und dachte mich daran fest. Es hatte ein Hut sein sollen mit breitem, schwingendem Rand und einem hellblauen Band, das hinten zu einer Schleife zusammengeschlungen war, einer großen, prachtvollen Schleife, deren Enden tief herunterhingen und im Winde flatterten. Es hatte überhaupt der schönste Hut sein sollen, den es gab. Ich überlegte, wie ich auf diesen Hut gekommen war, er war doch gar nicht so wichtig gewesen beim Denken an später, aber jetzt, wo ich nichts mehr hatte als diese Erinnerung, klammerte ich mich daran, und der Gedanke, daß ich vielleicht niemals mehr erfahren würde, wie es ist, wenn man erwachsen wird, dieser Gedanke erdrückte mich fast.

So laß sie doch die Puppe mitnehmen, hörte ich meine Mutter sagen, du siehst doch, daß sie heult.

Da erst wurde ich gewahr, daß ich weinte, daß ich die ganze Zeit über schon, die ich in der Sofaecke saß, geweint hatte, unaufhaltsam, mit geschlossenem Mund, wie es nur das alte Fräulein Wagenhaus zuwege gebracht hatte.

Ein Mädchen von elf, sagte mein Vater, und heult!

Herrgottnochmal, es gibt soviel Wichtigeres mitzunehmen! Und er huckte sich die Puppe auf und ging hinaus.

Ich hatte mir nie etwas aus dieser Puppe gemacht, sie hieß Hannelore und kam aus dem Thüringer Wald. Der Name hatte schon auf dem Karton gestanden, und wir hatten es dabei belassen. Es war eine Echthaarpuppe mit tintenblauen Schlafaugen, die bei jeder Bewegung klickten. Am meisten aber störten mich die verstellbaren Kugelgelenke, die sich auf die unnatürlichste Weise verdrehen ließen und mir jedesmal ein Gruseln über den Rücken jagten. Nein, ich mochte diese Puppe nicht, aber es war mir recht, daß sie glaubten, ich heule ihretwegen. Ich hätte niemals zugegeben, daß ich um mein Leben heulte. Ein deutsches Mädel heulte nicht um diese Dinge, es kämpfte unerschrocken und starb auch so, wenn es sein mußte. Ich war kein deutsches Mädel, ich wußte es in diesem Augenblick: Ich hatte immer nur so ausgesehen mit meinen dicken blonden Zöpfen, aber innen war ich voller Angst und Kleinmut, und mir fiel bei dem Gedanken an die Russen nichts weiter ein als dieser irre weiße Sommerhut, den ich mir so gern gekauft hätte, wenn ich sechzehn geworden wäre. – Kein Haß, kein Rachegefühl. Nicht der leiseste Wunsch nach Vergeltung, nur eine grenzenlose, lähmende Traurigkeit.

Von der Straße her drangen Rufe bis zu uns in die Küche, kurze, fahrige Anweisungen, Flüche, Zusprüche, Verwünschungen.

Ich ging zum Fenster und sah hinaus. Seit dem frühen Morgen schon zog der Flüchtlingsstrom an unserem Haus vorbei, Karren um Karren, vollgepackt mit Koffern und Säcken, Bettzeug und Hausrat, und vor die Karren gespannt anstelle von Zugvieh – Frauen, Kinder, alte Männer, den Zugriemen quer über die Schultern geworfen. So zuckelten sie die Straße entlang, und mittendrin in der Kolonne Ziegen und Hunde und ab und zu eine Kuh.

Seit dem Herbst schon riß der Flüchtlingsstrom nicht mehr ab. Wir hatten uns längst daran gewöhnt. Welle um Welle wälzte er sich durch unser Dorf, eine graue, brodelnde Masse, die sich eine Nacht lang bei uns niederließ und dann weiterdrängte, westwärts schwemmte und einer neuen Welle Platz machte. Nur diesmal waren wir dran. Ich sah es an den Gesichtern, die mir nicht mehr fremd waren, und an dem Viehzeug, das noch frisch und unverbraucht hinter den Wagen einhertrottete.

Meine Mutter hatte den Koffer endlich voll, und ich mußte mich oben draufsetzen, damit sie ihn zubekam. Mein Vater vergrub inzwischen meinen Lederranzen und eine Kassette voller Hosenknöpfe, denn wir wollten hinter denen nicht zurückstehen, die Porzellan und Tafelsilber zu vergraben hatten.

Der Steckkalender an der Küchentür zeigte den dreizehnten Februar, den Tag, an dem Dresden verbrannte, seitdem hatte ihn niemand mehr umgesteckt, und nun nahm ihn meine Mutter ab und warf ihn in den Kohlenkasten. Dann waren auch wir soweit.

Die Sonne stand steil über dem Sonneberger Wald, es war Mittag und windstill, und die Apfelbäume zu beiden Seiten der Straße blühten schon, am lieblichsten der Essigapfelbaum. Wir reihten uns ein in den Flüchtlingszug, und als wir weit genug von unserem Hause entfernt waren, drehte sich meine Mutter noch einmal um. Ganz nahe hinter der Schönbacher Höhe grollte bereits die Front wie ein schweres, immer wieder zurückkehrendes Frühjahrsgewitter.

Wir hätten das Bettlaken doch raushängen sollen, sagte sie, Pickelhaupt hat's auch schon draußen.

Und die SS? erwiderte mein Vater. Denkst du, ich lass' mich von denen an den nächsten Chausseebaum knüpfen?

Da wußte ich, daß es zwei Möglichkeiten gab, erledigt zu werden – entweder von der SS oder von den Russen; mein Vater hatte sich für die Russen entschieden. Und während ich noch darüber nachdachte, stieß vom Obermarkt eine neue Wagenkolonne auf uns zu mit Onkel Philipp an der Spitze.

Philipp, hemdsärmelig und ohne Gefährt, die kurzen, fleischigen Arme tief in den Hosentaschen, trat an uns heran und sagte in jenem trägen, gleichgültigen Ton, in den er immer verfiel, wenn er glaubte, etwas Ungeheuerliches zu verkünden, sagte also, indem er sich unserem Schritt anpaßte: Die Frau vom Doktor Degenhardt hat sich vergiftet und ihre Kinder auch.

So, sagte mein Vater nur und schwieg, und auch ich stellte fest, daß mich dieser Tod nicht so berührte, wie Philipp es wohl erwartet hatte. Nur meine Mutter weinte und sagte: Die armen Kinder, sie können doch nichts dafür.

Und Philipp lief weiter die Wagenreihen ab und suchte sich ein paar Gutwillige heraus, die mit ihm zurück ins Dorf gingen, um die Toten zu begraben.

Wir aber zogen weiter, den Eichengrund entlang, in den Sonneberger Wald hinein, an Claras Villa vorbei, die verriegelt und vernagelt war, ein Spukschloß ohne Fenster und Türen.

Jemand ging ans Gartentor und rief: Komm heraus, du Nazihund, der Spaß ist aus!

Der es gerufen hatte, war selber einer, war der Heilbrüller vom Oppacher Berg, und ich trieb meinen Vater an, schneller zu fahren, damit das alles hinter uns bliebe.

Der Sonneberger Wald war vollgestopft mit Frauen und Kindern, Krüppeln und Viehzeug. Überall lagen, saßen, standen sie herum, und auch wir schlugen hier unser Lager auf und ließen uns nieder. Erst da gewahrten wir die Flakbatterie, die westlich von uns auf der Kuppe von Rätzebauers Busch Stellung bezogen hatte und ihre Geschosse auf die Schönbacher Höhe einstellte, während uns im Rücken, am Schwarzen Teich, eine Volkssturmeinheit lag. Wir waren demnach an die Front geflohen, an die äußerste Kampflinie, die wir bisher nur aus der Wochenschau kannten. Diejenigen, die es schon länger wußten, bauten Wagenburgen und Verteidigungswälle, und die Pimpfe, die jetzt wieder kleine Jungen waren, ohne Kluft und Fahrtenmesser, schleppten Munition und Waffen herbei, Stahlhelme, Karabiner, Koppel mit gefüllten Patronentaschen, Handgranaten und Maschinengewehre. Mein Vater ging auf einen von ihnen zu und riß ihm das Zeug aus den Händen, und Nasenweinhold warf es in eine halbfertige Panzerfalle und sagte, hier wird nicht mehr gekämpft, hier wird nur noch gewartet, verstanden.

Und dann kamen die Tiefflieger und schossen in den Wald hinein, ziellos, wie zum Spaß, und die Flakbatterie auf Rätzebauers Kuppe schoß zurück. Da drehten die Flieger westwärts ab, und mein Vater sagte, nun wissen sie's! Er nahm mich bei der Hand und den entwaffneten Hitlerjungen auch und ging mit uns zu der Flakstellung. Schert euch bloß fort, ihr Arschlöcher, rief er schon von weitem, es sind Kinder im Wald, die können nichts dafür, und wenn ihr durchaus verrecken wollt, dann verreckt doch alleine!

Aber die Flaksoldaten waren selber Kinder und begriffen nicht, was mein Vater von ihnen wollte. Sie spielten Krieg, und sie waren so versunken in ihr Spiel, daß sie ganz und gar vergessen hatten, daß Krieg war.

Sie lagen bäuchlings im Heidelbeerkraut, die Ellenbogen aufgestützt, und suchten mit Ferngläsern die Schönbacher Höhe ab, hinter der es immer noch gewitterte, brachten die Flak erneut in Stellung, richteten das mit Birkengrün getarnte Mündungsrohr schräg in den Himmel, auf die Sonne, die jetzt westwärts wegrutschte, und wurden uns erst gewahr, als sich mein Vater einen von ihnen herausgriff. Nur eins noch, sagte er, ich war auch mal im Krieg, und wenn ich jetzt auch Invalide bin, eine Handgranate zieh' ich dir allemal noch ab, und damit du gleich Bescheid weißt, die trifft dich, wenn ich noch einen einzigen Baller von euch höre.

Nasenweinhold war uns hinterhergekommen und ein paar Mütter auch mit Kindern auf dem Arm, und nun standen sie wie eine stumme Drohung hinter meinem Vater, und eine von den Müttern schneuzte tief ins Taschentuch.

Die Tiefflieger kamen wieder zurück und schossen jetzt in Rätzebauers Wald hinein, und ich warf mich mit den anderen ins Heidelbeerkraut, bäuchlings, wie wir es in der Wochenschau gesehen hatten, die Arme über dem Hinterkopf verschränkt, und wartete auf das Ende.

Ich hatte Angst, ich spürte, wie sie in mir hochkroch, sie füllte mich ganz aus, nichts war mehr in mir als diese verrückte Angst. Angst vor dem Einschlag der Geschosse auf meinem Rücken, Angst, daß sie mich verfehlen könnten und ich allein zurückblieb, Angst vor dem Sterben, das noch vor dem Ende lag und das ich immer übersprungen hatte, wenn ich daran gedacht hatte. Und nun, in Rätzebauers Busch, zwischen dem blühenden Heidelbeerkraut, das herb und scharf nach Erde roch, wurde mir bewußt, daß es das Schlimmste war von all dem Unvermeidbaren, das zum Ende gehörte, denn es war der Teil vom Ende, der noch zum Leben gehörte und daher grausam war und ungerecht, grausam das Warten darauf und ungerecht die Zufälligkeit, mit der es geschah. Ich konnte die erste sein, und ich konnte die letzte sein, ich konnte bewußtlos werden und mein eigenes Sterben verpassen, ich konnte aber auch, wenn ich Pech hatte, tagelang sterben. Da begriff ich, warum mich das Ende der Arztfamilie, dieses gemeinsame Hinüberschlafen, so wenig berührt hatte.

Die Tiefflieger waren längst weg, und ich lag immer noch im Heidelbeerkraut und wartete. Mein Vater zog mich endlich hoch, klopfte mir den Dreck von den Sachen, ließ mich dabei im Kreise drehen und untersuchte mit dem geübten Griff eines ehemaligen Feldsanitäters Rücken, Kopf und Arme, und nachdem er mit einem Achselzucken festgestellt hatte, daß ich heil und unversehrt geblieben war, wandte er sich noch einmal den Flaksoldaten zu und sagte, indem er sich eine von den Handgranaten aneignete, die überall herumlagen, da habt ihr noch mal Schwein gehabt, und steckte sich die Granate in die Joppentasche, lässig, wie eine Dreikaiserbirne.

Dann gingen wir.

In der Nacht zogen die Flaksoldaten ab, und auch die Volkssturmeinheit verlagerte sich westwärts.

Wir waren nun ganz allein. Der einzige Schutz, den sie uns noch geben konnten, bestand darin, uns ihren Schutz zu entziehen, mein Vater stellte es mit boshafter Befriedigung fest.

Die Nacht im Wald war klamm wie wintertaubes Bettzeug. Ich konnte nicht einschlafen, ich lag und sah in die Nacht, sie war zum Greifen nah, ein Sack voller Finsternis, der zwischen den Stämmen der Bäume klemmte, niedergedrückt wurde von den Zweigen der Fichten und nicht mehr loskam. Oben zwischen den Baumkronen aber war es hell, und ich konnte sogar Wolken erkennen. Ich lag und wartete auf das Grollen hinter der Schönbacher Höhe. Solange es grollte, wußten wir, wo die Russen standen. Aber es blieb still. Nur der Wald war voller Stimmen, Kindergeplärr, heiser zugeflüsterten Gerüchten, Wachparolen, und ganz nahe an unserem Wagen Hundegejaul und das monotone Gemurmel eines Betenden. Da fiel meiner Mutter ein, auch mich beten zu lassen. Sie selbst hatte es längst aufgegeben, aber eine irre Hoffnung, daß es vielleicht doch irgendwo in dem ausgebombten Himmel jemanden gab, der Kindergebete erhörte, brachte sie dazu, mich darum zu bitten. Ich tat ihr den Gefallen, obwohl mir nichts weiter einfiel als unser altes Tischgebet: Komm, Herr Jesu, sei unser Gast und segne, was Du uns bescheret hast!

Danach endlich konnte ich einschlafen.

In den frühen Morgenstunden weckten uns die Geräusche vorüberrollender Wehrmachtsfahrzeuge, das hohe Aufheulen von Motorrädern, die im Leerlauf den Sonneberger Talweg herunterkamen und nun in der Senke den ersten Gang einlegten, das Gedröhn schwerer Lastkraftwagen, das entnervende Geknatter kleiner, dreirädriger Motorkarren, das Quietschen der Bremsen vor der Waldbiegung, das laute, stotternde Herunterschalten jedesmal, wenn die Fahrzeuge den schmalen Waldweg einbogen.

Wir standen am Wegrand, uns war noch kalt von der Nacht. Wir sprachen nicht, wir sahen fröstelnd zu. Der ganze versprengte Troß einer Wehrmachtseinheit floh an uns vorbei, den Quarkschenkenweg entlang nach Süden, eine unordentliche, zerfledderte Kolonne mit weiten Zwischenräumen, eine auseinanderfallende Horde ohne Kampfgeist und Kommandorufe, ohne Lieder und Winken – so zog es Bild für Bild an uns vorbei, auf einmal keine vertraute Wochenschau mehr, sondern befremdende Wirklichkeit.

In den tiefen moosbewachsenen Gräben rechts und links des Weges häuften sich Stahlhelme und Gewehre, Tornister und Uniformjacken, und dann, als es nichts mehr abzuwerfen gab, als sie sich jeder Ähnlichkeit mit sich selbst entledigt hatten, sprangen sie von den Lastwagen herab, Soldaten und Offiziere, witterten kurz zu uns herüber und verschwanden dann im Dickicht. Heraus kamen unrasierte Sonntagsspaziergänger, Waldarbeiter, Bauern und verfrühte Pilzsucher. Das Ende hatte viele Gesichter.

Ein paar aus unserem Dorf huckten sich ihre Sachen wieder auf und zogen weiter, den Militärfahrzeugen hinterher, die längst nicht mehr zu sehen waren. Die deutsche Front, wenn es überhaupt noch so etwas gab, zog sich weit hinter uns zurück. Wir standen mit einem Male auf verlorenem Gebiet, auf russischem schon. Deutschland lag jetzt hinter uns, ein schmaler Streifen nur noch; die flüchtenden Autos schleiften ihn hinter sich her. Die Tiefflieger, die ihnen nachsetzten wie ein lästiger Schmeißfliegenschwarm, zeigten mit zuverlässiger Genauigkeit an, welchen Weg sie nahmen.

Nach Österreich also, sagte mein Vater, die werden sich wundern, die werden alle abgeknallt in den Niederungen, die können jetzt schon ihr Testament machen.

Es war noch früher Morgen. Die Sonne war schon da, und ich wußte, es würde wieder warm werden, und meine Sachen würden trocknen. Das war das wichtigste. Meine Mutter schnitt mir eine Scheibe vom Brot, dem Mühlenbrot, und ich sah ihr dabei zu. Sie tat es wie immer mit Bedacht, kehrte die Flachseite des Brotes nach außen, schlug mit der Messerklinge von links nach rechts und von oben nach unten das Kreuz darüber, behutsam, fast zärtlich, berührte die Brotfläche dabei kaum, ritzte das Zeichen vielmehr in die Luft und sagte, indem sie mir eine Scheibe reichte: Sieh dich bloß vor, wir haben nicht mehr viel!

Keine Stelle aus dem Vaterunser mehr. Keine Dankesworte an den Himmlischen. Sie hatte an diesem Morgen einen neuen Brottext gefunden, und den behielt sie nun ihr Leben lang.

Ich setzte mich auf einen Stein und aß. Die Sonne fiel warm und weich auf meinen Fuß. Für diesen Augenblick hatte ich das Ende vergessen.

Erst in der Nacht dachte ich wieder daran, und ich konnte kein Auge zumachen vor Angst, und auch das Beten half mir diesmal nicht. Hinter der Schönbacher Höhe war jetzt Stille, tiefe, schwarze Stille, die unaufhaltsam zu uns herüberdrang. Das war es, was mich nicht einschlafen ließ, diese aufdringliche Stille, dieses Schweigen, das nicht zu überhören war.

Und dann plötzlich krachte es, ein ungeheurer Donnerschlag, ein hundertfach verstärkter Knall, ein Bersten und Dröhnen, das sich im Wald verfing, an den Bäumen zerschellte und in grollende Echos zersplitterte. Die Russen. Nun waren sie also da. Und während wir hastig unsere Habe zusammenpackten, krachte es wieder und wieder, bald ferner, bald näher, aber immer vom Dorfe her.

Pickelhaupt hatte ihn zuerst gesehen, den Feuerschein am Bahndamm, und dann sahen es auch die anderen: Die Teerfabrik brannte, meine Teerfabrik brannte nieder, und Kirchbauers Altmagd, die nie in ihrem Leben etwas ihr eigen genannt hatte, sagte empört: Da sieht man es, sie sind gegen das Eigentum!

Ach was, sagte mein Vater, die Russen waren das nicht!

Ein paar von unseren Leuten machten sich auf den Weg, um nachzusehen, was geschehen war, denn plötzlich war es wieder still im Dorf. Und dann preschte es an uns vorbei, noch einmal deutsche Wehrmacht, noch einmal Flucht nach Süden. Im kurz aufgerissenen Scheinwerferlicht erkannten wir sie wieder, die Männer vom Sprengkommando, die bei uns im Dorf Quartier bezogen hatten, im alten Kretscham an der Spree. Da wußten wir: Dieses Krachen und Donnern ging auf ihre Rechnung. Sie hatten unsere Brücken in die Luft gesprengt, die Spreebrücken im Oberdorf, die Eisenbahnbrücke hinter Philipps Teerfabrik, den zehnbogigen Viadukt im Nachbarort. Und nun, da sie ihren letzten, allerletzten Auftrag hinter sich gebracht hatten, flüchteten sie wie die anderen, verschwanden in diesem dunklen Sack von Finsternis und ließen uns zurück, allein mit den Russen – in diesem Dorf ohne Brücken.

Wir packten unser Bettzeug vom Wagen und machten uns ein Lager. Nach Süden ins Böhmische hinein wollten wir nicht, und zurück ins Dorf wagten wir uns nicht. Also blieben wir, wo wir waren. Kirchbauers Friedhardt kroch dicht an mich heran, er hatte die Taschen voller Munition, er sagte: Die Russen übernehme ich, keine Bange, die jag' ich allesamt in die Luft. Er holte eine Handvoll Patronen aus der Hosentasche und zählte sie leise durch. Darüber schlief er ein.

Der Morgen dämmerte schon herauf, und der Frühwind, der vom Dorf her kam, hatte einen teerigen Beigeschmack. Ich dachte nun nicht mehr an das Ende, es lag nicht mehr vor uns, lag fast schon hinter uns. Es war wie mit dem Zahnarzt, man dachte nicht mehr daran, wenn schon gebohrt wurde.

Der Tag stieg breit und unerwartet schnell hinter der Schönbacher Höhe empor, konturenlos, ein heller gelber Brand, der unaufhaltsam über den ganzen östlichen Himmel wuchs, und dann, als ich kaum noch hineinsehen konnte, jenes runde, freundliche Gebilde hervorbrachte, das wir Sonne nannten. Es war sehr still im Wald, kein Vogel sang, und auch die Tiefflieger ließen sich nicht mehr blicken.

Ich dachte, daß die Vögel wohl geflüchtet waren in der lauten Nacht und daß die Tiefflieger nun hinter ihnen her seien und sie abknallen würden in den Niederungen. Ich überlegte, was mit den toten Vögeln geschähe, ob man sie begraben oder einfach so liegenlassen würde auf dem nackten Feld, in der gelben Maiensonne. Es mußten eine Menge Stare darunter sein, die fliegen immer im Schwarm, die würden zuerst abgeknallt werden. Und dann die Amseln, die mochte ich am liebsten, aber sie sind so groß und dick, man würde sie nicht verfehlen, sie klatschen einfach herunter, eine nach der anderen, fallen auf das unbestellte Feld, eine schwarze, gespenstische Saat. Ich begann zu zählen, zählte und zählte, war längst eingeschlafen in der Frühsonne und zählte immer noch.

Als ich aufwachte, hatte ich das Ende verschlafen. Niemand hatte mich geweckt. Niemand hatte es überhaupt für nötig gehalten, mich darauf vorzubereiten, daß es nach dem Ende weiterging, und so begriff ich nicht, daß alles schon vorbei sein sollte und ich noch da war und kein Russe weit und breit.

Und Kirchbauers Friedhardt, dem es ebenso erging, verkündete laut, das sei nichts weiter als stinkende Feindpropaganda. Der Frisör vom Oberdorf aber, der daheim geblieben war, weil er einen russischen Namen hatte, wußte es ganz genau. Es war im Radio gekommen: Deutschland hatte kapituliert. Bedingungslos. Er sprang von Lager zu Lager, um es uns mitzuteilen, er rüttelte alle wach, die noch im Schlafe lagen und brüllte es ihnen ins Gesicht. Was mich dabei am meisten verwunderte, war die laute Fröhlichkeit, mit der er es verkündete. Wir hatten den Krieg verloren, endgültig. Wir wußten, was das bedeutete, wir hatten es täglich gehört: fallen oder siegen, es gab nichts dazwischen – und der Frisör vom Oberdorf hüpfte wie besoffen durch die Wagenreihen und tat wie neugeboren. Er rüttelte auch mich hoch und sagte: Waffenstillstand, hast du verstanden, ab heute wird nicht mehr geschossen!

Da krachten die Schüsse durch den Wald, ganz aus der Nähe, vom Schwarzen Teich herüber.

Drei Schüsse kurz hintereinander. Danach Stille. Und dann, als wir uns schon beruhigt hatten, noch einmal Schüsse.

Mein Vater und ein paar andere aus dem Dorf gingen nachsehen. Niemand konnte sich erklären, was das zu bedeuten hatte, nur der meschugge Tschoschke-Paul sagte: Da bringt sich jemand um, und Nasenweinhold fluchte auf die Pimpfe, diese Rotzjungen, die immer noch mit Munition herumballern mußten, dann rannte auch er den anderen hinterher.

Ich rannte mit. Ich hatte mich immer gefürchtet vor Schießereien, nun aber, da alles zu Ende war, hatte ich keine Angst mehr. In mir war nur noch Neugier, eine abenteuerliche Sucht, nichts von dem zu versäumen, was jetzt noch geschah, ein prickelndes Verlangen, überall dabeizusein.

Noch ehe ich begriff, was geschehen war, sah ich Sigismund, sah ihn aus dem Wald herausrennen aufs offene Feld, die Schultern hochgezogen bis an die Ohren, das rötliche glatte Haar sorgfältig geschoren im völkisch-forschen Landjugendschnitt, die immer noch zu dünnen Beine in Soldatenstiefeln, so hetzte er über Rätzebauers unbestellten Kartoffelacker, stolperte, befreite sich aus den Stiefeln, sprang wieder auf die Beine, die jetzt nackt waren, hastete weiter, drehte sich nicht um, wollte Rätzebauers Busch erreichen, hatte nur dieses eine Ziel, schaffte es nicht, stürzte nieder, überschlug sich, taumelte wieder hoch, knickte ein, drückte sich mit den Ellenbogen vom Ackerboden ab und rutschte auf den Knien weiter.

Ich hatte den Schuß nicht gehört, der ihn traf, oder er war untergegangen in der Salve von Schüssen, die auf ihn abgegeben worden waren, ich sah nur, wie Sigismund zusammensackte, sich auf einmal nicht mehr bewegte, keine Anstrengungen mehr machte, den Busch zu erreichen, einfach so liegenblieb auf dem nackten Feld, in der gelben Maiensonne.

Mein Vater und Nasenweinhold hoben Sigismund auf und trugen ihn zurück in den Wald, und einer von den nachfolgenden Männern warf seine Joppe über ihn. Ich schlappte schweigend hinter ihnen her. Ein Buntspecht hämmerte ganz in der Nähe, ich brauchte nicht lange, um ihn auszumachen. Er hangelte, den Kopf nach unten, den Schwanz mit dem roten Unterbauch nach oben, am borkigen Stamm einer Fichte herab, er flog nicht einmal auf, als ich vorüberging, er rutschte nur ein wenig um den Stamm herum und hämmerte weiter. Er war wohl taub geworden in dem lauten Wald oder gleichgültig.

Erst als wir am Schwarzen Teich angelangt waren, erfaßte ich, was geschehen war: Der Knopffabrikant Waldemar Wendehals hatte seine ganze Familie erschossen, seinen greisenhaften Schwiegervater Leberecht Mudlagk, seine stille Frau Gertraude, seine unmündigen Kinder und zuletzt sich selbst. – Man hatte schon Tücher über die Toten gebreitet, aber ich konnte die Umrisse ihrer Körper unter dem dünnen Stoff erkennen. Ich sah lange hin. Um Sigismund tat es mir am meisten leid. Ich hatte es immer mit ihm spielen müssen, dieses Spiel, und nun war es Wirklichkeit geworden.

Ich setzte mich auf einen weggeworfenen Benzinkanister und sah zu, wie die Männer eine Grube aushoben. Wenn er diese mistigen Stiefel nicht angehabt hätte, dachte ich, vielleicht wäre er dann entkommen. Das war es, was mich am tiefsten erschütterte, daß er es nicht mehr geschafft hatte. Er war der einzige gewesen in der Familie, der sich nicht hatte fügen wollen in Waldemar Wendehals' letzten Beschluß, der einfach davongerannt war.

Der den Mut gehabt hatte, feige zu sein.

Es hatten sich eine Menge Leute eingefunden, sie standen um den Schwarzen Teich herum und gafften. Die meisten hatten ihre Wagen schon gepackt und wollten zurück ins Dorf. Nun ließen sie sich von Nasenweinhold berichten, was geschehen war. Ihre Gesichter waren zum Platzen voll von Neugier und Entsetzen, am schlimmsten von allen aber war Nasenweinhold, er gebärdete sich wie ein Jahrmarktschreier, der eine Sensation verkündet.

Die Männer waren fertig mit der Grube und ließen die Toten hinab.

Mein Gott, sagte mein Vater, was müssen die für Angst gehabt haben!

Oder Schuld, sagte einer von den Umstehenden.

Da könnten wir uns gleich alle erschießen, sagte Tschoschke-Paul, amen.

Es war die kürzeste Grabrede, die ich je gehört hatte, aber ich dachte noch lange darüber nach.

KAPITEL XVII

Mein Vater war einer der ersten im Ort, der in Zusammenarbeit mit der Roten Armee gegen Faschismus und Militarismus zu Felde zog ...

Nun lag das alles hinter uns, die Flucht, das Warten auf das Ende, die Angst und der Krieg. Und was mich noch immer verwunderte: Wir waren heil daraus hervorgegangen, heil und unbeschädigt. Ich hielt das lediglich für ein Versehen, für so was wie einen geographischen Irrtum.

Das Dorf war leer. Wie ausgestorben. Nur hin und wieder hing ein weißer Fetzen Stoff aus einer Dachluke. Beim Frisör vom Obermarkt aber war es eine rote Fahne. Sieh an, sagte mein Vater, Kowalnikow, wer hätte das gedacht!

Und als wir an die Spree kamen, sahen wir, daß auch Kirchbauers eine rote Fahne draußen hatten, nur war die arg verblichen und hatte einen dunkelroten kreisrunden Fleck in der Mitte. Mein Vater wartete, bis jemand von Kirchbauers Leuten ans Fenster trat, und sagte dann: Wenn ihr überm Büfett auch so einen beschissenen Fleck habt, so seht bloß zu, daß ihn euch keiner wegschießt, die fackeln da nicht lange.

Von drinnen wurde das Fenster hastig wieder zugeschlagen, und wir wandten uns ab und gingen weiter.

Überall lagen zerbrochene Dachziegel und Sparren herum, verbogene Regenrinnen und Gebälk. Die meisten Fenster waren vom Luftdruck zerplatzt und in tausend Scherben zersplittert. Diejenigen, die schon zurückgekommen waren, nagelten Pappe oder Bretter davor. An manchen Häusern war die Fassade eingestürzt, und man konnte in sie hineinsehen wie in eine Puppenstube. Am schlimmsten sah Pickelhaupts Latschenfabrik aus, der große Schornstein war über ihr zusammengestürzt und in sie hineingefahren wie eine Bombe. Die Spreebrücke daneben war nur noch ein Haufen geborstener Steine. Rohre und Eisenträger ragten wirr daraus hervor, und auf dem längsten saß Eselhofmanns Adrian und winkte uns zu mit einer roten Fahne.

Eselhofmanns, sagte mein Vater, na ja, die waren wohl schon immer rot.

Die Spree zwängte sich zwischen den Steinblöcken hindurch, spärlich, ein Rinnsal nur, sie trug nicht viel Wasser in diesem Frühjahr, und wir suchten uns die seichteste Stelle aus und karrten hindurch. Die Panzer, wenn sie doch noch kommen sollten, konnten hier ebenso mühelos übersetzen, und ich begriff nicht, weshalb wir uns die eigenen Brücken weggesprengt hatten.

Das ist der totale Krieg gewesen, sagte mein Vater, verstehst du, der totale.

Auch unser Haus war nicht verschont geblieben. Das Dach war zur Hälfte abgedeckt, die Fensterscheiben vom Luftdruck nach innen gedrückt, die Haustür zersplittert. Unsere Ziege war närrisch geworden von dem Krach und hatte sich vom Pflock losgerissen. Wir fanden sie unterm Johannisbeergesträuch, sie meckerte nicht, und sie gab auch keine Milch mehr, sie glotzte nur. Wir mußten sie töten.

Milch bekamen wir in der nächsten Zeit von Rätzebauers Kühen, sie standen mit prallvollen Eutern in der Koppel hinter unserem Haus und brüllten. Keiner molk sie ab, keiner kümmerte sich um sie. Die Tränke war leer gesoffen, und sie hatten Durst, niemand von Rätzebauers Leuten war da und nahm sich ihrer an.

Wir hatten auf einmal Milch, soviel, wie wir in allen Kriegsjahren zusammengenommen nicht gehabt hatten. Wir gossen sie in Kübel und Wannen, füllten unseren Waschkessel bis zum Rand und hatten immer noch nicht alle Kühe abgemolken. Unser Waschhaus glich einer Molkerei, nur die Kundschaft fehlte. Die wenigen, die schon wieder ins Dorf zurückgekehrt waren, hatten selber genug davon. Die Milchschwemme war plötzlich über uns hereingebrochen. Milch war das einzige, was wir im Überfluß hatten – und Zeit. Zeit hatten wir beinahe noch mehr. Alle Uhren im Dorf waren entzwei, die Schuluhr, die Bahnhofsuhr und auch die Kirchturmuhr. Keiner fragte danach, keiner brauchte sie. Die Züge fuhren nicht mehr, die Eisenbahnbrükken waren gesprengt, die Eisenbahner mit ihren Familien auf der Flucht. Keiner mußte mehr zur Arbeit, keiner hastete zum Bahnhof. Alle Läden im Dorf waren geschlossen auf unbestimmte Zeit. Kein Unterricht mehr und kein Gottesdienst. Die Schule war ein Feldlazarett a.D. und die Kirche ein Notquartier für Obdachlose. Die Zeit ließ sich nicht mehr messen an den alltäglichen Verrichtungen, sie strömte ungenutzt an uns vorbei, wir wußten nichts anzufangen mit ihr, wir verpanschten sie wie die Milch.

Nur die Kühe hielten sich mit stupider Regelmäßigkeit an die Zeit, nichts konnte sie davon abbringen, ihre Milch zu produzieren wie eh und je. Sie waren der einzige konstante Faktor in dieser Zeitlosigkeit.

Und dann, als wir schon nicht mehr damit rechneten, als wir schon begonnen hatten, uns einzurichten in diesem Chaos, kamen die Panzer, kamen also doch. Ihr Gedröhn erschütterte das ganze Dorf. Sie setzten an derselben Stelle über die Spree, an der auch wir übergesetzt hatten, es war ein Umweg von fünf Minuten. Alle gesprengten Spreebrücken im Dorf zusammengenommen, ergab es eine Verzögerung von zwanzig Minuten – mein Vater stellte es mit mathematischem Sarkasmus fest. Dann kramte er Steinschlag-Collatzens Fahne hervor und hing sie zum Dachfenster hinaus, und ich erfuhr, daß wir schon immer rot gewesen waren, jedenfalls beinahe. Und so rot wie Kowalnikow schon lange.

Diejenigen, die keine rote Fahne besaßen, verriegelten die Türen und verkrochen sich in irgendeinen Winkel. Kirchbauers hatten ihre Fahne wieder hereingenommen und schickten Friedhardt mit einem Korb voll Hühnereier zu uns.

Aus diesem Tausch wird nichts, sagte mein Vater, eßt eure Eier alleine, wir haben bloß die eine Fahne, und die brauchen wir selber.

Aber dann behielten wir die Eier doch.

Die Panzer rollten ohne Unterlaß über die Spree, quollen von der Schönbacher Höhe herab in unser Tal, bohrten, zwängten, schoben sich hindurch und wälzten sich über den Oppacher Berg wieder hinaus, ein graugrüner Strom ohne Ende, eine breite zähflüssige Masse, die mich an jenen wunderlichen Brei erinnerte, der durch nichts aufzuhalten war und mit jedem Meter an Umfang gewann.

Die holen uns nach Sibirien, flüsterte Kirchbauers Friedhardt mir zu, da nutzt dir keine rote Fahne was, da kannst du auch nicht ausreißen, und wenn du noch so flitzen kannst, die kriegen dich doch. Meine Weiber, sagte er, sitzen daheim im Taubenschlag, wenn du weißt, was ich damit meine.

Es stand außer Zweifel, daß ich es wußte. Das wußten schließlich alle. Sie hatten Angst, und ich wußte auch, wovor. Mit dem ersten Flüchtlingstreck schon war die Angst zu uns hereingeschwemmt worden mitsamt dem Wort, das mir bis dahin fremd gewesen war und das nur Bierstuben-Wanda ungeniert aussprach. Vergewaltigung, sagte sie, na und, das hat es doch schon immer gegeben.

Sie war auch die einzige, die nicht in diesen dunklen Altweibersachen herumlief. Die meisten Frauen hatten sich so verhutzelt und vermummt, daß sie nicht wiederzuerkennen waren, bis auf die Kirchbäuerin, die ich gleich erkannt hatte, weil sie sich dadurch nicht groß verändert hatte.

Wir gingen zusammen die Dorfstraße hinab, Friedhardt und ich, über Ziegelscherben, zerbrochenes Fensterglas und Geröll, zählten die Panzer, die über die Spree setzten, pausenlos, mit sieghaftem Gedröhn, und konnten uns nicht einig werden, wie viele es schon waren. Schietegal, sagte Friedhardt, so oder so, wir sind erledigt. Er las ein halbes Dutzend Handgranaten aus dem Straßengraben und steckte sie, den Stiel nach unten, den Kopf mit der Sprengkapsel nach oben, in seine Hosentasche. Die er nicht mehr darin unterbringen konnte, schob er mir in den Rockbund. Wir werden kämpfen oder fallen, sagte er feierlich, wir haben es dem Führer geschworen.

Bis zu dieser Stunde hatte ich geglaubt, der Krieg sei zu Ende und wir hätten keinen Führer mehr, nun aber, da ich in Friedhardts Gesicht sah, war ich mir nicht mehr so sicher.

Wir werden sie alle in die Luft sprengen, sagte er, und wenn wir selbst zugrunde gehen. Oder willst du lieber nach Sibirien?

Nach Sibirien wollte ich um keinen Preis, und so nahm ich die Handgranate, die Friedhardt mir entgegenhielt, und ließ mir von ihm die Abzugsvorrichtung erklären. Ganz einfach, sagte er, Sicherungskappe abschrauben, auf dreißig Meter rangehen, Abzugsschnur ziehen, bis drei zählen, wegschleudern, Deckung nehmen! Er schrie es mir mit wichtigtuerischem Eifer ins Ohr, brüllte so laut, daß alle es hören konnten in den verriegelten Häusern, rannte dann los, zum Spreeufer hinab, rannte, als müßte er alle Panzer einholen, die er schon verpaßt hatte, schwenkte dabei die Handgranate über dem Kopf und rief in einem fort: Ruki werch, ruki werch!

Ich rannte hinterher und tat es ihm nach, obwohl ich keine Ahnung hatte, daß ich «Hände hoch» rief, und erst später, als ich es erfuhr, lief mir ein Schauer über den Rücken, und ich war darüber mehr entsetzt als über die Tatsache, daß wir ein halbes Dutzend Sprengkörper mit uns herumgeschleppt hatten.

Wir waren ganz allein auf der Straße, keiner kam uns nach, keiner hielt uns auf. Sie hockten in ihren verrammelten Häusern und ließen uns laufen. Sie hatten alle Angst – vor Sibirien, vor den Panzern, vor den Handgranaten und am meisten vor uns.

Über die Hauptstraße, die einen Tag zuvor noch Adolf-Hitler-Straße geheißen hatte, klirrten die Panzer hinweg, drehten fünfzig Meter vor der nächsten gesprengten Brücke nach rechts ab, stießen in Kirchbauers Wiese hinein, rissen sie auf, zogen braune Furchen hinter sich her, überquerten zwischen Nasenweinholds Wäschesteg und Eselhofmanns Bleichplan die Spree, die hier nicht breiter war als eine Panzerlänge, schoben sich langsam den Damm hinauf und erreichten dann, fünfzig Meter hinter der Brücke, wieder die Hauptstraße, klirrten drüber weg, stoppten nicht einmal, als sie uns gewahr wurden, rasselten einfach weiter.

Die Russen.

Die Sieger also.

Die uns nach Sibirien holen kamen.

Sie standen im offenen Turmluk, den Oberkörper im Freien, und blickten geradeaus, die Straße entlang. Sie sahen nicht aus wie wilde Wölfe, sie sahen auch nicht aus wie Sieger. Sie sahen überhaupt nicht so aus, wie ich sie mir vorgestellt hatte, sie sahen sehr gewöhnlich aus, fast wie wir, wenn sie nicht diese lächerliche Uniform angehabt hätten.

Wir waren ziemlich nahe an die Panzerkolonne herangekommen. Friedhardt schwenkte immer noch die Handgranate über dem Kopf, doch rannte er jetzt nicht mehr so. Ich sah, daß er schon die Sicherungskappe abgeschraubt hatte und daß sie nur noch an einem dünnen Kettchen hing.

Fertigmachen, schrie er mir zu, es ist soweit!

Da kam uns ein Russe entgegen, nicht gerannt, aber sehr schnell, mit großen, raumgreifenden Schritten. Er winkte mit beiden Händen, als hätte er uns irgendwo schon mal gesehen und freue sich, uns hier in diesem gottverlassenen Dorf wiederzubegegnen. Es schien ihm überhaupt nichts auszumachen, daß wir ein halbes Dutzend Handgranaten mit uns herumschleppten und auch das *Ruki werch* machte keinen großen Eindruck auf ihn. Er kam furchtlos näher und rief uns etwas zu, auf russisch, aber das verstanden wir nicht. Da lachte er und schüttelte den Kopf, lachte über das ganze Gesicht, als hätte er etwas ungeheuer Komisches an uns entdeckt.

Verdammt, sagte Friedhardt und drehte sich nach mir um, ich glaube, die Dinger sind gar nicht scharf.

Der Russe war inzwischen herangekommen, er lachte nicht mehr, er keuchte und spuckte seitwärts aus, er roch nach Schweiß, er war auch nicht mehr so jung, wie es von weitem den Anschein gehabt hatte. Er ging auf Friedhardt zu und nahm ihm die Handgranate ab, nicht grob oder hastig, eher sanft, und es sah aus, als wollte er Friedhardt etwas erklären, etwas, das der ganz und gar übersehen hatte und das vielleicht wichtig war. Erst als er die Handgranate fest im Griff hatte, riß er die Sicherungskappe vollends ab, stieß Friedhardt beiseite, brüllte etwas, das wir wieder nicht verstanden und das auch nicht für uns bestimmt war, und schleuderte die Granate weit hinaus auf Kirchbauers Kartoffelacker. Sie detonierte schon in der Luft.

Nun stoppten auch die Panzer auf der Hauptstraße, und es war plötzlich beängstigend still. Der Russe aber, kaum daß er die eine Sache hinter sich gebracht hatte, wandte sich schon der nächsten zu, zog Friedhardt hoch, der in Deckung gegangen war, nahm ihm die restlichen Granaten ab, beutelte ihn kräftig hin und her und verdrosch ihn dann auf russisch, und das war das erste, was wir auch auf deutsch verstanden.

Mein Vater, der uns hinterhergerannt war, in Holzlatschen, und viel zu spät, kam gerade noch zurecht, um mir den Fluchtweg abzuschneiden, und nachdem er auch mich entwaffnet hatte, tat er es dem Russen nach, beutelte mich kräftig hin und her und verdrosch mich. Ringsherum standen Russen und ein paar Einheimische, die der Knall herbeigelockt hatte.

Es war die erste gemeinsame Handlung, die einer aus dem Dorf mit einem von den Siegern beging, und alle waren gespannt auf den Ausgang. Sie hatten sich ihn vielleicht dramatischer vorgestellt oder irgendwie eindrucksvoller, aber es geschah nichts weiter, als daß sich mein Vater und der Russe, nachdem sie fertig waren, auf einen zertrümmerten Brückenpfeiler setzten und eine Zigarette rauchten, mein Vater eine selbstgedrehte aus deutschem Siedlertabak, der Russe eine selbstgedrehte aus russischem Machorka.

Von der Hängebirke am Ufer stand nur noch ein hoher Stumpf. Der Russe sah den Stamm hinauf zu der zerfetzten Krone und sagte: Kaputt, Hitler kaputt! Er sagte nicht Hitler wie wir, er sagte Gitler. So hieß der Fahrradhändler vom Oberdorf, und mein Vater nickte dazu und machte mit der Hand ein Zeichen, was soviel wie endgültig bedeuten sollte.

A' Faschismus nix kaputt, fuhr der Russe fort und wies auf uns und auf die zerstörte Brücke und dann auf das ganze Dorf.

Da nickte mein Vater nicht mehr.

Später, wenn er davon erzählte, und das tat er oft, sagte er, das sei der Augenblick gewesen, in dem ihm das Blut in den Adern gestockt habe, denn er hätte nichts anderes geglaubt, als unser aller letzte Stunde sei gekommen.

Der Russe aber, anstatt uns allesamt niederzumachen, wie mein Vater es erwartet hatte, kletterte wieder auf seinen Panzer und gab das Kommando zur Weiterfahrt.

Entweder glaubt der an gar nichts mehr, sagte da mein Vater, oder noch an alles, und er blieb eine ganze Weile unter der zerfetzten Birke sitzen, weil ihm, wie er später zugab, vor lauter Nachdenken die Beine geschlottert hätten.

Bis zu diesem Augenblick hatte ich uns immer nur als Besiegte, nie aber als Schuldige gesehen.

Die Panzer rollten wieder ohne Unterbrechung durch das Dorf, einer glich dem anderen. Und auch die Gesichter, fand ich, waren einander zum Verwechseln ähnlich. Ich konnte sie nicht unterscheiden, ich glaubte, in jedem den Russen wiederzuerkennen, der uns gezeigt hatte, wie man mit einer Handgranate umgeht, die schon abgezogen ist.

Kirchbauers Friedhardt aber, wenn er später davon erzählte – und das tat er ebensooft wie mein Vater –, ließ die Handgranate jedesmal weg und begann stets mit den Schlägen, die er bekommen hatte, erzählte, wie er, ein Junge von knapp dreizehn, von einem Russen halb totgeprügelt worden sei, wie der ihn am Joppenkragen gepackt und mit einer Hand ausgehoben habe, daß ihm Hören und Sehen vergangen sei und er tief in die Joppe hineingerutscht und fast erstickt darinnen sei – erzählte das alles haargenau, vergaß dabei nicht die geringste Kleinigkeit, alles stimmte, nichts war hinzugefügt, nichts erfunden. Es fehlte seinem Bericht, wie gesagt, nur ein Stück vom Anfang und eine winzige Erkenntnis am Schluß, die Erkenntnis nämlich, daß er ohne diesen Russen das alles niemanden mehr hätte mitteilen können.

Von da an hörte ich genauer hin, wenn einer was erzählte, denn ich wußte nun, daß die größten Lügen oft nichts anderes sind als halb erzählte Wahrheiten.

KAPITEL XVIII

... und in unermüdlichem Einsatz dafür sorgte, daß das Leben im Ort wieder in Gang kam.

Es schwemmte nun alle wieder zurück ins Dorf, mehr als es hinweggeschwemmt hatte, Flüchtlinge, Heimkehrer, Ausgebombte. Die Häuser waren schon zum Bersten voll davon, doch immer mehr und immer neue schwemmte es herein.

Mit einem Treck aus Böhmen schwemmte es auch Philipp und Eva wieder an, und ich mußte zu meiner Verwunderung feststellen, daß sie den Verlust der Teerfabrik mehr beklagten als ich, der sie doch gehört hatte.

Und eines Tages endlich war auch Lore wieder da. Sie brachte einen Granatsplitter mit. Man konnte ihn nicht sehen, er steckte tief in ihrem Dickbein. Sie humpelte ein bißchen, damit ich wenigstens etwas davon hatte.

Beinahe wären wir hops gegangen, sagte sie.

Wir auch, sagte ich.

Das war alles, was es vom Ende zu sagen gab.

Sie schnippste mir einen Franzosenkäfer ins Gesicht. Sie war sehr klein, sie ging mir nur noch bis ans Kinn. Ich mußte gewachsen sein. Ich mußte es tatsächlich fertiggebracht haben zu wachsen. Mitten im Zusammenbruch, mitten im Warten auf das Ende mußte das geschehen sein.

Unter unserem Ortsschild standen jetzt russische Buchstaben.

Das war das erste, was Lore in die Augen sprang. Daß ich gewachsen war, sah sie nicht. Sie blickte immer nur auf die Buchstaben. Die meisten waren uns fremd. Wir hatten nicht gewußt, daß es außer den unseren auch noch andere Buchstaben gab auf der Welt. Vielleicht, sagte Lore, man kann nicht wissen, vielleicht heißt das liquidieren.

Wir schrieben uns die Buchstaben vom Ortsschild ab. Sie ließen sich besser malen als schreiben. Sie hatten überhaupt mehr Ähnlichkeit mit gepreßten Insekten als mit Schriftzeichen. Es gab auch welche, die sahen genauso aus wie unsere, hießen aber anders, wie wir vom Frisör vom Oberdorf erfuhren, und das war erst recht verzwickt, das war ungefähr so, als ob wir für grün rot hätten sagen sollen. Dafür blieb uns dann zum Trost noch eine Handvoll, die stimmte mit den unseren überein. Wir verglichen die Buchstaben mit jenen Wörtern am Wendehalsschen Gartentor, von denen wir wußten, daß sie Kommandantur, Automobil und Stop hießen, und kamen schließlich dahinter, daß die Zeichen auf dem Ortsschild nichts weiter bedeuteten als Spreetal. Das enttäuschte uns.

Der Frisör vom Oberdorf schrieb uns das russische Alphabet auf die Rückseite von einem alten Kohlenklauplakat. Er war jetzt Dolmetscher, er hatte sich selbst dazu ernannt. Jeder im Dorf hatte sich zu irgend etwas ernannt, die meisten zu Parteilosen.

Mein Vater hatte sich zum Verwalter des Marinelagers ernannt, das aus dem Krieg bei uns im Ort zurückgeblieben war. Niemand hatte sich bisher darum gekümmert, im Wirrwarr der Ereignisse war es übersehen worden. So beschloß mein Vater, es auszuräumen. Am hellichten Tage. Denn was man im Angesicht der Sonne tut, sagte er, das rechnet einem keiner als Sünde an.

Meine Mutter war da anderer Meinung. Sie nannte es auch nicht Räumung, sie nannte es Raub.

Sie werden dich dafür erschießen, sagte sie.

Ach was, erschießen, widersprach mein Vater, die haben weiß Gott Wichtigeres zu tun.

Seit er mit dem «Kommandeur» auf dem zertrümmerten Brückenpfeiler gesessen hatte, war er furchtlos geworden.

Sie hatten miteinander nicht mehr als drei Worte gewechselt, aber immer, wenn die Rede darauf kam, tat mein Vater so, als hätten sie die geheimsten Dinge zusammen beratschlagt. Ja, ja, sagte er jedesmal zum Schluß, der Kommandeur und ich ..., worauf er in vieldeutiges Schweigen verfiel und durch nichts mehr zum Reden zu bringen war.

Auf diese Weise gelangte er in den Ruf eines russischen Generalbevollmächtigten. Da er auch die Haustür nicht verschloß wie die meisten, kam es dazu, daß die Sieger bei uns ein und aus gingen. Sie ließen sich Hühner oder Eier von uns braten oder verlangten einfach nur Wasser. Die Eier stammten von Kirchbauers schwarzen Minorka-Hennen. Ich sah es gleich, es gab keine anderen Hühner im Dorf, die so große, dünnwandige Eier legten. Wir brieten sie mit Speck und Salz, und auch der Speck war von Kirchbauers Hof. Sie bitzelten ihn mit langen Messern von der Schwarte herunter, schnitten ihn kreuz und quer in Stück, rafften die Stücke mit einer Hand zusammen, lässig, als wischten sie einen Schwarm Fliegen vom Tisch, und warfen sie dann in hohem Bogen in die Pfanne.

Mir wurde jedesmal angst und bange, wenn ich ihre langen Messer sah, und ich belauerte mißtrauisch jede ihrer Verrichtungen. Auch meine Mutter atmete immer erst auf, wenn das Zeremoniell des Speckschneidens vorüber war. Bevor sie dann zu essen begannen, winkten sie uns zu sich heran und ließen uns kosten. Ich hielt das zunächst für eine Gepflogenheit ihres Landes, für eine nicht unwillkommene Tischsitte, den Wirt am Gastmahl teilhaben zu lassen, bis ich dann dahinterkam, daß es Mißtrauen war, was sie zu dieser freundlichen Geste veranlaßte, daß sie uns also genauso argwöhnisch belauerten wie wir sie, ja, daß sie gar unser harmloses graues Küchensalz für Zyankali hielten. Da verlor ich meine Angst und kostete so lange von ihren Speckeiern, bis ich zum Platzen voll davon war.

Nun aber gab es eine Kommandantur im Ort, und die Speckeierzeit war vorbei. Es war von nun an untersagt, Eier und Hühner zu braten, die nicht aus offizieller Zuteilung stammten, es war auch verboten, in Läden und Wohnungen einzudringen, die verschlossen waren. Wir wußten ziemlich genau, was alles verboten war, und hielten uns daran, soweit es uns in den Kram paßte. Wurde uns etwas gestohlen, rannten wir zur Kommandantur, wurde uns etwas Gestohlenes ins Haus gebracht, rannten wir nicht. Wir lebten noch immer in diesem Schwebezustand zwischen Ende und Neubeginn. Wir mußten uns erst zurechtfinden mit dem Gedanken, daß es weiterging, wir waren darauf nicht eingerichtet gewesen. Wir sprachen immer noch von der Adolf-Hitler-Straße und von der HJ, und ich ertappte mich dabei, wie ich die Hand zum Gruß erhob, als ich Isegrim begegnete. Er zuckte schmerzhaft zusammen. Und eines Tages war er nicht mehr da. Man hatte ihn, wie es hieß, in die Kreisstadt gebracht zum Entnazifizieren. Ich stellte mir darunter so etwas wie Entlausen vor, und als ich Lore dieses entsetzliche Wort mitteilte, kam ihr Ähnliches in den Sinn, und sie schüttelte sich und sagte: Pfui Teufel!

Der Tag, den mein Vater für die Räumung des Marinelagers vorgesehen hatte, unterschied sich von den anderen durch den günstigen Umstand, daß sich alle Dorfbewohner auf dem Obermarkt versammelt hatten, um Eselhofmann zuzuhören, der Bürgermeister geworden war. Und während Eselhofmann den Einwohnern von Spreetal die Aufgaben und Pflichten der neuen Zeit erläuterte, karrte mein Vater mit dem Leiterwagen Runzels Gasse entlang, an deren Ende sich der Hintereingang zum Marinelager befand. Wir setzten ihm mit Lore hinterher.

Ich hatte mir ein paar Nächte lang den Kopf darüber zerbrochen, wie wohl ein Marinelager zu uns ins Bergland geraten sei, und war schließlich zu der Überzeugung gelangt, mein Vater habe sich verhört, es könne sich in diesem Falle nur um ein Margarinelager handeln.

Ein Margarinelager, das leuchtete auch Lore ein. Sie war nun auf die wahnwitzige Idee gekommen, es könnte auch ein Brotlager dazugehören. Sie gierte nach Brot. Sie hatte den unverschämten Wunsch, zu ihrem Geburtstag ein ganzes Kastenbrot geschenkt zu bekommen. Du mußt zugeben, sagte sie, daß das Brot mir gehört, ich bin zuerst darauf gekommen.

Ich nickte, ich wußte im voraus, daß mein Vater ihr das viele Brot nicht lassen würde. Sie aber teilte es schon auf: Bierstuben-Wanda sollte das meiste bekommen, dann ihre großen Brüder, die ihr immer die Hucke voll hieben, dann ihre kleine Schwester Griseldis, derentwegen sie von Bierstuben-Wanda immer die Hucke voll bekam, dann der Heimkehrer, der in ihrem Bette schlief. Dann sie.

Und dann kam die Ernüchterung: Es war gar kein Margarinelager und ein Brotlager schon gar nicht. Es war auch kein Marinelager. Es war nur ein ganz belemmertes Wehrmachtslager – voller Radios. Bis hoch an die Decke. In Pappkartons verpackt. Fabrikneue tschechische Apparate mit dem Firmenzeichen Siema. Prächtige Kästen, gegen die sich unsere Volksempfänger ausnahmen wie aufgequollene Streichholzschachteln.

Dennoch: Es war niederschmetternd. Was sollten wir mit den vielen Radios.

Lore war am tiefsten getroffen. Sie untersuchte Karton um Karton, stieß immer nur auf Holzwolle und Zelluloid und wollte es trotzdem nicht wahrhaben, daß kein einziger darunter sein sollte, der voller Brote war.

Ich setzte mich auf eins von den tausend Radios und trommelte mit den Füßen gegen die Skala.

Mein Vater war der einzige, der nicht enttäuscht war. Er hatte auch nichts erwartet. Er erwartete nie etwas. Er war immer nur voller Neugier, bis obenhin, nie voller Erwartungen. Alles, was er im Leben anfing, fing er aus Neugier an. Neugier war ein Lebenstrieb bei ihm. So konnte er auch nie enttäuscht werden, höchstens überrascht.

Nun hatte es ihm diese Radios zugetrieben. Sein Leiterwagen war viel zu klein für diese Überraschung. Er hatte wohl an Socken gedacht, vielleicht auch noch an Zigaretten. Er schickte Lore nach Bierstuben-Wandas altem Zwillingswagen. Bierstuben-Wanda ließ es sich nicht nehmen und kam gleich selber mit. Sie schob meinem Vater ein Päckchen französischen Tabak zu und erhielt dafür die Erlaubnis, ihm bei der Räumung des Lagers behilflich zu sein.

Eine richtige Räumung war es eigentlich nicht, mehr eine Teilverlagerung in unser Waschhaus. Wir hatten nun anstelle der Molkerei, die uns seit Rätzebauers Rückkehr eingegangen war, eine Radiohandlung bekommen, mit meinem Vater als Chef und Bierstuben-Wanda als stillem Teilhaber. Sie machten noch am selben Tage Bestandsaufnahme, zählten die Apparate sorgfältig durch, legten den beiderseitigen Anteil fest, überprüften die Funktionstüchtigkeit der Geräte, sortierten den Ausschuß heraus – es handelte sich hierbei lediglich um ein Gerät mit eingetrommelter Skala – und errechneten mit buchhalterischer Genauigkeit den Verkaufswert, den sie in Speck, Zucker, Brot und Kartoffeln ausdrückten. Beim Brot gerieten sie das erste Mal aneinander. Bierstuben-Wanda setzte den Preis zu hoch an, sie verlangte drei Brote für ein Radio, mein Vater nur zwei. Er begründete seine Preisunterbietung mit der Tatsache, daß es nur noch einen einzigen Bäcker im Orte gab, man konnte sich also nicht auf die Konkurrenz berufen. Bierstuben-Wanda sah es schließlich murrend ein.

Als sie endlich fertig waren mit der Einnahmeliste, stellte sich heraus, daß sie warmes Schuhzeug für den Winter und Karbid vergessen hatten, und sie begannen noch einmal von vorn und setzten nun anstelle von Zucker diesen übelriechenden Stromersatz auf die Liste und Schweinsleder anstelle von Schweinespeck. Danach legten sie die Käufer fest. Zuerst sollte der Bäcker beliefert werden, den wollte mein Vater übernehmen, er traute Bierstuben-Wanda nicht. Sie war ihm zu brotgeil und konnte damit alles verderben. Er bot ihr als Ersatz Kirchbauers an, mit denen waren wir ohnehin verzankt.

Wir begannen schon anderntags mit dem Verkauf. Die Radios ließen wir daheim, wir wollten erst Witterung aufnehmen, wie mein Vater es nannte.

Der Bäcker wohnte am Ausgang vom Niederdorf. Wir hatten nie Brot bei ihm gekauft, es hieß, sein Brot hätte den Beigeschmack von Knochenleim und Teer. Nun sollte er Radios von uns kaufen. Immerhin, sagte mein Vater, so was kriegt der nie wieder, der ist doch nicht bescheuert! Markenqualität – der wird sich doch so ein Geschäft nicht durch die Lappen gehen lassen.

Und je näher wir der Bäckerei kamen, desto unschlüssiger wurde mein Vater, was den Preis betraf, und schließlich fand er, daß zwei Brote ein viel zu niedriger Tauschwert seien – am Ende hält der mich für einen Gauner und denkt, ich will ihn reinlegen –, und er erhöhte den Preis auf drei Brote oder zehn Pfund Roggenmehl pro Apparat. Und als wir schon vor der Haustür standen, fiel ihm ein, daß er auch noch ein Pfund Weizenmehl verlangen könnte, sonst denkt der gar, ich bin ein Trottel.

Der Bäcker lag noch im Bett, er hatte nächtens kaum geschlafen. Das Reißen, klagte er, das Reißen.

Mein Vater zog sich einen Schemel heran.

Lichtelwilhelms Schwiegersohn, riet der Bäcker, hab' ich recht?

Mein Vater nickte, es war ihm recht, daß der Bäcker ihn verkannte, und so machte er mich schnell zu Lichtelwilhelms Enkeltochter.

Draußen auf dem Hausflur hantierte seine Wirtschafterin, ein unfreundliches Weib mit poltriger Männerstimme.

Der Bäcker hat kein Brot mehr, rief sie durch die Tür, immer diese Bettelei!

Der Bäcker winkte ab, er war sich nicht so sicher, ob er wirklich keins mehr hatte. Er sah meinen Vater lauernd an.

Man kann ein Brot nicht einfach so verschenken, sagte er, und verkaufen schon gar nicht, heutzutage.

Mein Vater lächelte, hintergründig, wie beim Skatspiel, wenn er auf die blanke Zehn noch einen Stich machte. Und wenn ich andersrum bezahle, warf er ein.

Der Bäcker stand nun doch auf. Er war noch in seinem Arbeitszeug, er mußte die ganze Nacht nicht zur Ruhe gekommen sein. Er fuhr in seine Filzpantoffeln, sah nach, ob das Weib weg war, und nahm uns dann mit in die Backstube. Darüber läßt sich reden, sagte er und füllte uns eine Tüte voll Roggenmehl.

Mein Vater schüttelte den Kopf. Mit einer Tüte Roggenmehl war kein Geschäft zu machen. Meine Ware, sagte er, wiegt mindestens zehnmal soviel.

Der Bäcker wurde neugierig, er verlangte die Ware zu sehen. Erst zeigen, ob du zahlen kannst, beharrte mein Vater.

Der Bäcker legte noch eine Handvoll Weizenmehl dazu, mehr hatte er nicht. Er durchwühlte alle Kästen und Schübe, ließ uns sogar in den Backofen schauen, er hatte wirklich nichts mehr.

Also dann, sagte mein Vater, nichts für ungut, aber es wird nichts draus, und er wandte sich zum Gehen.

Der Bäcker versperrte ihm den Weg, er wollte wenigstens wissen, was er sich da hatte entgehen lassen.

Das Geschäft deines Lebens, erwiderte mein Vater und lauerte, ob dem Bäcker nun doch noch etwas einfallen würde. Dem fiel auch was ein, kein Brot zwar, aber man konnte es zu Brote machen. Er führte uns über den Hof in den Schuppen.

Der Raschwitzer Müller, sagte er, was mein Schwager ist, der könnte es euch umtauschen, vier Brote pro Stück sind drin, wenn ihr es richtig anstellt.

Jetzt war mein Vater es, der sich vor Neugier nicht mehr halten konnte. Etwa Butter? forschte er.

Der Bäcker lächelte, hintergründig, wie zuvor mein Vater.

Darauf würdest du nicht einmal im Traume kommen, frohlockte er. Er werkelte am Schuppenschloß herum, ich hab' das Zeug erst nächtens bekommen, gestand er uns, und mir wurde plötzlich klar, warum er noch in seinen Arbeitshosen steckte.

Beste Ware, fuhr er fort, offiziell genehmigt, aus Siemensens Privatbeständen.

Mein Vater zerrte ihm das Schloß aus der Hand, dieses Gewerkele dauerte ihm zu lange. Der Schuppen war feucht und dunkel, ein enges, fensterloses Gemach. Zuerst sahen wir überhaupt nichts, tasteten uns nur an Ställen entlang, es roch scharf und säuerlich nach Kaninchenmist. Das war alles, was wir wahrnahmen. Die Siemensbestände mußten geruchlos sein, oder sie wurden überlagert von dieser durchdringenden Kaninchenbeize.

Allmählich gewöhnten wir uns an den Geruch und an die Dunkelheit, und im nachflutenden Tageslicht entdeckten wir dann an der Stirnwand, hoch aufgetürmt wie die Kaninchenställe und mit Säcken verhüllt, die angekündigten Siemensbestände.

Der Bäcker schlug die Säcke zurück.

Radios, sagte er triumphierend, funkelnagelneue, vom Lagerverwalter gestern freigegeben, darauf wärst du im Leben nicht gekommen. Er hüpfte zur Schuppentür, sah nach, ob uns jemand gefolgt war, kam wieder zurück, stieß meinen Vater in die Seite, kicherte, wartete voll Ungeduld auf ein Zeichen des Erstaunens, sagte dann, als mein Vater immer noch schwieg, kopfschüttelnd die Radios betrachtete und mit einem Streichholz die Skala ableuchtete, an deren oberer Abschlußkante das tschechische Firmenschild Siema angebracht war, sagte nun, daß es eine einmalige Gelegenheit sei, hielt das unter diesen Umständen wohl für notwendig zu sagen, fand, daß mein Vater es nicht genug zu schätzen wußte. Immerhin, so was wurde einem nicht alle Tage geboten, ein Glücksfall gewissermaßen, den sich nur der Dumme durch die Lappen gehen ließ. Da endlich richtete sich mein Vater auf.

Siemensbestände, sagte er, daß mich nicht der Affe laust!

Er schob den Bäcker mit einer einzigen, weitausholenden Armbewegung beiseite und trat hinaus auf den Hof, besann sich dort und drehte sich noch einmal um. Da mach mal lieber Kleinholz draus, rief er in den Schuppen hinein, damit kommste übern Winter!

Der Bäcker nickte. Es hatte ihm die Sprache verschlagen. Sein Teiggesicht wurde grau wie das allerletzte Mehl in seiner Lade. Er schloß die Schuppentür ängstlich zu. Um Himmels willen, stammelte er, bist du etwa von der Kontrolle – oder willst du mit mir schachern?

Mein Vater legte ihm die Hand auf die Schulter. Du wirst es nicht glauben, sagte er, aber zwischen zwei Möglichkeiten liegt manchmal noch eine dritte.

Dann ging er. Er fluchte den ganzen Heimweg lang. Noch nie in seinem ganzen Leben war er so hereingefallen. Er beruhigte sich erst, als wir auf Wanda stießen, die von Kirchbauers kam und noch lauter fluchte.

Diese Bande, rief sie meinem Vater schon von weitem zu, das ganze Gewölbe voller Radios. Sie hielt inne, sie hatte von Kirchbauers ein Weckel Butter bekommen, damit sie nichts herumerzählte.

Siemensbestände, ergänzte mein Vater, von mir selber freigegeben, stimmt's?

Und während Wanda nun die Tatsache verarbeiten mußte, daß auch der Bäcker freigegebene Bestände hatte und der Schuster wahrscheinlich auch, gelangte mein Vater zu dem erheiternden Schluß, daß die anderen nicht besser dran waren als wir. Das tröstete ihn.

Nur Wanda wollte sich nicht damit abfinden. Sie hatte die Brote schon aufgeteilt und die Kartoffeln auch. Sie brauchte unbedingt Kartoffeln, der Heimkehrer fraß sie arm.

Schick ihn weg, sagte mein Vater, heutzutage muß jeder selber sehen, wo er bleibt.

Wanda seufzte. Sie bot meinem Vater das Butterweckel an für einen Sack Kartoffeln.

Mein Vater hatte keinen Sack Kartoffeln mehr. Es tat ihm leid, er hätte die Butter gern genommen.

Wanda schob sie wieder in ihre Schürzentasche. Sie war nun ärmer als zuvor, sie hatte ein Stück Butter, das ihr auf entmutigende Weise klarmachte, wieviel ihr noch zum Leben fehlte.

Sollen wir das Zeug vielleicht ohne was fressen und dran verrecken, raunzte sie.

Ich hatte die resolute Wanda noch nie heulen sehen, ich hielt dieses Raunzen und Gegluckse zunächst auch nicht dafür. Ich dachte, sie hätte sich verschluckt und sei in Atemnot geraten. Ihr ganzer schwerer Körper bebte, zuckte um die Schultern herum, erzitterte, schwappte über, und zwischendurch immer dieses feuchte Gegluckse.

So flenn doch nicht, sagte mein Vater, wirst schon noch zu Brote kommen, irgendwie.

Erst da begriff ich, daß dieses urzeitliche Gestammel Wandas Art zu heulen war.

Ich hatte auf einmal Hunger, ein hoffnungsloses Verlangen nach Schlippermilchplinsen und Malzkaffee.

KAPITEL XIX

Besonders eng und herzlich war das Verhältnis meines Vaters zur Kommandantur des Ortes.

In allen Ecken wucherte der Löwenzahn, er kroch sogar aus Schützengräben und Panzerfallen, krumm und schief, als wäre er im Krieg dort hinabgestürzt. Wenn der Wind ging, wehte es Holunderschnee drüber weg.

Es war ein Holunderjahr. Auf den Holundersträuchern reifte unsere Septembersuppe. Jeden Monat wuchs uns eine Suppe zu. Im Mai die Brennesselsuppe, im Juni die Heidelbeersuppe, im Juli die Pilzsuppe – im August endlich die Mehlsuppe. Bis zur

Mehlsuppe war es noch eine Weile hin. Das Korn auf Kirchbauers Feld hatte noch nicht einmal die Grünreife, es sah erst aus wie zu schnell gewachsenes Gras.

Wanda wollte nicht mehr warten bis zur Kornernte, sie beschloß, nach Raschwitz aufzubrechen. Der Raschwitzer Müller besaß noch Mehl vom Vorjahr. Wanda beabsichtigte, die Spreetaler Radios gegen das Raschwitzer Vorjahresmehl zu verschachern, ein Vorhaben, das sie kühn Geschäftsbeziehungen aufnehmen nannte. Sie war überzeugt, daß der Müller die vielen Radios gebrauchen konnte, denn was manch einer im Überfluß besaß, konnte beim anderen Mangelware sein, eine Erkenntnis, die ihr im Bett gekommen war, wie sie meinem Vater hinter vorgehaltener Hand verriet.

Raschwitz lag dreißig Kilometer entfernt von uns. Es fuhren noch keine Züge, und es fuhr auch kein Omnibus dorthin. Wenn man Courage hatte, nahm einen vielleicht ein Russenauto mit, wenn man Glück hatte, borgte einem einer ein Fahrrad.

Wanda hatte Glück.

Mein Vater holte das Rad unterm Heu hervor. Er hatte es dort aufbewahrt für spätere Zeiten und damit es ihm keiner wegstahl inzwischen. Er verlangte Gewinnbeteiligung dafür, war wieder ganz und gar Geschäftsmann, sprach von Umsatz und Konkurrenz und lobte Wandas Tüchtigkeit. Konkurrent war das halbe Dorf. Es galt, das halbe Dorf auszuschalten. Vor allem den Niederdorfer Bäcker, von ihm stammte der Tip.

Wanda beschloß, schon am nächsten Morgen aufzubrechen. Mein Vater gab ihr einen Kanten Kleiebrot und ein halbes Dutzend Ratschläge mit auf den Weg, meine Mutter ein paar runzlige Äpfel und einen scheelen Blick. Sie hielt nicht viel von Wandas Tüchtigkeit. Unrecht Gut gedeiht nicht gut, sagte sie und prophezeite ein schlimmes Ende.

Das Ende kam, es war erst Mittag. So schnell hatte selbst meine Mutter nicht damit gerechnet. Sie stand am Herd und machte falsche Leberwurst, ein graugesprenkeltes breiiges Gemisch aus Fett, Mehl und Majoran. Da ging die Tür auf und Wanda stürzte herein. Sie sah nicht aus wie jemand, der mit Erfolg aus Raschwitz kommt. Sie ließ sich breit und schwer auf einen Schemel fallen, an ihren Klapperlatschen klebte feuchte Ackererde. Sie sprach nicht, sie schnappte nur nach Luft.

Um Himmels willen, Wanda, rief meine Mutter da, du wirst doch nicht ohne Rad zurückgekommen sein!

Wanda schwieg, und dieses Schweigen sagte alles.

Am schlimmsten traf es meinen Vater. Das Rad war sein einziger ungeteilter Besitz gewesen. Er war damit tagtäglich zur Arbeit gefahren. Es war kein schönes Rad gewesen, aber ein gutes, er hatte nie ein besseres besessen. Fahrradgitler hatte es ihm zusammengeflickt aus den besten Teilen ausgedienter Räder. So gesehen bestand es nur aus besten Teilen, mein Vater stellte es in schmerzhaftem Erinnern fest. Es hatte einen erstklassigen Rennradlenker gehabt mit sportlicher nach unten gekröpfter Form, hochelegant und schnittig, mit bruchsicherer Vorderradgabel. Der geringfügige Mangel, daß die Handbremse fehlte, wurde dadurch wieder aufgewogen. Es hatte meinen Vater auch nie gestört, daß die Gummimuffen fehlten. Seine Hände waren innen so verhornt, daß es ihm nichts ausmachte. Nur Wanda warf es ein, als mein Vater nicht aufhörte, die Vorzüge dieses prächtigen Rades zu rühmen. Sie erinnerte sich auch, daß der Rücktritt erst nach mehrmaligem kräftigen Dagegentreten funktioniert hatte, eine Behauptung, die mein Vater schroff zurückwies. Gerade der Rücktritt, beharrte er, wäre der zuverlässigste Teil vom ganzen Rad gewesen. Nie hätte es damit Schwierigkeiten gegeben. Freilich, wenn man draufplatschte wie ein Hornochse, käme selbst der beste Rücktritt ins Stottern. Jedenfalls, verteidigte sich Bierstuben-Wanda, ein Paraderad war es gerade nicht.

Paraderad, höhnte mein Vater, da hättest du gar nicht draufgepaßt! Er hätte Wanda zerfetzen können vor Wut. Er raste in der Küche hin und her wie ein in die Falle gegangener Fuchs. Ich hatte ihn noch nie so gesehen, so außer sich vor Gram und Enttäuschung. Er fand keine Ruhe, setzte sich nicht, verbot meiner Mutter, sich einzumengen, wollte nicht einmal Wanda zu Worte kommen lassen, sprach immer nur von seinem Rad, und je länger er davon sprach, desto mehr verklärte es sich in seiner Erinnerung.

Beinahe wäre ich hops gegangen, warf Wanda ein, kurz vorm Raschwitzer Berg ... Aber mein Vater ließ sie nicht ausreden ... das Rad ist hops gegangen, Wanda, das Rad!

So gib doch endlich Frieden, sagte meine Mutter da, was hin ist, ist hin.

Man könnte vielleicht eine Beschwerde einreichen, schlug Wanda vor, immerhin, es war ein Überfall, ein Anschlag auf meine Person und Ehre, wenn ihr wißt, was ich damit sagen will. Man sollte es auf der Kommandantur melden.

Bei dem Wort Kommandantur horchte mein Vater auf, es lag so etwas wie Hoffnung darin, eine kleine winzige Chance, die ihm über den resignierenden Satz meiner Mutter hinweghalf. Er war nun auch bereit, sich Wandas Geschichte anzuhören.

Meine Mutter schmierte mir eine falsche Leberwurstschnitte und schickte mich hinaus. Sie vergaß, daß ich schon elf war und alles wußte. Man konnte mich nicht einfach mit einer Leberwurstschnitte vor die Tür setzen. Ich war kein Kind mehr. Ich hatte schon um mein Leben gebangt. Wer um sein Leben bangt, hat die Kindheit hinter sich.

Also was ist, fragte mein Vater, haben sie dich nun vergewaltigt oder nicht?

Wanda zögerte mit der Antwort. Sie sah mich abwartend an, aber ich rührte mich nicht vom Fleck. Der eine hatte ein Messer, sagte sie schließlich, er kam mit dem Messer direkt auf mich zu.

Was denn nun, unterbrach sie mein Vater barsch, erstechen oder vergewaltigen?

Wanda zuckte die Schultern, jedenfalls wäre ich beinahe hops gegangen. Bin ich gerannt, immer querfeldein. Als ich mich umdrehte, waren sie schon weg mit dem Rad, auf und davon.

Wie denn, ereiferte sich mein Vater, du hast ihnen so mir nichts, dir nichts das Rad hingeschmissen. Und das nennst du Überfall? Läßt einfach mein Rad im Stich und rennst davon.

Herrgottnochmal, begehrte Wanda auf, was hätte ich denn machen sollen!

Mit dem Kommandeur hättest du ihnen drohen sollen, sagte mein Vater, mit dem Kommandeur, Wanda, du bist doch sonst so helle.

Wanda seufzte, sie hatte es aufgegeben, mit meinem Vater zu rechten. Also gut, sagte sie, ich werde dir das Rad ersetzen.

Womit denn, erkundigte sich mein Vater, etwa mit Radios? Und als Wanda betroffen schwieg, holte er Tinte und Papier und schrieb eine Beschwerde an den Kommandanten von Spreetal.

Meine Mutter aber riß ihm das Schriftstück aus der Hand und warf es ins Herdfeuer. Der Krieg ist aus, sagte sie, wir haben ihn verloren, aber du benimmst dich, als wären wir die Sieger.

Hier geht es nicht um Sieger und Verlierer, erwiderte mein Vater, hier geht es um mein Rad. Er zerrte seine Joppe vom Kleiderhaken und stürzte hinaus. Wir sahen ihm durchs Küchenfenster nach, und als er den Weg zur Villa Wendehals einschlug, schickte mich meine Mutter hinterher.

Hol ihn bloß zurück, beschwor sie mich, der rennt sonst in sein Unglück!

Obwohl ich mich sogleich auf den Weg machte, barfuß und noch ungekämmt, gelang es mir doch nicht mehr, ihn einzuholen. Mein Vater rannte, als sei er nicht seinem Fahrrad, sondern seinem gestohlenen Leben hinterher. Als ich das erkannte, ging ich langsamer.

Im Eichengrund kam mir ein Lkw entgegen. An dem roten fünfzackigen Stern vorn auf dem Kühler erkannte ich, daß es ein Russenauto war. Es fuhr ziemlich langsam, und ich konnte von hinten in den offenen Laderaum sehen, in dem quer zur Fahrtrichtung auf hölzernen Bänken ein gutes Dutzend russischer Soldaten saß. Sie sahen alle aus wie eineiige Zwillinge – in dieser fremden Uniform, von der Kirchbauers Friedhardt behauptete, daß sie ohne jeden Schneid und Schmiß sei. Einer von ihnen, der ganz vorn an der Bordwand saß, winkte mir zu, mit beiden Händen, auf eine seltsame Art, die mich zum Lachen reizte. Aber ich lachte nicht, ich winkte auch nicht zurück. Ich hatte auf einmal wieder Angst, ein dumpfes, bohrendes Unbehagen bei dem Gedanken, daß sie die Sieger waren und wir die Verlierer und daß sie es mit uns halten konnten, wie sie wollten. Ich bedauerte das, aber es empörte mich nicht. Ich fand, es stand ihnen zu, so wie es vordem uns zugestanden hatte. Und mit schonungsloser Konsequenz wartete ich noch immer darauf, daß sie uns nach Sibirien verschleppen würden, wie es uns verheißen worden war. Daß es bisher noch nicht geschehen war, hielt ich lediglich für ein Versehen oder für eine böse List, und so hatte ich mich auch mit Händen und Füßen dagegen zur Wehr gesetzt, als ich wie alle im Dorf geimpft werden sollte, denn ich hatte geglaubt, das Serum sei vergiftet oder zumindest verseucht und wir alle würden daran elendiglich zugrunde gehen. Man hatte mich mit Gewalt zur Impfstelle schleppen müssen, und noch Tage danach hatte ich auf mein Ende gewartet. Es war das Recht des Siegers, über den Besiegten zu befinden, so hatten wir es gelernt, und so war es auch in unseren Spielen gewesen: Wer gesiegt hatte, durfte den anderen vernichten, ein gnadenloses Gesetz. Daß nun alles so anders verlief, fand ich eher beunruhigend als normal.

Ich ging zaghaft auf die Wendehalssche Villa zu. Sie hatte sich sehr verändert. Das hohe schmiedeeiserne Eingangstor, das ich nie ohne ein prickelndes Gefühl von Angst und Neugier durchschritten hatte, war aus den Angeln gehoben. Nur die beiden Pfeiler rechts und links des Tores standen noch und trugen auf dem oberen quaderförmigen Abschlußsockel wie eh und je diese steinernen Kugeln, von denen ich immer angenommen hatte, sie würden jeden erschlagen, der ungebeten dieses Grundstück betrat. Zwischen den Pfeilern war nun eine hölzerne Schranke angebracht worden, die von irgendeinem überflüssig gewordenen Bahnübergang herstammte, wie ich an der rotweißen Schraffierung erriet. Vor dem Tor standen zwei russische Soldaten und wachten darüber, daß die Schranke im rechten Augenblick geöffnet oder geschlossen wurde, eine Tätigkeit, die sie sehr in Anspruch nahm, denn immer wieder kamen Fahrzeuge an oder fuhren gerade ab. Ich stieg auf den Zaunsockel dicht neben dem Eingangstor und schob mein Kinn vorsichtig über die lanzenförmigen Metallspitzen, die den Zaun nach oben hin verzierten. Einer von den beiden Soldaten gab mir ein Zeichen, das ich nicht zu deuten wußte, ein ungenaues, schludriges Winken mit dem linken Unterarm, das sowohl Herankommen als auch Entfernen heißen konnte. Ich entschied mich für keines von beiden und blieb, wo ich war. Ich konnte von hier aus das ganze Wendehalssche Grundstück übersehen bis hin zu Claras Ziegelmauer, die mir auf einmal lächerlich klein vorkam.

Mein Vater stand am Wendehalsschen Komposthaufen und redete auf drei Männer ein, von denen der eine der Frisör vom Obermarkt war, während die anderen beiden offensichtlich zur Kommandantur gehörten, wie ich aus der Uniform ersah. Der Frisör vom Obermarkt war der einzige, der meinem Vater ernsthaft zuhörte, die beiden anderen werkelten an einem Lastauto herum, das nicht anspringen wollte. Als sie es endlich in Gang gebracht hatten, wandte sich der Ältere von beiden meinem Vater zu und hieß ihn aufsteigen. Der Frisör übersetzte es laut und wichtigtuerisch, obwohl es gar nichts zu übersetzen gab, denn es war nur eine Geste gewesen, die selbst ich verstanden hatte. Ich sah, daß mein Vater zögerte, einen winzigen Augenblick nur, dann kletterte er hinauf. Er tat es ungewöhnlich umständlich und legte Wert darauf, daß man sein zerschossenes Bein bemerkte. He, Dolmetscher, rief er dem Frisör von oben zu, sag ihnen, daß ich Invalide bin, seit neunzehnhundertsiebzehn schon.

Der Frisör nickte, sagte es aber nicht. Er übersetzte überhaupt nur das, was jeder selbst verstand.

Und geh mal bei mir daheim vorbei und sag Bescheid, brüllte mein Vater, denn der Motor war schon angelassen, und so hatte er Grund zu brüllen. Und wenn ich bis zum Abend nicht zurück sein sollte ...

Der Frisör sprang behend beiseite, das Auto fuhr mit einem unerwartet kräftigen Ruck an, machte einen meterweiten Sprung, kam noch einmal zum Stehen und heulte laut und blechern auf. Der letzte Satz meines Vaters ging unter im Gedröhn des Motors, aber ich glaubte herausgehört zu haben, daß er Sibirien für so entfernt nicht hielt, als daß es nicht mit einem Lastauto wie diesem zu erreichen gewesen wäre. Da rannte ich kopfüber davon, und allen, die mir begegneten, rief ich schon von weitem zu, daß man meinen Vater soeben nach Sibirien gebracht hätte.

So kam es, daß an diesem Nachmittag das Dorf wie ausgestorben war. Keine Menschenseele ließ sich mehr auf der Straße blicken, nur Nasenweinhold strich dreist an unserem Gartenzaun vorbei und erkundigte sich scheinheilig über die Staketen hinweg nach meinem Vater. Es ist nur, sagte er, weil er mir noch Körner schuldet.

Na und, erwiderte meine Mutter, die von der Sibirienfahrt nichts wußte, wirst dein Zeug schon noch kriegen.

Ich will es aber gleich, beharrte Nasenweinhold.

Meine Mutter schüttelte den Kopf, das geht nicht, sagte sie, er ist nicht da.

Nasenweinhold bekam wieder diesen wichtigtuerischen Ausdruck ins Gesicht wie damals am Schwarzen Teich. Da stimmt es also doch, sagte er, was die Leute so reden.

Großer Gott, was reden sie denn, fragte meine Mutter und wurde kreideweiß. Gerade als sich Nasenweinhold dazu anschickte, meiner Mutter die schlimme Kunde mitzuteilen, kam mein Vater aus Sibirien zurück, pfeifend und ein Fahrrad vor sich her schiebend. Aber es war nicht sein altes Flickenrad aus Fahrradgitlers Werkstatt, es war ein funkelnagelneues Markenrad mit Vollballonbereifung.

Um Himmels willen, rief meine Mutter da, das ist doch nie und nimmer unser Rad!

Jedoch mein Vater schwor darauf, daß er nie ein anderes Rad besessen hätte.

Aber der alte Lenker ist es nicht, widersprach meine Mutter, das sieht doch ein Blinder.

Hier geht es nicht um den Lenker, belehrte sie mein Vater, hier geht es um Gerechtigkeit. So gesehen, sagte er, ist es mein Rad, daran ist nicht zu deuteln. Er schob das Rad behutsam durch die Schuppentür, und da fand auch ich, daß es zumindest von hinten meines Vaters Rad sehr ähnlich sah.

Wie ist das nur möglich, sagte Nasenweinhold, im Dorfe haben sie doch was ganz anderes erzählt.

Da siehst du wieder mal, sagte mein Vater, wie wenig man sich heutzutage noch auf was verlassen kann, selbst der Tratsch ist nicht mehr das, was er mal war.

Erst später, als Nasenweinhold endlich gegangen war, begann mein Vater zu erzählen ... Wie er in die Villa Wendehals eingedrungen sei. Wie er dort seine Beschwerde vorgebracht habe. Wie er schließlich auf dieses Lastauto gestiegen sei – zögernd zwar und mit einem gewissen Unbehagen, das gäbe er zu, daß er sogar einen Augenblick lang an Sibirien gedacht hätte, und meine Mutter unterbrach ihn an dieser Stelle und sagte, was du dich auch so traust.

Mein Vater winkte ab, kommt noch besser, sagte er, kommt noch viel besser.

Das Auto war voller Soldaten gewesen, Rotarmisten, eine ganze Kompanie, erklärte mein Vater. Einer hatte deutsch gesprochen, er hatte auf deutsch zu ihm gesagt: Gitler kaputt, du leben. Das, sagte mein Vater, sei der Kommandeur gewesen. Sie wären dann mit dem Lkw losgefahren – die Rotarmisten, der Kommandeur und er. Hier hielt mein Vater inne und wartete auf ein Zeichen respektvoller Verwunderung, aber ich verwunderte mich nicht, ich wußte längst, daß er alle Russen, die je mit ihm gesprochen hatten, zum Kommandeur beförderte, und meine Mutter sagte nur: Und weiter.

Wenn man dem Bericht meines Vaters diese spannungsgeladenen Pausen abzog, so war nichts weiter geschehen, als daß man ihn im Nachbarort wieder abgesetzt hatte. Er war dann in die Werkhalle der stillgelegten Nudelfabrik geführt worden, wo sich eine Sammelstelle für abhanden gekommene und wieder aufgefundene Fahrräder befand.

Nun du gucken, wo dein Rad, hatte der Kommandeur befohlen. Mein Vater hatte daraufhin jedes Rad lange und gründlich in Augenschein genommen, aber das seine war nicht darunter gewesen. Als er die Reihen zum dritten Male entlanggegangen war, hatte der Kommandeur mit einer Geste des Bedauerns das Zeichen zum Aufbruch gegeben.

Ich weiß nicht, wie es kam, sagte mein Vater, aber just in diesem Augenblick entdeckte ich mein Rad, direkt neben mir. Ich griff es mir heraus, und erst da merkte ich, daß es nicht ganz das meine war, aber der Kommandeur sagte schon: charascho, was soviel heißt wie: «Behalte es dir!»

Wenn das nur stimmt, sagte meine Mutter, ausgerechnet das beste. Ach was, erwiderte mein Vater, Rad ist Rad.

Trotzdem hielt er es zunächst für angebracht, das Rad zu verstecken. Und da er das mit viel Geschick und noch mehr Gründlichkeit tat, fand er es schließlich selbst nicht wieder, so daß er sich gezwungen sah, die Villa Wendehals abermals aufzusuchen und von dem erneuten Verlust in Kenntnis zu setzen.

Auf diese Weise gelangte er zu einem kleinen, aber einträglichen Fahrradgeschäft, das uns über die mageren Sommermonate hinweghalf und nur den einen Nachteil hatte, daß es tagsüber geschlossen bleiben mußte.

Jedoch wie alle Unternehmen, die mein Vater jemals in die Welt gerufen hatte, scheiterte auch dieses an den unvorhergesehenen Widrigkeiten unvorhergesehener Umstände. Die Umstände und die Widrigkeiten trafen in diesem Falle zusammen: Die Umstände brachten es mit sich, daß wir einen neuen Kommandanten bekamen, und die Widrigkeiten wollten es, daß dieser selbst ein Fahrrad besaß, das mein Vater bei der Gegenüberstellung irrtümlicherweise für das seine erklärte. Dieses Mißgeschick und der damit verbundene Warenstop veranlaßte meinen Vater, das Geschäft vorzeitig wieder aufzugeben. Er versetzte das letzte Rad gegen fünfzig Liter Milch auf Raten und eröffnete zusammen mit Bierstuben-Wanda eine Eisdiele im Oberkretscham, denn irgendwie, fand er, muß der Mensch ja leben.

Irgendwie mußten alle leben.

Leben war auf einmal zeitfüllende Tätigkeit geworden wie lernen, spielen oder arbeiten. Noch nie hatte ich das so deutlich gespürt. Immer hatte *leben* für mich nebenher stattgefunden wie Atemholen oder Schlafengehen, notwendig zwar, aber nie so vordergründig nachweisbar. Nun drehte sich alles nur noch darum. Über Wasser halten, nannte es Wanda, man mußte sich schließlich über Wasser halten – ein Lebenstrieb.

Das Eis, das diesem Trieb entsprang, war wäßrig und dünn und schmeckte an manchen Tagen nach Waldmeister, an manchen nach Holunder. Lore und ich aber fanden es unübertroffen gut, denn es war unser erstes Eis seit nunmehr tausend Jahren.

Es kam dann, wie es kommen mußte: Eselhofmann ließ die Milch beschlagnahmen, und mein Vater machte wieder einmal Pleite. Übrig blieb nur der Spruch an der Wand hinter dem Ausschank, der stammte aus der Dichterfeder meiner schöngeistigen Tante Frieda und lautete: «Wer einmal leckt, der weiß, wie's schmeckt!»

KAPITEL XX

Als im Herbst wieder der Unterricht begann, gehörte ich zu den Schülern, die durch Disziplin und Aufgeschlossenheit dem Neuen gegenüber ihre Leistungen erheblich verbesserten. So erreichte ich beispielsweise in dem Fach Russisch durch Fleiß und eine gewisse Begabung ausgezeichnete Ergebnisse.

Irgendwann im Herbst begann wieder der Unterricht. Irgendwann begann alles wieder, nur anders und auf seltsame Weise fremd. In der Schauburg liefen wieder Filme, aber sie dröhnten nicht mehr, und die Schauburg hieß jetzt Frohe Zukunft.

Die Eisenbahn fuhr wieder, doch ohne Ziel und Fahrplan, und die kaputten Brücken waren zu Endstationen geworden. Wer weiter wollte, mußte ein Tal durchqueren oder einen Fluß. Wer jedoch nur aufs Fahren aus war wie der meschugge Tschoschke-Paul, konnte getrost sitzen bleiben, der Zug brachte ihn immer wieder zum Ausgangsbahnhof zurück.

Manchmal, wenn es sich ergab, fuhren auch Lore und ich ein Stück mit dieser neuzeitlichen Eisenbahn, aber nur westwärts, da war die Strecke tausend Meter länger, und zwischendurch kam drei Minuten lang ein brauner Streifen Ausland mit einer winzigen Kirche und einem winzigen Dorf, das Fugau hieß und das wir vor einem Jahr noch für unser Nachbardorf gehalten hatten.

Jetzt standen die Häuser leer, nur ein paar Katzen wohnten noch da und eine Heerschar von Mäusen, und auf den Äckern wucherte der Hederich.

Der Zug gab immer Volldampf, wenn er durch dieses ausgeblasene Dorf fuhr, und Lore sagte jedesmal, da hat uns der alte Isegrim aber angeschmiert mit der Europakarte.

Der alte Isegrim. Ich hatte ihn fast schon vergessen, denn ich hatte ihn weder gehaßt noch geliebt. Ich hatte nie auf ein Wort von ihm gewartet wie Lore, und ich war auch nie verletzt gewesen von seiner Art zu strafen. Er war mir von Anfang an gleichgültig gewesen, und wie alles, was mir gleichgültig war, hatte ich mir nichts davon aufbewahrt.

So teilte ich auch Lores Freude nicht, als wir erfuhren, daß die Schule wieder losgehen sollte – mit neuen Lehrern, die alles besser machen würden. Ich glaubte nicht daran, selbst die sensationelle Bekanntgabe, daß ihnen die Prügelstrafe untersagt sei, hielt ich für nichts weiter als einen raffinierten Reklametrick.

Meinen Eltern fiel bei dieser Gelegenheit wieder mein alter Lederranzen ein, doch als sie ihn ausgruben, war er durch und durch verschimmelt. Ich bekam dann einen neuen – aus Pappe, der war modern und fiel nicht auf.

Die Schule begann, wie früher auch, an einem Montag. Schon das, fand ich, war enttäuschend. Und es roch auch wieder stark nach Schmierseife und Scheuersand. Nur die alten Lehrer waren nicht mehr da, bis auf Bufe, den ich nie dazugerechnet hatte. Bufe, der vorzeitig pensionierte Werk- und Zeichenlehrer, ein zwerghafter kleiner Mann, der sein Leben lang das Glück gehabt hatte, in entscheidenden Augenblicken von entscheidenden Leuten übersehen worden zu sein. So hatte er überdauert. Er stand klein und verwittert am Einlaßtor, und als ich an ihm vorüberhuschte, stellte ich mit Genugtuung fest, daß ich ihn um Kopfeshöhe überwachsen hatte.

Er hielt die erste Stunde bei uns ab: die einheimischen Schmetterlinge und ihre Flügelzeichnung. Er überließ es uns herauszufinden, welches Fach er unterrichtete, Biologie, Heimatkunde oder Zeichnen, er wußte es selbst noch nicht genau. Die Pläne, sagte er entschuldigend, die Pläne, es ist noch nichts festgelegt.

Na so was, sagte Lore enttäuscht, ausgerechnet Schmetterlinge, das hatten wir doch früher schon.

Mag sein, erwiderte der neue alte Lehrer, es gibt eben Dinge, die zeitlos sind, an diese wollen wir uns vorerst halten.

Er unterrichtete uns dann ein Schuljahr lang in den zeitlosen Dingen – Schmetterlinge, Blumen, Wolken und Bäume. Er nannte das Naturkunde, auf dem Lehrplan stand Biologie. Er hielt seine Stunden meist im Freien ab, auf dem Schulhof oder am

Ufer der Spree. Das zumindest, fanden wir, war neu. Er ließ uns in Reih und Glied antreten und mit geschlossenen Augen den Baum beschreiben, unter dem wir gerade standen. Wir konnten es nicht. Er ging mit uns das Dorf entlang und fragte uns am Ortsausgang nach der Farbe der Blumen im Vorgarten zum Gemeindeamt. Wir hatten keine Blumen gesehen, wir wußten auch nicht, ob der Himmel, unter dem wir mit soviel Selbstverständlichkeit einherschritten, bewölkt war oder wolkenlos, und verblüfft stellten wir fest, wie schlecht wir alle sahen.

Kein Wunder, sagte der neue alte Lehrer, man hat es euch nicht beigebracht.

So wurde Sehen unser vorrangiges Unterrichtsfach. Wir begannen mit den zeitlosen Dingen, und je besser wir lernten, sie zu sehen, um so mehr schärfte sich unser Blick für die zeitnahen Dinge. Wir sahen, wer in Lederschuhen zur Schule kam und wer in Holzpantoffeln, wer Brot im Ranzen hatte und wer keins. Wir sahen mit Verwunderung, wie sich Kirchbauers gute Stube mehr und mehr in ein Museum für altorientalische Teppichkunst verwandelte und wie Eselhofmanns Klitsche gleich daneben von Tag zu Tag mehr verfiel. Wir fanden auf einmal, daß es eine ganze Menge zu sehen gab.

Am ersten Schultag aber, in der neuen alten Schule, die nach Schutt und Scheuerwasser roch, sahen wir nur Bufes verwittertes Gesicht tief über dem Lehrerpult, und ein bißchen kam es uns vor wie gemogelt, daß das Neue, Umwälzende mit so einem alten Gesicht einherlief.

Es klingelte zur großen Pause – wie immer um halb elf, und wie immer klingelte es laut und übermäßig lange. Nur Lore fand, daß es nicht mehr ganz so schrill und markerschütternd klang wie früher. Sie nannte das eine winzige Veränderung im Klingelsystem. Die erste große Veränderung jedoch, das erste wirklich Neue, das dieser Tag uns brachte, war die Aufhebung des gleichförmigen Wandelns auf der Schulhofbahn. Es gab kein Aufstellen mehr in Dreierreihen, kein Staffeln mehr nach Klassen und Geschlecht, keinen Gleichschritt mehr. Es gab, wie es schien, keine Ordnung mehr und Disziplin. Jeder konnte seine eigenen Bahnen wandeln. Die Lehrer standen nicht mehr einsam an den

Brennpunkten, stocksteif und fern, sie wandelten mitten unter uns. Das Ersuchen, austreten zu dürfen, nahm keiner mehr entgegen, es war zur ureigensten Angelegenheit geworden. Diese ungewohnte Freiheit hatte etwas Lähmendes, wir standen verloren herum und wußten mit uns nichts anzufangen.

Am nächsten Tag brachte Pinkerts Jule ihr Springseil mit, und Lore nahm sich das Recht heraus, dreimal hintereinander austreten zu gehen. Ich rannte währenddessen mit Eselhofmanns Adrian im Dauerlauf um die Ellipsenbahn. Es hatte jeder irgend etwas nachzuholen.

Am gründlichsten holte Lore nach. Gierig stopfte sie in sich hinein, was immer ihr geboten wurde: Naturkunde und Roggenmehlsemmeln, eintrittsfreie Filmvorführungen, Zaunparolen, Schulspeisung, die größten Flüsse Asiens – und Bücher. Bücher wurden Lores Hauptnahrung, sie bezog sie wöchentlich aus der neueingerichteten Schülerbibliothek, kuriose Werke über die Rassenmerkmale der ostfriesischen Herdbuchbullen und die Seidenraupenaufzucht in Südfrankreich, in Pappe gebundene Schriften über die Bedeutung und Bewandtnis von Steinkreuzen und Kreuzsteinen im norddeutschen Raum, fünfbändige Untersuchungen über die regionalen Eigenheiten der Lausitzer Mundart. Das alles schlang sie bis zum Erbrechen in sich hinein, und wenn sie es endlich hinuntergewürgt hatte, begann sie von vorn. Sie hatte nicht viel Auswahl, die meisten Bücher waren beschlagnahmt oder auf dem Weg zur Entnazifizierung. So lieh sie sich in maßloser Verfressenheit immer wieder dieselben Bücher aus. Die Ausleihe war kostenlos, das steigerte das Bedürfnis.

Kostenlos war auch der Physikunterricht, den einer von den neuen Lehrern abhielt. Er hieß Krankemann, hatte einen kriegsversehrten Fuß, den er geräuschvoll hinter sich herzog, und gab bei uns eigentlich nur Zeichnen. Physik stand gar nicht auf dem Lehrplan. Ein solches Fach hatte es bisher noch nie gegeben. Er erteilte es privat an einem seiner freien Nachmittage. Wir gingen nur hin, weil es nichts kostete. Von Physik hatten wir keinen blassen Dunst.

Krankemann malte die Teile eines Fahrrads an die Wandtafel: Lenkstange, Klingel, Vorderrad, Hinterrad, Kettenrad, Rücklicht, Dynamo. Das, sagte er, ist Physik, zusammengebaut heißt es Fahrrad.

Wir begannen mit dem Kettenrad.

Am Kettenrad, erklärte Krankemann, erkennt man am ehesten, was Physik ist.

Physik, schrieb ich in mein Schulaufgabenheft, ist die Leere vom Aufbau des Fahrrads. Krankemann sah mir über die Schulter. Lehre, sagte er, wird mit h geschrieben. Er schickte Lore vor an die Tafel und gab ihr auf, die Teile, die Physik waren, zu einem Fahrrad zu verbinden. Das Fahrrad blieb bis zum nächsten Tag an der Tafel stehen, da hatten wir Zeichnen. Krankemann ließ uns das Fahrrad von der Wandtafel abzeichnen. Richtiges Zeichnen, sagte er, lernt man am ehesten durch die maßstabgerechte Wiedergabe eines Fahrrades.

Wir zeichneten in den folgenden Wochen nur noch Fahrräder, von vorn, von hinten, von der Seite, Fahrräder mit und ohne Freilauf, Rennräder, Radballräder, Kunsträder.

Krankemann, so erfuhren wir, war in seinem früheren Leben Fahrradschlosser gewesen.

Er übernahm dann noch bei uns das Fach Mathematik, für das sich bislang kein Lehrer gefunden hatte.

Mathematik, begann er, wird einem am ehesten klar bei der Berechnung der Kreise und Winkel des Fahrrads.

Wir fürchteten, daß er uns auch noch in Deutsch unterrichten würde, und erst als Eselhofmanns Adrian, dem über Nacht das heikle Los zugefallen war, Bürgermeistersohn von Spreetal zu sein, erst als der uns verriet, daß für dieses Fach eine Lehrerin vorgesehen sei, eine junge, funkelnagelneue, konnten wir Krankemanns Fahrrädern wieder eine gewisse schläfrige Aufmerksamkeit entgegenbringen.

Von Adrian erfuhren wir auch, daß ein neues Fach eingeführt werden sollte, ein Fach, in das uns keiner hineinreden konnte, weil keiner was davon verstand, ein umwerfend irres Fach also. Es stand schon auf dem Lehrplan, nur der Lehrer fehlte noch. Krankemann, soviel war sicher, würde es nicht übernehmen können, denn nur mit Fahrrädern allein war da nichts zu machen.

Das neue Fach hieß Russisch.

So ergab es sich, daß Eselhofmann auf der Suche nach einer geeigneten Lehrkraft eines Tages auch zu meiner klugen Tante Eva kam. Er war kein Mann der feinen Sitten und langen Vorreden, und so bot er ihr noch zwischen Tür und Angel, die Ausgehmütze schief in der Stirn, das Amt eines Lehrers für russische und englische Sprache an. Doch Eva lehnte ab. Meine Tante Eva, die jeden Abend Radio London gehört hatte und stets das Wort Sowjets benutzt hatte, wo andere vom Iwan sprachen, die sich hartnäckig geweigert hatte, Pulswärmer für den Krieg zu stricken, und die den Mut gehabt hatte, von räuberischem Überfall zu sprechen in einer Zeit, da andere das Wort Heldentum dafür verwandten, meine kluge Tante Eva also lehnte Eselhofmanns Angebot schnöde ab. Sie tat es weder aus Bescheidenheit noch aus Stolz oder gar aus Unvermögen. Sie tat es, wie ich zu meiner Verwunderung feststellte, aus Trotz, aus purer Freude am Eigensinn. Diesen Eigensinn nannte sie Persönlichkeit. Meine Persönlichkeit, sagte sie, verbietet es mir, mich für eine Sache einzusetzen, von der ich nicht zutiefst überzeugt bin.

Nanu, sagte Eselhofmann, ich dachte immer, du wärst auf unserer Seite.

Dieses vertrauliche Du, das meine Tante Eva selbst im engsten Verwandtenkreise mied, versetzte ihr einen so gewaltigen Schock, daß sie Eselhofmann fortan nur noch in der zweiten Person Mehrzahl anredete. Ihr werdet es nicht für möglich halten, sagte sie, aber ich war noch nie auf irgendeiner Seite. Ich mache mir nichts aus Kaffeekränzchen und Vereinen.

Aber, wandte Eselhofmann ein, Kommunismus ist doch kein Verein, und ich will dich auch nicht dafür werben, ich will nur, daß du Lehrer wirst für unsere Kinder, und wenn schon nicht aus Überzeugung, dann wenigstens aus Solidarität. – Er sagte Solirarität, und ich wartete voller Schadenfreude, daß meine kluge Tante Eva ihn verbessern würde, doch sie tat es nicht. Sie verzog lediglich den Mund ein wenig, als habe sie in einen Essigapfel gebissen, und erst als Eselhofmann dieses Wort zum zweiten Male falsch aussprach, wies sie ihn freundlich darauf hin. Nicht, daß es mich stören würde, sagte sie, das keineswegs. Ihr habt den Sinn des Wortes zweifelsohne besser erfaßt als manch einer, der es fehlerfrei ausspricht, aber es gibt nun mal gewisse Leute, die aus allem, was Ihr sagt, nichts weiter heraushören als einen Buchstaben, der an der falschen Stelle steht. Deshalb gebe ich Euch den Rat, das Wort so auszusprechen, wie es auch geschrieben wird.

Aber Schohwinismus, sagte Eselhofmann verwirrt, wird doch auch nicht so geschrieben, da soll sich einer auskennen.

Das ist doch was ganz anderes, belehrte ihn meine kluge Tante Eva, das kommt aus dem Französischen, während jenes aus dem Lateinischen herstammt. Der Franzose, müßt Ihr wissen, geht nicht nach dem Buchstaben wie die Lateiner und wir. Für ihn ist ein Au ein O und ein I in gewissen Fällen ein Ä, und ein H macht er beim Sprechen zu Luft.

Nun ja, sagte Eselhofmann, das könnte man zur Not noch lernen, aber woran zum Kuckuck erkennt man denn, ob das Wort nun daher oder daher stammt.

Auf diese tiefschürfende Frage war meine kluge Tante Eva nicht vorbereitet. Sie bot Eselhofmann einen Stuhl an. Wenn es Euch wirklich interessiert, begann sie, will ich es Euch gern erklären, aber es wird ein Weilchen dauern.

Es dauerte dann drei Jahre und fünf Monate, jeden Sonntag von neun bis elf.

So wurde meine kluge Tante Eva doch noch Lehrerin, und wenn auch nicht für uns, so doch wenigstens für unseren Bürgermeister.

Russischlehrerin wurde dann die Großtante des Spreetaler Kantors, eine steinalte, witterungsanfällige Dame, die mitten im Sommer seidene Schlupfhandschuhe trug und das Wort Abtritt nur auf Französisch sagte. Sie wähnte, eine verspätete Verwandte jener berühmten Prinzessin von Anhalt-Zerbst zu sein, die hundertfünfzig Jahre vor ihr dem Hause Holstein-Gottorp entsprungen war und später Zarin von Rußland wurde. Sie hielt Petersburg noch immer für die Hauptstadt Rußlands, und mit der letzten Zarentochter hatte sie unlängst noch im brieflichen Gedankenaustausch gestanden. *Unlängst* nannte sie die Zeit bis neunzehnhundertsiebzehn, während sie alles, was danach kam, mit *heutig* bezeichnete. Euch Kindern der heutigen Zeit, pflegte sie zu sagen, fehlt die Kultur von unlängst.

Sie war nicht gerade das, was man einen Lehrer der neuen Zeit nannte. Sie hielt sich weder an die Aufhebung der Prügelstrafe noch an den vorgegebenen Unterrichtsstoff. Sie unterrichtete und prügelte nach eigenem Ermessen. Wer nicht geprügelt wird, sagte sie, der wird auch nicht erzogen – eine Weisheit, die sie von den alten Griechen hatte und die sie, der es ihr versagt geblieben war, selber Kinder großzuziehen, bisher nicht hatte erproben können. So holte sie es an uns nach. Sie benutzte dazu weder einen Schlüsselbund wie der alte Isegrim noch einen Lederriemen wie der Kantor. Sie bediente sich dabei lediglich ihres rechten Schlupfhandschuhes, der härter und sicherer zuschlug als alles, was wir bisher kennengelernt hatten, und der, wie Lore behauptete, zumindest in den Fingerspitzen mit Gips ausgefüllt war. Und während die alten Lehrer Wert darauf gelegt hatten, die Strafe exemplarisch vor der ganzen Klasse zu vollziehen, begab sich jene mit dem Missetäter vor die Tür, denn sie liebte keine Zeugen, wenn sie erzog. So konnte sie auch nie dafür belangt werden. Die Spuren, die ihre Erziehung hinterließ, Abdrücke auf Stirn und Wange, purpurrot und fingerbeerengroß, waren schon verblichen, ehe die Russischstunde zu Ende ging.

Nur mich traf es einmal nachhaltiger. Die vielgerühmte Zartheit meines Teints, die meine Tante Frieda auf den fleißigen Verzehr ihrer Schlippermilchplinsen zurückführte, brachte es mit sich, daß sich die Spuren auf meinem Gesicht länger hielten und unerwartete Ausmaße annahmen, die sich mehr und mehr zu den Umrissen von vier Fingern einer Hand auswuchsen. Mit diesem eindeutigen Zeichen einer gesetzeswidrigen Maßregelung ging mein Vater mit mir aufs Gemeindeamt und führte mich Eselhofmann vor.

Sieh dir das an, wetterte er schon durch drei Türen hindurch, sind das die Zeichen der neuen Zeit? Ich frage dich, muß man sich das gefallen lassen – von einer alten Zarin?

Eselhofmann hob beschwichtigend die Hände. Er bot mir einen Stuhl an, meinem Vater einen Schnaps. Was soll ich bloß machen, klagte er, Schule muß sein, und Russisch erst recht, und eine alte Zarin ist immer noch besser als ein alter Nazi. Und wenn man erst weiß, was Friede und Freundschaft auf Russisch heißt, dann ist es scheißegal, ob einem das eine alte Zarin oder Stalins Adjutant persönlich beigebracht hat.

Nun ja, gab mein Vater zu, so gesehen magst du recht haben, aber wenn einem immer zuerst die Ohrfeige einfällt, ehe man weiß, was Frieden und Freundschaft auf Russisch heißt, dann ist das wohl nicht scheißegal.

Hierauf schwieg Eselhofmann, denn er war ein Mann, der nicht den Ehrgeiz hatte zu widersprechen, wo es nichts zu widersprechen gab. Er wandte sich nun der Ohrfeige zu, die inzwischen, wie mir sein Blick verriet, zu einem gewaltigen Zeugen herangewachsen sein mußte.

Donnerwetter, staunte er, die sitzt ja wie nach Maß! Er bot mir eine Handvoll Backpflaumen an zur Stärkung und als Schmerzensgeld, aber ich nahm sie nicht. Mein Vater hatte mir den Rat gegeben, mich nicht so schnell entschädigen zu lassen, die besten Sachen, wußte er, die kamen immer erst zum Schluß.

So wartete ich vorerst noch ab.

Also gut, sagte Eselhofmann, schließen wir einen Kompromiß: Der Schlupfhandschuh verschwindet, dafür sorge ich, aber die Zarin, die bleibt, solange wir in Spreetal keinen haben, der es besser kann.

Soll das etwa alles sein? begehrte mein Vater auf. Und meine Tochter ...

Deine Tochter, beschwichtigte ihn Eselhofmann und trug mir noch einmal die Backpflaumen an, und ich nahm sie nun doch, denn ich ahnte, daß nichts Besseres mehr kommen würde, deine Tochter, sagte er nämlich, die wird mal Lehrerin für Russisch, dafür sorge ich.

Er schenkte meinem Vater den letzten Schnaps aus Kempes Kriegsbeständen ein. Na, sagte er, ist das nicht ein Angebot?

Mein Vater schielte zuerst nach der Flasche, dann nach mir, nun ja, meinte er schließlich, nimm's mir nicht übel, aber eigentlich hatte ich an etwas Handfesteres gedacht, worauf man sich auch wirklich ganz und gar verlassen kann, etwas – du wirst es mir nicht verdenken – von dauerhafterem Bestand. Aber da du nun mal nichts anderes anzubieten hast ...

Eselhofmann schlug meinem Vater die Hand auf die Schulter. Das wußte ich, Collatz, sagte er, daß wir zwei uns einig werden würden, und Russisch ist ja schließlich auch was Handfestes und – ganz unter uns gesagt – von dauerhaftestem Bestand.

Darauf nahmen beide einen kräftigen Schluck von Kempes letztem Schnaps, und ich hatte das Gefühl, daß wieder einmal gegen meinen Willen mein Fell versoffen wurde.

Ich mied fortan die Zarin, und die Zarin mied mich. Niemals mehr stellte sie mir eine Frage, niemals mehr meldete ich mich zu einer Antwort, doch immer, wenn die Woche zu Ende ging, schrieb sie mir eine dicke Rotstift-Eins ins Klassenbuch.

Soviel Schwein, wie du hast, sagte Lore voller Neid, dafür würd' ich mich auch verbleuen lassen. Sie hatte immer noch diesen verbiesterten Ehrgeiz, Erste zu werden. Sie saß jetzt vorn, auf Wendehals' Christines Ehrenplatz. Doch keiner von uns würdigte es. Die alte Sitzordnung galt ohnehin nicht mehr. Jeder nahm sich das Recht heraus, den Platz zu wählen, den er für den besten hielt. Ich saß hinten, in der letzten Bank. Wer sich dort niederließ, bekundete, daß er seine Ruhe wollte. Es wollten viele ihre Ruhe. Manchmal kampelten wir uns darum. Wir hatten jetzt ein rundes Dutzend Neue in der Klasse, Ausgebombte, Flüchtlinge, Umsiedler, mit denen kampelten wir uns am liebsten. Wir fanden, daß sie keinen Anspruch hatten auf unsere besten Plätze. Die meisten von ihnen waren älter als wir und stärker, trotzdem gaben sie nach. Sie waren schon zu lange unterwegs gewesen, sie wollten endlich eine Bleibe. Der Krieg hatte sie zu uns an Land gespült, und nun, da er vorüber war, fehlte die Woge, die sie weitertrieb. So waren sie in unserem Dorf hängengeblieben wie Treibholz im Schlick. Manche von ihnen kamen von weit her, aus Ortschaften, deren Namen wir nie gehört hatten, andere stammten nur aus dem Nachbardorf, das jetzt im Ausland lag und uns bewußt machte, daß wir wieder Grenzort waren. Die von weither kamen, brachten Fotos mit von dem Haus, in dem sie gewohnt hatten, sie stießen mit dem

Finger drauf und sagten: hier, das ist es. Nur einer von ihnen sagte, das war es. Er lebte sich am schnellsten bei uns ein.

Die aus dem Nachbardorf brauchten keine Fotos, sie kletterten auf den höchsten Baum in Wauers Wald, wenn sie uns ihr Zuhause zeigen wollten. Es war die Zeit der Novembernebel. Wir sahen nur Gewölk und Dunst und ein winziges Stück von der Kirchturmspitze. Sie aber sahen sogar die späten Birnen im Garten hinter der Kirche und den Kartoffelacker von Schlucke-Nazel. Sie sahen den Gasthof «Zum Frommen Lamm» und den blauen Wein, der am Spalier verfaulte. Sie sahen auch – wenn sie sich sehr anstrengten – die verwahrlosten Hühner in Gäblerseffs Stall. Sie holten sich die Hühner und den Wein und die roten Kartoffeln von Schlucke-Nazels Acker.

Sie kannten noch die alten Schleichwege, die Paschgänge und Schmuggelpfade, auf denen ihre Urgroßväter Salz und Tabak vom Böhmischen ins Sächsische befördert hatten. Nun schleppten sie auf diesen Wegen ihre Gärten davon: die hölzerne Wurzel des Meerrettichs, die weiße Zwiebel der Königslilie, den längst verwelkten Majoran, den Thymian und den Beifuß, die erdnassen Knollen der Begonien, die großen grauen Winterbirnen.

Als der erste Schnee fiel, brachen sie noch einmal auf. Sie nahmen Stroh und Säcke mit für die zurückgelassenen Bäume, denn sie sollten gut über den Winter kommen. Sie hofften noch auf Rückkehr.

Sie lebten alle wie auf Abruf unter uns, sie wollten und wollten nicht heimisch werden. Sie wohnten zu nahe an der Vergangenheit, das erschwerte es ihnen.

Kurz vor Weihnachten kam die neue Lehrerin, die Eselhofmanns Adrian längst angekündigt hatte. Sie schüttelte alle durcheinander – die Einheimischen und die Fremden. So wuchsen wir zusammen. Wir kamen nicht einmal dazu, uns dagegen aufzulehnen, so unmerklich geschah es, so ganz ohne Zweck und Absicht, wie es schien. Der Streit um die hintersten Plätze wurde mit einem Male gegenstandslos, denn es gab von nun an keine hintersten Plätze mehr. Die neue Lehrerin stellte kurzerhand die Bänke um. Die alte pedantische Aufteilung in Dreierreihen, schnurgerade bis hinter an die Wand, galt bei ihr nicht mehr. Nie, solange wir denken konnten, hatte es an unserer Schule eine andere Bankordnung gegeben. Sie gehörte zu jenen ungeschriebenen Gesetzen, denen wir uns bedingungslos unterworfen hatten.

Niemals wäre es uns in den Sinn gekommen, dagegen zu verstoßen, und voller Verwunderung sahen wir nun, wie die neue Lehrerin diese alte Ordnung niederriß und ein grandioses Chaos schuf, aus dem am Ende der Stunde die neue Bankordnung hervorging, eine lange lückenlose Tafel in Hufeisenform, ein schlauer Kompromiß zwischen Kirmesfestgemütlichkeit und Hörsaalatmosphäre.

Das gewaltige Lehrerpult, die hohe, ferne Burg, von der herab Isegrim Tag für Tag seine Geschosse auf uns geschleudert hatte, war nach der Umgruppierung zu nichts mehr nütze. Die neue Lehrerin setzte sich mitten unter uns, in die Hufeisenform hinein, auf eine von diesen lächerlich kleinen Schülerbänken, die uns auf den Leib getischlert waren. So hatte sie zu jedem von uns den gleichen Abstand und die gleiche Nähe.

Sie war sehr klein und kindhaft schmal, das war das erste, was uns in die Augen fiel. Wir hätten sie für eine neue Schülerin gehalten, eine von den angeschwemmten, die unsere Klasse auftrieben wie Hefeteig, wenn sie nicht diesen Zug um den Mund gehabt hätte, der uns verriet, daß sie uns überlegen war.

Wir spürten es schon am ersten Tag. Sie trug dicke selbstgestrickte Strümpfe aus dunklen Baumwollresten – ein stümperhaft verzerrtes Karomuster, das die dünnen Beine noch dünner erscheinen ließ, storchstaksig und ohne Form, und wir stießen uns an und wollten schon losplatzen, Lore und ich. Da fiel uns ihr Mund auf, diese schmalen, festen Lippen, das Zucken in den Mundwinkeln, das unversehens zu einem Lächeln wurde, und wir unterdrückten das aufsteigende Gekicher und prusteten in unsere Taschentücher. Sie kam ein paar Schritte auf uns zu, sie war kaum größer als wir, sie mußte nicht einmal auf uns heruntersehen, als sie sagte: Mir ist da eine Idee gekommen, wir werden ein Schülertheater gründen. Was haltet ihr davon?

Auf alles wären wir gefaßt gewesen, auf Nachsitzen und Strafarbeiten, bissige Bemerkungen über Unreife und Schülerdummheit, peinliches Befragen nach Grund und Absicht unseres Benehmens, selbst auf längst vergessenes Eckenstehen wären wir gefaßt gewesen, nur nicht auf eine Idee. Mit einer Idee hatte uns bisher noch keiner bestraft, und so zuckten wir hilflos die Schultern und stammelten eine Entschuldigung. Sie klang kläglich und sehr verlogen, doch zum Glück hörte keiner hin. Die neue Lehrerin entwickelte ihre Idee: zuerst nur kleine Sachen, Fastnachtsschwänke, Rezitationen oder auch Schattenspiele – sie sah uns von der Seite an –, Wilhelm Busch vielleicht, sagte sie.

Es bestand kein Zweifel, daß sie an Max und Moritz dachte, und alle lachten um uns herum, nur wir blieben ernst, Lore und ich. Also, was ist, fragte die neue Lehrerin, und sie neigte sich nun doch ein wenig zu uns herab, macht ihr mit?

Es war kein Hohn in ihrer Stimme und auch kein Hinterhalt – wir hatten ein Gehör für solche Töne –, und so nickten wir schnell und sehr erleichtert, denn wohlfeiler, fanden wir, war bisher noch keiner von uns gemaßregelt worden.

Schon anderntags begannen wir mit der Probe. Eigentlich hätten wir Deutsch haben sollen. Literatur. Statt dessen suchten wir Texte aus für unser neues Theater, die ganze Klasse. Wir freuten uns, daß wir so billig um die Deutschstunde herumgekommen waren, denn dieses Fach hatte uns noch nie behagt.

Die neue Lehrerin stapelte Türme von Büchern vor uns auf: Hans Sachsens derbdreiste Fastnachtsspiele, das Max-und-Moritz-Buch, die leicht gekürzten Hausmärchen der Gebrüder Grimm, Goethes gesammelte Werke, erster Band, der Erlkönig und der Sänger, Schillers Glocke und das Buch der Lieder, von einem Dichter namens Heinrich Heine.

Wir entschieden uns schließlich für den «Fahrenden Schüler», die «Fromme Helene» und «Belsazar». Von allen Gedichten, die wir kannten, gefiel uns Belsazar am besten, es war kurz und schaurig und ließ sich prima deklamieren. Die Lehrerin lobte unseren Eifer. Nur ein Gedicht allein, sagte sie, das reicht nicht aus für eine ganze Vorstellung.

Sie las dann noch «Die Weber» vor und «Nachtgedanken», und als sie uns erzählte, daß auch «Die Lorelei» von jenem Dichter namens Heine stammte, lächelten wir nachsichtig, in unseren alten Singebüchern stand: Verfasser unbekannt.

Die alten Singebücher, sagte die neue Lehrerin, die hebt euch mal gut auf, und wenn ihr sie zum Jahresende immer noch mit euch herumschleppt, dann habt ihr nichts dazugelernt.

Wir schwiegen betroffen, nur Lore in ihrer unersättlichen Gier verlangte mehr zu erfahren über jenen Dichter, der eine Frau besungen hatte, die Lore hieß wie sie, und der mit sechzehn Jahren schon so ungeheuerliche Sachen gedichtet hatte wie den Belsazar von Babylon. – Und weshalb man ihn dann einfach so vergessen hatte, das, so sagte Lore, möchte sie gern mal wissen.

Die Lehrerin sah sich in der Runde um. Ihr auch? fragte sie. Wir schwiegen noch immer, und erst, als sie hinzufügte, daß sie eine Deutschstunde dafür opfern müßte, wollten auch wir es gerne wissen.

So gelangten wir zu Heine.

Die neue Lehrerin hatte uns überlistet. Deutsch, die schreckliche Stunde, machte auf einmal Spaß, denn sie mußte ständig geopfert werden. Für den Dichter der Lorelei. Für Hans Sachsens Fastnachtsspiele. Für den Erlkönig und den Ursprung der Ballade. Für die Räuber mit verteilten Rollen. Für Wilhelm Busch und den Knittelvers.

Immer hatten wir das Gefühl, auf einer Probe zu sein, immer waren wir alle einbezogen.

Später gab die neue Lehrerin auch noch Geographie bei uns, ein Fach, das in den niederen Klassen Heimatkunde hieß und eine unsympathische Erinnerung in mir wachrief an Glaskopfstecknadeln, Morgenappelle und jenes nicht auffindbare Spaß-Krokodilny.

Geographie also.

Die neue Lehrerin spürte unseren Überdruß. Sie ließ die Europakarte aus dem Spiel, es gab sie ohnehin nicht mehr.

Wir sprachen über Südamerika, dort war nichts durcheinandergeraten, alles lag übersichtlich geordnet. Argentinien, Brasilien, Chile ... die Anden und der Titicacasee. Die Lehrerin sprach darüber wie andere über die Straße sprechen, in der sie geboren wurden. Sie kannte jeden Winkel. Eine Zeitlang bildete ich mir ein, sie käme geradewegs vom Amazonas. Bis ich dann erfuhr, daß sie von nirgend anders her als aus dem Kriege kam. Das verwunderte mich, aber es enttäuschte mich nicht.

In der B-Klasse unterrichtete Krankemann dieses Fach. Auch er mied Europa. Europa mußte erst neu gedruckt werden, es war von bunten Glaskopfstecknadeln durchbohrt, zerstochert und zerfetzt. An der Tafel in Krankemanns Klasse hing die makellose, sandgelbe Karte von Südafrika. Darunter stand das Thema: Mit dem Fahrrad zum Limpopo.

Wie wandten uns erschauernd ab.

Eines Tages kam eine Kommission in unsere Schule. Sie kam, wie wir von Adrian erfuhren, um unsere Lehrerin zu prüfen. Adrian grinste. Wenn sie durchfällt, sagte er, kriegt ihr Krankemann.

Sie fiel nicht durch, und wir atmeten erleichtert auf. Sie unterrichtete von nun an auch Geschichte bei uns.

Geschichte war ein Fach, das jedem von uns bekannt war und keiner richtig kannte. Es hatte etwas mit Königen zu tun, mit Helden und mit Heiligen. Es war das Fach, von dem meine Tante Eva sagte, es sei der große Waschtrog der Nation: schmutzig hinein und sauber heraus.

Unsere Lehrerin erklärte es so: Geschichte, sagte sie, kommt von geschehen – «geschiht» auf Mittelhochdeutsch, auf Althochdeutsch «gisciht». Alles also, was Geschichte ist, ist einmal geschehen, und alles, was geschieht, wird einmal Geschichte.

Sie hatte handgeschriebene Zettel mit, von denen las sie ab, es gab noch keine Lehrbücher für dieses Fach. Was Geschichte gewesen war, lag in Trümmern, was geschah, mußte erst Geschichte werden. Die alten Könige, die Helden und die Heiligen hatten ihren Glanz verloren und warteten auf Renovierung. Wir versuchten inzwischen, ohne sie auszukommen.

Kolumbus schien dafür der rechte Mann. Er war kein König gewesen und kein Heiliger, und da er kein König gewesen war und kein Heiliger, konnte er auch kein Held gewesen sein. Wir sprachen nicht gern über Helden, wir hatten eine gestörte Beziehung zu ihnen, und so war es uns nur recht, als die Lehrerin sagte: Sprechen wir über Kolumbus und Vespucci, die großen Landentdecker.

Landentdecker, das wußten wir, waren niemals Helden. Helden entdeckten kein Land, Helden eroberten es.

Krankemann in der B-Klasse sprach über die Entwicklung des Fahrrads vom Hochrad zum Niederrad. Denn auch das, sagte er, ist Geschichte.

Wir wunderten uns, daß die B-Klasse niemals stöhnte oder aufbegehrte oder Krankemann belächelte wie wir. Und nur Lore fand eine Erklärung dafür und faßte sie in dem erkenntnisreichen Satz zusammen: Lieber hundert Krankemanns als einen halben Isegrim. So gesehen ließ sich selbst die Zarin noch ertragen, die von Tag zu Tag greisenhafter wurde, hinfälliger, und schrecklich kinderfeindlich. Sie nannte uns «enfants perdus» mit einer Miene, als spräche sie von Kellerkröten, und nach jeder Unterrichtsstunde rannte sie hinaus auf die Mädchentoilette und reinigte sich die Hände vor Ekel. Sie schleppte stets ein halbes Dutzend Fläschchen mit sich herum, Parfüms und Arzneien, und immer roch sie streng nach Baldrian und Kampfer, wenn sie kam, und nach Ammoniak und Vorkriegs-Eau-de-Cologne, wenn sie ging.

Wir liebten sie nicht, aber wir respektierten sie, und da wir sie respektierten, ertrugen wir sie auch. Nicht, weil sie aus dem Hause Holstein-Gottorp stammte, das uns nicht mehr bedeutete als Gäblerseffs Hühnerstall, und auch nicht der Schlupfhandschuhe wegen. Wir respektierten sie aus einem vagen, schwer zu bestimmenden Grund, der ein Gefühl von Mitleid in sich barg, von Ohnmacht und Hilflosigkeit dem Berg von Jahren gegenüber, der sie von uns trennte. Wir ertrugen sie mit derselben naseweisen Überlegenheit, mit der wir Krankemann ertrugen, grinsend und voll friedfertiger Gelassenheit.

Die neuen Lehrer hatten ohnehin nicht mehr die Qualität von früher. Wir hörten es jeden Tag. Es fehlte ihnen der Nimbus der Vollkommenheit. Ihr Wissen hatte etwas von der Zufälligkeit einer Wartezimmerlektüre, man mußte sich mit dem begnügen, was drinstand. Es gab keine universelle Lehrerweisheit mehr, aus dicken Büchern solide zusammengetragen, geordnet, gestapelt, jederzeit abrufbar, jederzeit imstande nachzuweisen, wie sträflich dumm wir alle waren.

Und da es die alte Lehrerweisheit nicht mehr gab, gab es auch die alte Schülerdummheit nicht mehr. Wir waren alle klüger geworden oder dünkten uns so, jetzt, da die Lehrer Lernende waren wie wir, Prüfungsängste ausstanden, Fehler machten, in Verlegenheit geraten konnten wie wir.

Es war die Zeit, in der wir uns abgewöhnten, Giftmühle zu sagen, wenn wir von der Schule sprachen.

Es sieht mir ganz so aus, sagte meine Mutter, als machtet ihr bloß Jux in eurer Schule, du rennst jetzt zu gern hin!

Und meine Tante Frieda, die mir den bemerkenswerten Satz vom Ernst des Lebens mit auf den Weg gegeben hatte, meinte nachdenklich: Wenn Schule Spaß macht, stimmt was nicht. Schule muß zwiebeln wie Kinderkriegen, damit man's nie vergißt!

Ich teilte diesen neuen bemerkenswerten Satz meiner Freundin Lore mit. Sie kannte ihn schon, von Wanda. Nur ein bißchen umgemodelt. Aus Wandas Munde klang er so: Pflicht ist Pflicht und Schnaps ist Schnaps.

Manchmal habe ich direkt ein schlechtes Gewissen, sagte Lore, weil mir die Schule so viel Spaß macht. Sie hockte auf Isegrims ausrangiertem Lehrerpult und strickte – dicke baumwollene Strümpfe im langgezogenen Karomuster. Soll ich dir mal was verraten, sagte sie, ich werde Lehrerin, das ist beschlossen.

Ich erinnerte sie daran, daß wir früher einmal Mia Rosita Bossa werden wollten.

Hm, entgegnete Lore, früher, da war die Bossa immer noch das Beste.

KAPITEL XXI

Auf Grund meiner vorbildlichen schulischen und außerschulischen Entwicklung wurde ich nach Abschluß der Deutschen Einheitsschule zur Deutschen Oberschule delegiert, ein Schritt, der in meinem fortschrittlichen Elternhaus ungeteilte Zustimmung fand.

Rabel, sagte mein Vater, und er erhob das Glas und blickte sich in der Runde um, Rabel, sagte er, soll was Vernünftiges erlernen, das steht fest.

Sie saßen wieder alle beisammen, meine unzähligen Tanten und Verwandten, an unserer alten Festtagstafel, auf ihren eingesessenen Plätzen, als wären sie niemals davon aufgestanden, als säßen sie dort noch seit meiner Taufe, stocksteif und kuchenlüstern, mit diesem Nornenblick, dem nichts entging, und diesem Lächeln, das sie herumzeigten wie einen ausgeborgten Sonntagsschmuck. Sie trugen auch noch dieselben guten Vorkriegskleider, Bleyle und Versandhaus Quelle, nur beutelten die jetzt im Gesäß und um die Hüften und rochen nach Mottenkugeln und Vorkriegsseife.

Ich saß am Ende der Tafel, in Steinschlag-Collatzens Ohrenstuhl. Ich trug ein schwarzes Kunstseidenkleid und schwarzgefärbte Seidenstrümpfe, die vom Knie bis hinab zu den Knöcheln Ringe schlugen und faltig in den schwarzen Lederpumps verschwanden. Diese Pumps, aus der Tanzstundenzeit meiner Tante Eva, waren mir mindestens drei Nummern zu klein und zwangen mir jene feierlich-verkniffene Miene auf, die der Bedeutsamkeit des Tages angemessen war.

Es war der Tag meiner Konfirmation. Der Tag, an dem ich hinaus in des Lebens Stürme trat, wie meine schöngeistige Tante Frieda es nannte. Mit so einem Gesicht, sagte sie und rückte mir den Myrtenkranz zurecht, der schräg in die Stirn über das linke Ohr gerutscht war und mir das Aussehen einer preisgekrönten schwarzen Herdbuchkuh verlieh, wie mir ein Blick in unseren Wandspiegel verriet, mit so einem Gesicht, sagte meine Tante Frieda, ist man erwachsen. Und wehmütig, in verhaltener Abschiedsstimmung, stellte sie fest, daß mit diesem meinen Erwachsensein die Anlässe zu Familienfeiern immer seltener würden und schließlich ganz dahinschwänden wie Sommerwolken im Wind. So ist das nun auf der Welt, seufzte sie, zuerst trifft man sich zu Hochzeiten und Kindtaufen, später dann, sagte sie ergeben, später trifft man sich nur noch zu Beerdigungen. Was dazwischenliegt, so ohne Glanz und allem, das ist das Leben.

Sie hat zu große Füße, sagte meine Tante Eva ungerührt, das ist es.

Darauf ergriff meine Tante Clara das Wort, die seit meiner Taufe nichts Wesentliches mehr zu unseren Familienfesten beigesteuert hatte, und stellte nörgelnd fest, daß nicht nur meine Füße, sondern auch mein ganzer Aufbau viel zu groß geraten sei.

Der kleine Onkel Hugo neben ihr nickte pflichtbewußt und trommelte mit den Fingerkuppen einen Marsch auf seinen ungefüllten Kuchenteller.

Große Mädchen, sagte Tante Clara, haben wenig Abgang. Die Auswahl nach oben verringert sich mit jedem Zentimeter. Sie neigte sich hinab zum kleinen Onkel Hugo und verbot ihm ein für allemal dieses läppische Getrommel. Frauen wollen zum Manne aufblicken, fuhr sie nach einer Pause strafenden Schweigens fort, zu wem aber willst du einmal aufblicken, wenn du so weiterwächst. Soviel ich weiß, entgegnete meine Tante Frieda, die sich immer tief getroffen fühlte, wenn jemand meine Schönheit schmähte, soviel ich weiß, ist hoher Wuchs ein königliches Zeichen. Sie lugte lauernd zur klugen Tante Eva hin, ob die es ihr bestätigen würde.

Nun ja, sagte Eva, die selbst klein von Wuchs und puppenfüßig war, Maria Stuart seinerzeit soll alle bei Hofe, selbst Leicester, ihren Anbeter, an Fuß- und Leibesgröße übertroffen haben.

Dafür, warf Philipp ein, der wie immer nicht wußte, worum es ging, dafür ließ Elisabeth sie auch um eine ganze Kopfeslänge kürzen. Er kicherte und merkte zu spät, daß er nur Clara damit erfreute.

Da hörst du es, sagte sie zu mir in einem Ton, als warne sie mich vor den Folgen unreif gegessener Stachelbeeren, große Mädchen enden tragisch.

Ich tat ihr den Gefallen und nickte. Und während sie mich von Kopf bis Fuß mit prüfend-strengem Blick nach weiteren Fehlern absuchte, fiel meiner Tante Frieda ein, daß Schönheit ohne Fehl und Tadel wie ein Festtagsschmaus ohne Salz und Würze ist. Cum grano salis, rief sie aus, cum grano salis – das macht die Schönheit erst vollkommen!

Diese lateinischen Brocken, von meiner Tante Frieda oft und mit erstaunlicher Treffsicherheit benutzt, stammten wie ihr schwarzes Klavier aus dem Nachlaß des Spreetaler Pfarrers, bei dem sie in jungen Jahren Küchendienste versehen hatte.

Und ihre Augen sind auch nicht mehr so richtig blau, sagte Clara unbeirrt und mit dem bitteren Lächeln eines Verschwörers, der einen Abtrünnigen überführt.

Darauf kommt es doch gar nicht an, entgegnete meine Tante Eva. Anna Boleyn zum Beispiel, die Mutter der Königin Elisabeth, hatte ein grünes und ein braunes Auge, und der linke Busen war bei ihr wesentlich kleiner als der rechte, dennoch war sie so schön, daß Heinrich der Achte sie zu seiner zweiten Gemahlin machte, und der berühmten George Sand lagen die Männer der ganzen Welt zu Füßen, obwohl ihre Nase um eine ganze Nasenlänge zu lang war, und Nofretete, die schöne Ägypterin, hatte eine Zahnlücke zwischen den oberen Schneidezähnen. Nein, wirklich, sagte sie, es kommt gar nicht darauf an, schön zu sein, sondern darauf, es zu glauben.

Diese geniale Erkenntnis verblüffte meine Tante Clara so, daß sie auf der Stelle von mir abließ und mit einem Achselzucken kundtat, daß ihr meine Mängel fürderhin gleichgültig seien.

Eine gute Partie, sagte sie, wird sie ohnehin nicht machen – in diesen Zeiten!

Was heißt denn gute Partie, ergriff mein Vater das Wort, der noch immer das Glas erhoben hielt, nur war es mittlerweile leer, das ist doch heutzutage gar nicht mehr so wichtig. Einen vernünftigen Beruf erlernen soll sie, das andere wird sich finden. Und er erklärte der aufmerksamen Patenschar, was er darunter verstand: Büroangestellte im Gemeindeamt mit Aussicht auf den Bürgermeisterstuhl oder irgendwas mit Russisch, Dolmetscher vielleicht beim Kreiskommandanten oder – da meine Tante Clara an dieser Stelle einen schrillen Laut der Ablehnung ausstieß – wenigstens Neulehrer für Russisch, es gab schließlich ein diesbezügliches Abkommen mit Eselhofmann.

Und meine Tante Eva nickte, Clara zum Trotz, die von Ehrlosigkeit sprach, und nannte es eine Sache von großer Dauerhaftigkeit. Während also wieder einmal im Kreise der Familie über meine Zukunft beratschlagt wurde, rutschte ich tief in Steinschlag-Collatzens Ohrenstuhl vor Überdruß und Langeweile. Ich konnte von hier aus allen ins Gesicht sehen, schräg von unten, und ich tat es, schamlos und ungeniert, durch Alfonsos perlmutternes Opernglas, das zusammen mit dem Bauchladen auf mich überkommen war. Und etwas wie Heimweh stieg in mir auf nach Alfonso, dem Freund meiner Katzenmilchjahre, ein tiefer, schwer vernarbender Kummer, bei dem Gedanken, daß ich ihn niemals mehr wiedersehen würde. Alle Nachforschungen nach ihm waren ergebnislos geblieben; seine Spur verlor sich in einem Lager irgendwo im Oberbayrischen.

Ich nahm sein Opernglas und holte mir Clara ins Okular, Clara ganz in Schwarz, und vorn, auf dem platten Busen, anstelle des Mutterkreuzes das Kreuz des Gekreuzigten, und hinten immer noch den schlichten Frauenschaftsknoten. Sie hatte dem Führer alle ihre Töchter geopfert, zwei an der Front und zwei in der Heimat, beim Bombenangriff auf Dresden, und nun saß sie da wie die Gräfin von Orlamünde, die in maßloser Verblendung ihre Kinder schlachten ließ und nicht begreifen wollte, daß ihr Opfer sinnlos war.

Meine Tante Clara also.

Sie trauerte noch immer, mehr um den verlorenen Krieg als um die verlorenen Töchter. Sie war überzeugt, der Führer würde eines Tages zurückkehren und die Niederlage wettmachen, denn er war nicht tot – und mit einem leisen Erschauern erinnerte ich mich ihrer vor Erregung bebenden Stimme, als sie meiner Mutter über meinen Kopf hinweg zugeflüstert hatte, daß *er* in Spanien sei, in letzter Minute herausgebracht mit einem «Storch». Von dieser Hoffnung und Hugos selbstgeflochtenen Osterhasen lebte sie. Meine Ehre, sagte sie, heißt Treue! Sie roch an unserer Kaffeetasse, ehe sie daraus trank, und ich sah im Okular des Opernglases die Linien, die von ihren Mundwinkeln aus aufwärts liefen, scharf und zahllos und ohne Milde. – Ich hatte mich immer gefürchtet vor ihr, vor ihrer schrillen, eifernden Stimme, ihrem alles niederwälzenden Fanatismus, ihrem verbiesterten Einsatz auf Leben und Tod. Ich hatte mich vor der Grabeskälte gefürchtet, die von ihr ausging, und in manchen Augenblicken hatte ich sie gehaßt. Jetzt fand ich sie nur noch komisch und anrüchig alt wie eine verrostete Handgranate.

Ich wandte das Glas ab von ihr und schwenkte zu Hugo hinunter, Hugo, schmal und knittrig klein wie eingelaufen. Mit Augen, die mir stets entwischten, flink und schlau wie Eidechsen. An diesem Tag aber stellte ich sie, hielt sie gefangen im Okular, Augen, deren Farbe sich wie bei einem Chamäleon änderte. Erkannte Grau und verwaschenes Grün, das an Palmsonntag erinnerte, an den Gang zur Kirche am Vormittag und an den Himmel mit Wolken wie Kartoffelsäcke. Sah sie dunkel werden beim Blick auf Claras dunkles Kleid, irislos, nur noch Pupille, zwei dunkle treibende Punkte auf einer Fläche aus Eis. Die Lider, kreisrund und nackt, von chronischer Konjunktivitis ständig leicht gerötet, hatten eine abstoßende Ähnlichkeit mit der Nickhaut eines Huhnes.

Hugo schob sich mit Schulterblatt und Rückgrat ein Stück die Stuhllehne hinauf. Ehre, wem Ehre gebührt, sagte er trotzig, und es klang wie Hahnengekräh auf dem Mist. Sein Blick huschte weg von Clara wie ertappt, flüchtete zu Philipp hin, heischte dort um Beistand, und ich sah, wie seine Augen wieder grau wurden, flauschig grau wie Philipps guter Vorkriegsanzug.

Diese verblüffende Fähigkeit, sich der Umgebung anzupassen, bezog sich bei meinem Onkel Hugo nicht nur auf die Farbe der Augen, sondern auch auf die Farbe der Gesinnung. So konnte man jetzt an ihm eine erstaunliche Aufhellung von braun zu rotbraun wahrnehmen, die vor allem beim Gebrauch und Nichtmehrgebrauch gewisser Ausdrücke und Begriffe zutage trat. Es gab Wörter, die er abgelegt hatte wie eine zerschlissene Hose. Nie mehr benutzte er das Wort Führer, wie Clara das noch immer tat, wenn von «Jenem» die Rede war, der in Spanien weilen sollte. Hitler ist tot, sagte er, Scheißtreue!

Er war der einzige im Ort gewesen, der sich aus freien Stükken zur Entnazifizierung gemeldet hatte, er war jedoch nicht in Betracht gekommen. Selbst dafür war er eine Nummer zu klein. Das verzieh Clara ihm nie.

Hugo rückte ein Stück ab von ihr. Wir *Sorben*, sagte er, und er gebrauchte das neue Wort mit herausfordernder Sicherheit, während wir anderen immer noch eigensinnig von *Wenden* sprachen – wir Sorben, sagte er, wurden von jeher unterdrückt. Er hielt erschrocken inne, er erkannte, wie sehr er sich von Clara entfernt hatte. Er rutschte wieder an sie heran. Clara nahm ihn schweigend auf; die Falten in ihren Mundwinkeln wurden spitz wie Pfeile. Es war ihr nie vergönnt gewesen, zu Hugo aufzusehen, nun konnte sie nicht einmal mehr auf ihn hinabsehen, sie sah an ihm vorbei. Mit der rechten Hand wischte sie sich ein Stäubchen vom Ärmel, gekränkt und vorwurfsvoll, als habe Hugo sie an dieser Stelle beschmutzt. Seit er sich wieder darauf besann, daß er Sorbe war, verabscheute Clara ihn wie einen zertretenen Kartoffelbovist, der nichts als stinkenden Qualm von sich gibt.

Die neue Zeit, sagte Hugo, hat uns Sorben unser Selbstbewußtsein zurückgegeben. Er schielte schräg zu Clara hoch, er wagte nicht, Regierung dafür einzusetzen, das Maß war ohnehin voll. Selbst Eva, die früher keine Gelegenheit versäumt hatte, Hugo auf seine Abstammung hinzuweisen, bestritt jetzt dessen Sorbentum. Ein echter Sorbe, sagte sie, hatte immer Selbstbewußtsein.

Ich sah, als ich das Glas auf sie richtete, die dünnen sichelförmigen Spottfalten, die ihre Mundwinkel leicht nach unten zogen und ihrem Gesicht jene markante Prägung gaben, die wir als vornehm bezeichneten.

Hugo, der Zurechtgewiesene, wuchs beängstigend kühn über die Rücklehne seines Armstuhles hinaus. Der unvermeidliche Familienstreit drohte wieder auszubrechen, pünktlich zur Kaffeezeit wie eh und je. Mein Vater versuchte, ihn mit selbstgebrautem Stachelbeerwein aufzuhalten, jenem urgermanischen Gesöff, das Varus um seine Legionen gebracht haben soll. Er stieß mit Eva und Hugo an. Ob nun Wende oder Deutscher, sagte er, wir sind doch alles eine Familie.

Familie, wiederholte Eva, und sie nippte vom Stachelbeerwein und schüttelte sich vor Unbehagen. Die Familie, sagte sie, ist der Ursprung allen Übels auf der Welt.

Ich hatte meine Tante Eva früher immer bewundert, jetzt wunderte ich mich nur noch über sie. Alles an ihr war Widerspruch und Eigensinn. Es gab nichts, was sie aus echter Anteilnahme und Überzeugung getan hätte. Sie konnte, wenn sie wollte, eine Sache ebenso verdammen wie in den Himmel heben. Sie konnte klug beweisen, daß hoher Wuchs die Krönung mädchenhafter Schönheit war, obwohl sie große Mädchen ganz abscheulich fand und «Strunzen» nannte. Ich wußte jetzt, wenn sie mich verteidigte, daß sie es nicht meinetwegen tat, sondern immer nur der anderen wegen, gegen die sie mich verteidigte. Es gehörte zu ihrem höchst vermaledeiten Hobby, stets gegen, nie für etwas zu sein. Sie hatte sich keiner Sache verschrieben, sondern einem Prinzip.

Die Krähe fliegt in Schwärmen, der Adler fliegt allein, pflegte sie zu sagen. Sie hielt sich gern für einen Adler. So stand sie stets in Opposition und wechselte mit ihr. Das Ganze nannte sie persönliche Freiheit. Sie mußte, um sich diese Freiheit zu bewahren, stets darauf warten, was die Menge tat, nur so gelangte sie zum Gegenteil.

Sie war ein Gegner aus Passion.

Ich hörte nicht mehr hin, als sie Hugo auseinandersetzte, weshalb dieser kein Sorbe war. Ob Sorbe oder Deutscher, mir war es einerlei, er wurde nicht besser, und er wurde nicht schlechter dadurch, er blieb, was er war: Hugo Sawatzke, der zu klein Geratene. Es war mir unerklärlich, warum um alles in der Welt er plötzlich wieder Sorbe sein wollte und was meine Tante Eva daran störte. -

Die Wenden, die Sorben, die Heiden, ich kannte mich da nicht aus: alle Wenden waren Heiden und hießen Sorben, alle

Sorben waren Slawen und hießen Wenden, alle Wenden aber waren Heiden ... Die alten Heidengötter, sie saßen wieder auf unseren Bergen, der schwarze Gott und der weiße Gott: Czorneboh und Bieleboh.

Wir hatten sie im Krieg vertrieben und ins Exil geschickt. Wir sind doch keine Wenden, hatte Isegrim gesagt, und die Berge hießen wieder einmal Huhberg und Schleifberg wie zu Germanenzeiten, und wer es sich nicht merken konnte, der schrieb es zehnmal von der Tafel ab.

Nun also wieder Czorneboh und Bieleboh, das brauchten wir nicht zehnmal abzuschreiben, das lag uns noch im Blut. Wendennamen. Sorbennamen. Wir benutzten sie wie unsere eigenen. Wir wußten nicht, wenn wir Kretscham sagten, daß wir sorbisch sprachen. Wir waren alle ein bißchen verschwägert mit dem Sorbischen, wir hatten es nur vergessen. Wir erinnerten uns erst wieder daran, als man uns den sorbischen Namen unters Ortsschild schrieb. Spreetal, das Nichts im Weltmaßstab, gab es jetzt gleich dreimal: auf russisch, auf sorbisch, auf deutsch, und Bautzen, die alte Slawenfestung, hieß jetzt wieder Budissin. Doch keiner nannte sie so, nicht einmal die Sorben. Nur Hugo hielt sich mit verbohrtem Eifer an die neuen Bezeichnungen und lieferte Eva damit den Beweis, daß er weder Sorbe war noch Selbstbewußtsein hatte. Es ist eine alte Weisheit, sagte sie, was man nicht besitzt, das stellt man gern zur Schau.

Sie hatte kluge Sprüche, und ich fand, sie war auch sonst sehr klug, nur die alte Bewunderung für sie wollte sich nicht mehr recht einstellen.

Ich mißtraute ihr.

Ich mißtraute ihr so sehr, daß ich hilflos die Schultern zuckte, als sie mich nach meinen Zukunftsplänen befragte.

Das Leben ist ein Haus mit vielen Türen, sagte sie zu mir, zuerst stehen alle für dich offen, dann schlägt eine nach der anderen zu, drum überleg nicht lange, sonst kann es dir passieren, daß du draußen bleibst.

Ich lächelte. Ich hatte die Tür längst gewählt, durch die ich gehen wollte, es wußte nur noch keiner am Tisch, selbst mein

Vater nicht, der sich immer noch den Kopf zerbrach, was aus mir werden sollte.

Am besten Handelskaufmann, riet mein Onkel Philipp, Bilanzbuchhaltung, Schreibmaschine und Stenographie – und ein bißchen Russisch, das wäre schon ganz gut. Dann könnte sie später die Firma übernehmen.

Er hatte die Stirn, mir zum dritten Male die Teerfabrik zu schenken, von der nur noch das Fundament und eine Hypothek stehengeblieben war. Mein Vater nahm sein Angebot mit freundlicher Zurückhaltung entgegen. Nichts für ungut, sagte er, aber Dolmetscher ist realer – heutzutage.

Im Unterschied zu meiner Tante Clara, die stets von *diesen Zeiten* sprach, wenn sie die Jetztzeit meinte, verwandte mein Vater dafür das aus der Mode gekommene Wörtchen *heutzutage*. Ich wußte, wer *heutzutage* sagte, meinte es weder freundlich noch gehässig, nicht mit Ablehnung und nicht mit dieser Fortschrittsgläubigkeit wie Eselhofmann, wenn er von *unserer Zeit* sprach. Wer *heutzutage* sagte, meinte es abwartend, bekannte sich nicht, ließ sich den Weg offen nach beiden Seiten.

Wir werden die Fabrik umstellen auf Dachpappe, gab Philipp bekannt. Dachpappe ist das Gold der Nachkriegszeit.

Ach was, erwiderte mein Vater, was futsch ist, ist futsch. Seit mein Onkel Philipp den unbedeutenden Posten eines Lohnbuchhalters in C. C. Jäger und Co.s enteigneter Baumwollweberei innehatte, hielt mein Vater nicht mehr viel von Philipps Plänemacherei. Er hatte ein neues Eisen im Feuer, das Eisen hieß mit Namen Karl. Karl, sagte er, wird schon alles machen.

Karl, mein Taufpate zur Linken, Vaters jüngster Bruder, der vom Erdboden Verschwundene, Verbannte, Vergessene, war in den Schoß der Familie zurückgekehrt. Es hieß, er sei Abgeordneter oder sonst was Großes geworden. Man erwartete ihn zur Kaffeezeit, und mein Vater hatte mich gebeten, Steinschlag-Collatzens Ohrenstuhl für ihn bereitzuhalten, damit kein anderer auf den Gedanken käme, sich darauf niederzulassen. Denn wie ehemals Blasius, so war jetzt Karl der Mittelpunkt der Festlichkeit. Um so mehr verdroß es alle, als ich mit einem Achselzucken kundtat, daß ich einen Onkel namens Karl nicht kannte.

Man hatte mich bei jeder Gelegenheit daran erinnert, ihn zu vergessen, und nun hatte ich das so gründlich besorgt, daß er mir um alles in der Welt nicht mehr einfallen wollte – eine fatale Fehlleistung, wie meine Tante Eva es nannte.

Wirklich schade, sagte sie, er könnte dir so manche Tür öffnen in seiner Position. Es wäre beispielsweise ein Kinderspiel für ihn, dich als Dolmetscher ausbilden zu lassen, wo du doch in Russisch so überaus lobenswerte Ergebnisse vorzuweisen hast.

Ich schwieg, fein und vieldeutig wie Eva sonst. Durch diese Tür, das stand fest, würde ich nicht gehen – mit meinen lobenswerten Einsen, die ich einzig und allein einer beanstandeten Ohrfeige zu verdanken hatte.

Meine Tante Frieda, die mein Schweigen falsch gedeutet hatte, glaubte, mir zu Hilfe kommen zu müssen.

Russisch, sagte sie, ist überhaupt keine Sprache für ein junges zartes Ding. So sprechen nur robuste Männer. Jedes Wort klingt bei ihnen wie Donner, Blitz und Hagelschlag. «Schenschtschina» – wie das zischt! Was soll so ein Wort schon Freundliches bedeuten? Ich bin gleich weggerannt vor Angst.

Sie schob den Oberkörper weit über die Festtagstafel, und ich mußte Alfonsos Vergrößerungsglas von den Augen nehmen, so nahe kam sie mir. Ihr Gesicht glich einer Uhr, die stehengeblieben ist; man konnte die Zeit nicht davon ablesen. Sie gehörte, wie Eva es einmal treffend formuliert hatte, zu jenem Typ von Frauen, die mit siebzehn schon aussehen wie fünfzig und mit siebzig immer noch so. Ich hatte sie stets auf einundfünfzig geschätzt, eine ganze Kindheit lang, und erst jetzt, da ich ihr Gesicht so nahe vor mir hatte, gab ich ein paar Jahre zu, und es tat mir leid, daß sie schon so alt war und immer noch darauf wartete, daß das Leben begänne.

Hör auf mich, sagte sie zu mir, lern Französisch. Auf französisch klingt sogar ein Fluch noch wie ein Kompliment. Wenn alle Menschen auf der Welt französisch sprächen, gäbe es keine Kriege mehr.

Ich sah, wie Eva den Mund verzog, und ich spürte genau wie sie die Einfalt in den Worten meiner Tante Frieda, aber es gefiel mir nicht, daß Eva darüber lächelte.

Voilà, c'est notre balayette, sagte meine Tante Frieda, das hört sich doch ganz anders an als dobroje utro, schenschtschina. Ich nickte, ich war die einzige am Tisch, die ihr diesen Gefallen tat, obwohl ich wie die anderen längst von Eva wußte, daß der französische Satz nichts weiter hieß als: «Seht her, da kommt ja unser Flederwisch!»

Mit diesen Worten, fuhr meine Tante Frieda fort, pflegte der selige Baron von Klösterlein mich immer zu begrüßen.

Meine Tante Frieda war nach dem Tode des Spreetaler Pfarrers Stubenmädchen im Hause des Herrn von Klösterlein gewesen, eine Tatsache, die sie so geschickt verbrämte, daß Uneingeweihte glauben konnten, sie sei im Hause Klösterlein ein hochwillkommener Gast gewesen. Denn nichts behagte meiner Tante Frieda mehr als die Vorstellung, von feinen Kreisen abzustammen.

Der Baron von Klösterlein, sagte sie, ohne das Grinsen auf Philipps Gesicht zu bemerken, sprach in meiner Gegenwart stets französisch, für so gebildet hielt er mich.

Mein Vater schaute ängstlich zur Uhr. Es paßte ihm nicht, daß das Gespräch eine solche Wendung genommen hatte, jetzt, wo jeden Augenblick Karl zur Tür hereintreten konnte.

Den Baron, Frieda, sagte er, den laß mal selig ruhn, der könnte Karl das Fest vermiesen. Und du, wandte er sich an mich, du nimmst jetzt endlich dieses Grünzeug da vom Kopf, er braucht nicht gleich zu sehen, daß du in der Kirche warst.

Komm, Hugo, sagte Clara da, wir gehen! Jetzt wird es bolschewistisch hier.

Das silberne Kreuz auf ihrem platten Busen prallte beim Aufstehen nach vorn an den Rand des Kuchentellers und erzeugte dort ein kurzes klickendes Geräusch, das eine ferne, fast vergessene Erinnerung in mir wachrief an das Entsichern einer Maschinenpistole.

Hugo nahm noch einen Schluck von meines Vaters selbstgebrautem Stachelbeerwein, dann folgte er Clara in angemessenem Abstand, und ich sah, wie er beim Gehen mit dem Fuß aufstampfte, als trete er einer Katze auf den Schwanz.

Mein Vater öffnete das Fenster und blickte ihnen nach. Von hinten, sagte er, sehe ich Sawatzkes immer gern.

Wenn sie nur nicht so vergeßlich wären, warf Eva ein, bestimmt kommen sie noch mal zurück. Sie seufzte und ließ sich ein Glas Wasser bringen für ihr Migränepulver; sie war die einzige, die unter Sawatzkes Weggang litt, es gab sonst niemanden am Tisch, mit denen sie sich so prächtig streiten konnte.

Von draußen schwappte Frühlingsluft in unsere Stube; sie hatte noch den modrigen Geruch von Vorjahrslaub, ungelüfteter Erde und letztem Schnee. Auf der Telegraphenleitung vorm Hause saßen Stare, schwarz und glänzend und unerhört feierlich, als wären auch sie gerade konfirmiert worden.

Ich hatte auf einmal das Gefühl, daß ich schon viel zu lange hier herumsaß und daß ich nun endlich hinaus müßte ins Freie. Und um dem Ganzen ein Ende zu machen, legte ich meinen erstaunten Eltern das Schriftstück vor, das den Stempel der neuen Schule trug und ihnen mitteilte, daß ich, Mirabella Collatz, Tochter des Teerarbeiters Alfred Collatz und seiner Ehefrau Elsbeth, zum Besuch einer Oberschule vorgesehen sei, ein Aufhebungsvertrag gewissermaßen, der mich aus der Obhut meiner Paten entließ und einer wohlwollenden Öffentlichkeit übergab, die den Stempel «deutsche Einheitsschule» trug.

Das Schriftstück ging wortlos von Hand zu Hand. Es enthob alle am Tisch mit einem Schlage der Sorge um mein Weiterkommen und machte jedem Streit darum ein Ende.

Meine Tante Eva war die erste, der die Sprache wiederkam. Kind eines Teerarbeiters, sagte sie, das ist gut, damit läßt sich was anfangen.

Wenn mich nicht alles täuscht, sagte mein Vater, hat da Eselhofmann seine Hand im Spiel.

Oder Karl, warf Philipp ein.

Die Tatsache, daß weder Eselhofmann noch Karl die Hand im Spiel hatten, sondern einzig und allein die neue Lehrerin, um deren Gunst die ganze Klasse wetteiferte – Lore allen voran, die sich in jäh erwachtem Wissensdrang eine Eins um die andere eroberte, so daß mir schon aus purer Scheelsucht nichts anderes übrigblieb, als es ihr gleichzutun –, diese Tatsache also blieb weithin unerwogen. Sie hätte meinen Vater eine Lebensweisheit gekostet.

Lediglich meine Mutter wagte den schwachen Versuch, auf die nicht unbeachtlichen Fähigkeiten der neuen Lehrerin hinzuweisen. Jedoch mein Vater schwor auf Eselhofmann, und um allen Streitigkeiten aus dem Wege zu gehen, widersprach ich nicht. Ich wußte, mein Vater würde seinen Irrtum früh genug erkennen, spätestens dann, wenn er sich bei Eselhofmann für die Freundlichkeit bedankte.

Ich trat hinaus vor die Haustür. Drüben auf der anderen Straßenseite spazierte Lore auf und ab. Na endlich, rief sie aus, ich dachte schon, du wärest wieder klebengeblieben bei deinen hundertundelf Paten.

Wir gingen hinab zur Spree. Die Brücken waren immer noch entzwei, aber die Hängebirke trieb wieder durch; sie hatte schon kleine klebriggrüne Spitzen.

Wir legten unsere Myrtenkränze aufs Wasser und sahen zu, wie sie sacht davontrieben.

In ein paar Wochen, sagte Lore, trudeln auch wir davon. Hast du's ihnen schon beigebracht?

Das schon, sagte ich, aber ich glaube, sie haben es nicht verstanden.

Literatur aus dem Lusatia Verlag

Joseph Delmont

Der Casanova von Bautzen

Roman

Mit einem Nachwort von Peter Thiemann

Berthold Türmer, der junge Inhaber der Drogerie am Bautzener Kornmarkt, hat noch keine Frau geküßt, da ist er schon – den Klatschbasen und Faselhänsen sei Dank – Vater dreier unehelicher Kinder.
Das Interesse an ihm steigt schlagartig. Frauen unterschiedlichsten Alters aus Bautzen und den umliegenden Ortschaften kommen in das Geschäft, um den «Casanova von Bautzen» zu sehen, und sich vielleicht auch von ihm verführen zu lassen. Der aber weiß gar nichts von seinem neuen Leben als Herzensbrecher – und überhaupt, steht ihm wirklich der Sinn nach einer Frau aus der hiesigen Provinz?
Weshalb der österreichische Kinopionier, Großwildjäger und Schriftsteller Joseph Delmont (1873–1935) den vorliegenden Kolportageroman ausgerechnet in Bautzen spielen läßt, ist bisher nicht bekannt. Den Leser aber erwartet eine höchst amüsante Geschichte mit vielen amourösen Verwicklungen und einzigartigen Charakteren – und dazu zahlreiche vertraute Schauplätze in und um Bautzen.

Illustrationen von Uwe Häntsch
ISBN 3-936758-20-4
12,0 × 19,5 cm
Broschur
336 Seiten
Preis: 12,90 €

Literatur aus dem Lusatia Verlag

Hannelore Lauerwald

Goethes Minchen in Görlitz

Erzählung

Wie kommt Wilhelmine Herzlieb, eine Muse Goethes, die den großen Dichter zu mehreren seiner schönsten Liebesgedichte und zu einer Romanfigur inspirierte, nach Görlitz?
Als Pflegekind in der Jenaer Verlegerfamilie Frommann hatte sie Johann Wolfgang von Goethe kennengelernt, fortan begleiteten die Gedanken an ihn und seine Gedichte das weitere Leben von Minchen.
Die Verlobung mit einem Gymnasiallehrer löst sie wieder, die Liebe zu einem schlesischen Adligen bleibt unerfüllt, die späte Ehe mit einem Juristen macht sie unglücklich und depressiv.
Minchen Herzlieb wird 1864 in der neuerbauten Reimerschen Nervenklinik in Görlitz aufgenommen. Hier zieht in Erinnerungen noch einmal das bewegte Leben an ihr vorbei. 1865 stirbt sie 76jährig. Ihr Grab befindet sich auf dem Görlitzer Städtischen Friedhof.

ISBN 3-936758-16-6
12,0 × 19,5 cm
Festeinband
112 Seiten
Preis: 12,90 €

ISBN 3-936758-25-5

Lektorat der Neuausgabe:
Karin Damaschke, Dr. Frank Stübner
Gestaltung: Eberhard Kahle
Satz: Kontrapunkt Satzstudio Bautzen
Druck und Binden:
Westermann Druck Zwickau GmbH
Printed in Germany